UWE ITTENSOHN

Abendmahl für einen Mörder

AF129927

MYSTISCHE MORDE Eine junge Autofahrerin wird durch den Steinwurf von einer Brücke schwer verletzt. Nur die unbedachte Tat eines Jugendlichen, wie die Polizei glaubt? Der Stadtführer André Sartorius hält den Jungen für unschuldig. Er vermutet etwas anderes hinter der Sache. Doch selbst seinem Freund, Kriminalhauptkommissar Frank Achill, sind Andrés Hypothesen zu gewagt. Als eine mysteriöse Nachricht des Täters auftaucht und kurz darauf ein Mann ermordet wird, bei dessen Leiche man eine ähnliche Botschaft findet, ermittelt André zusammen mit seiner Mitbewohnerin, der Studentin Irina, auf eigene Faust. Aus Steinskulpturen am Domportal, theologischen Texten aus dem Vatikan, Schutzpatronen, Märtyrern und den Reliquien im Dom ergibt sich für ihn ein verstörendes Bild, und er ist sich sicher, dass noch weitere Tote folgen werden. Ein atemloser Wettlauf mit der Zeit beginnt. Wird es André mit seinen unkonventionellen Methoden gelingen, das nächste Opfer vor dem sicheren Tod zu bewahren?

© PicturePeople

Uwe Ittensohn, in Landau/Pfalz geboren, ist vielseitig engagiert: Krimischriftsteller, Autor für Weinliteratur, anerkannter Berater für deutschen Wein, Kultur- und Weinbotschafter sowie Hochschuldozent. Er lebt in Speyer, wo er ein denkmalgeschütztes Stiftsgebäude sanierte und sich um den historischen Klostergarten kümmert, in dessen schattigen Winkeln er auch die Muße zum Schreiben findet. Mit seinem schriftstellerischen Wirken will er die Kultur, Lebensart und den im Herzen der Pfälzer verankerten Hang zu Wein und Genuss über die Grenzen der Region hinaus bekannt machen. Uwe Ittensohn ist Mitglied der Schriftstellervereinigung Syndikat.

Bisherige Veröffentlichungen im Gmeiner-Verlag:
Kommissar Achill und Stadtführer Sartorius ermitteln:
1. Fall: Requiem für den Kanzler
2. Fall: Abendmahl für einen Mörder
3. Fall: Festbierleichen
4. Fall: Klostertod
5. Fall: Winzerblut
6. Fall: Letzte Lese

Weitere:
Weinbar. Essbar. Wanderbar
Weinbar. Essbar. Wanderbar 2

UWE ITTENSOHN

Abendmahl für einen Mörder

KRIMINALROMAN

Immer informiert

Spannung pur – mit unserem Newsletter informieren wir Sie
regelmäßig über Wissenswertes aus unserer Bücherwelt.

Gefällt mir!

Facebook: @Gmeiner.Verlag
Instagram: @gmeinerverlag

Besuchen Sie uns im Internet:
www.gmeiner-verlag.de

© 2020 – Gmeiner-Verlag GmbH
Im Ehnried 5, 88605 Meßkirch
Telefon 0 75 75 / 20 95 - 0
info@gmeiner-verlag.de
Alle Rechte vorbehalten
4. Auflage 2024

Lektorat: Claudia Senghaas, Kirchardt
Herstellung: Mirjam Hecht
Umschlaggestaltung: U.O.R.G. Lutz Eberle, Stuttgart
unter Verwendung eines Fotos von: © Frank Fischbach / shutterstock
Druck: CPI books GmbH, Leck
Printed in Germany
ISBN 978-3-8392-2560-8

Alle, die ohne Gesetz gesündigt haben, werden auch ohne Gesetz verloren gehen; und alle, die unter dem Gesetz gesündigt haben, werden durchs Gesetz verurteilt werden.

Römer 2,12

DISCIPLINA

Freitag, 22. Dezember 2017, 2.40 Uhr, eine halbe Stunde nach der Matutin

Der flackernde Schein einer einzelnen Kerze lag auf dem bleichen Oberkörper des hageren Mannes.

»Miserere mei, Deus, secundum magnam misericordiam tuam … – Gott, sei mir gnädig nach deiner Huld, tilge meine Frevel nach deinem reichen Erbarmen …«, deklamierte er hastig den Anfang von Psalm 51.

Nachdem er den Bußpsalm rezitiert hatte, hallte von den Wänden des Gewölbes ein gedämpftes Klatschen wider. Die kleinen Eisenkreuze, deren Kanten er spitz zugefeilt und an die Enden von drei Lederriemen geknüpft hatte, gruben sich tief in die von Narben übersäte welke Haut seines Rückens.

Nach fünf Schlägen brach er ab. Während sich das erste Blut wie Regentropfen auf die uralten Ziegelsteine, mit denen der Fußboden des Gewölbekellers ausgelegt war, ergoss, betete er inbrünstig Psalm 130: »De profundis clamavi ad te Domine … – aus der Tiefe rufe ich, Herr, zu dir …«

Es folgten erneut fünf Schläge mit der Geißel. Dabei schien es, als würde er dieses Mal noch mehr Kraft in die ruckartige Bewegung des rechten Armes legen. Schon glich sein Rücken einem Stück weißer Leinwand, die aussah, als hätte sie ein Besessener wild mit roten Farbklecksen beschmiert.

So fuhr er fort, bis er alle sieben Bußpsalmen rezitiert hatte. Zuletzt waren ihm die Worte nur noch stöhnend über die Lippen gekommen. Zweimal hatte er sich an der Wand abstützen müssen, um nicht zu fallen. Aus der zerschundenen Haut quoll ein zäher Blutstrom, der sich mit Schweiß und kleinen Fleischpartikeln mischte, die ihm die scharfkantigen Kreuze wie die Fänge eines Raubvogels aus dem Leib gerissen hatten. Das Blut tränkte den Stoff seiner Hose und bildete auf dem Boden kleine Pfützen.

Es folgten drei letzte Schläge, die er, wie den schwindenden Kräften zum Trotz, fester, fanatischer und hasserfüllter ausführte. Insgesamt waren es 33 Hiebe – einer für jedes vollendete Lebensjahr Christi.

»Oh Herr, befreie mich vom Laster der Wollust!«, schrie er voller Verzweiflung. Dann schlug sein blutüberströmter Körper hart auf den Steinboden und blieb in einer Lache aus Blut, Schweiß und Urin liegen.

WEIHNACHTSSTIMMUNG

Freitag, 22. Dezember 2017, 11.05 Uhr

»Irina, steh endlich auf, du Schlafmütze!«, rief er in einem ungeduldigen Crescendo durchs Haus. Wie schon bei den beiden Malen vorher blieb alles still. Noch nicht einmal ihr übellauniges Grunzen, das ihm sonst bedeutete, dass sie schlafen wollte, war zu hören.

Eigenartig. Sie hatte sich doch gestern extrem frühzeitig ins Bett verkrochen. Blass war sie die letzten Tage gewesen. Sie hatte abgespannt gewirkt. Hatte kaum ein Wort gesprochen. Ob es die Vorzeichen einer Erkältung waren, die sich in ihrem zerbrechlichen Körper schleichend ausbreitete?

In den letzten Wochen war einiges zusammengekommen: Stress bei ihrem Betriebswirtschaftsstudium und das latente Gefühl, von ihrer Familie getrennt zu sein, die 2.500 Kilometer von Speyer entfernt in der Partnerstadt Kursk lebte. Wahrscheinlich hatte sie das in der Vorweihnachtszeit mehr als sonst belastet.

Obwohl sich normalerweise ihre Wege im Haus nur zufällig kreuzten und sie sich nicht immer beim Frühstück in der Küche trafen, hatte er gestern mit ihr vereinbart, gemeinsam einen Sonntagsbrunch einzunehmen.

Er saß schon eine Stunde am reich gedeckten Küchentisch und wartete. Merkwürdig. Es war nicht ihre Art, ihn warten zu lassen. Sie war in einer konservativen russischen Familie aufgewachsen. Dort ließ man seinen Vater nicht warten.

André schmunzelte bei diesem Gedanken. So weit war es nun schon zwischen ihnen gekommen, dass er sich mit ihrem Vater auf eine Stufe stellte. Dabei war er lediglich ihr Vermieter und das auch noch wider seinen ursprünglichen Willen. Wie schwer hatte er sich vor zweieinhalb Jahren getan, ihr das kleine Zimmer mit Bad im Obergeschoss zu überlassen und damit sein Haus mit einem fremden Menschen zu teilen. Er, der Eremit, dem es unsagbar schwerfiel, andere in seinem engeren Umfeld zu ertragen.

Mehr als einmal hatte sie ihn einen Soziopathen gescholten. Vielleicht war es gerade die Mischung zwischen ihrer vorwitzigen Direktheit, die sich häufig nicht um übliche Konventionen scherte, und einer gewissen Verletzlichkeit, die in ihm immer wieder väterliche Gefühle weckte.

Sie hatte die letzten Tage blutleer und traurig gewirkt; sollte er sich Sorgen machen? André schmunzelte erneut. Ertappt!, dachte er. Wieder verfällst du ins Grübeln, statt einfach nach ihr zu schauen.

Er erhob sich abrupt vom Frühstückstisch, übersprang jede zweite Stufe und gelangte für einen 59-Jährigen überraschend dynamisch ins erste Obergeschoss.

Zaghaft klopfte er an ihre Tür. »Irina?« Er lauschte angestrengt. »Irina, ist dir nicht gut?«

Nichts.

»Irina, ich komme zu dir rein.«

Kein Laut.

André zögerte. Er war ein zurückhaltender Mensch. Einfach so ins Zimmer seiner Mieterin zu platzen, war ihm mehr als unangenehm. Aber was, wenn sie mit Kreislaufversagen im Bett lag?

»Komm rein, alter Mann, bevor du dir da draußen Krampfadern holst, während du dir aus Angst, meinen

Revuekörper nackt zu sehen, die Beine in den Bauch stehst«, brummte es von drinnen.

Er trat ein.

Vor ihm auf dem Bett saß die junge Frau, blass, melancholisch mit den Armen die Knie umklammernd und mit einer Decke über den mageren Schultern.

»Ist dir nicht gut?«, wiederholte er seine Frage. »Soll ich dir einen Tee machen?«

»Oh Mann, lass mich in Ruhe. Du hörst dich an wie meine Mutter. Geh raus, Bäume umarmen, wenn du jemanden bemuttern willst.« Ihre Stimme klang heiser und kraftlos. Ihr müdes Lächeln reichte kaum aus, die spitze Ironie, die in ihren Worten lag, zu flankieren.

»Hast du geweint?«, fragte er, als er auf ihren Wangen angetrocknete Tränenspuren wahrnahm.

Sie antwortete nicht – nur ihre Augen glänzten.

Er wusste, dass es Irina schwerfiel, über das zu sprechen, was sie bedrückte. Sonst war sie offen, hin und wieder eine Spur zu direkt, aber in Situationen wie dieser war sie verletzlich und verschlossen. Vielleicht entsprach es auch nur der russischen Natur zu leiden, ohne zu klagen.

Wortlos setzte er sich neben sie aufs Bett und legte den Arm um ihren hageren Oberkörper. »Raus damit! Welche Laus ist dir über die Leber gekrochen?«

Irina blieb still – zögerte. Dann griff sie neben sich in die Nachttischschublade, zog ein rosa Formular heraus und schnippte es vor ihn aufs Bett.

»Diese Laus!«, sagte sie mit einem vorwurfsvollen Unterton, so als wäre André dafür verantwortlich.

Er nahm das Papier und las die wichtigsten Passagen laut vor: »Verordnung von Krankenhausbehandlung, Ektomie Adnextumor …«

André hatte das Gefühl, als würde die Faust eines Preisboxers in seiner Magengrube landen. »Du … du hast …«, stammelte er mit halb geöffnetem Mund.

»Nein, hab ich nicht – hoffe ich jedenfalls. Der Arzt meinte, es sei eine gutartige Zyste in meinem Eierstock.«

André schluckte.

»So, jetzt weißt du mehr als meine Eltern.«

Er nickte, unfähig, etwas zu sagen. Es ging ihm nahe, die Angst und Unsicherheit in den Augen dieses dünnen, zerbrechlichen Wesens vor sich zu sehen. Er hatte wenig Routine darin, Menschen zu trösten, war er doch nie verheiratet gewesen oder hatte gar die Verantwortung für ein eigenes Kind getragen.

»Trotzdem muss sie raus«, unterbrach sie seine Gedanken.

»Wer?«, fragte er abwesend.

»Na, die Zyste, du Schnarchnase!«

»Ach so, klar«, stotterte er, schloss sie in die Arme und drückte sie an sich.

Er hörte, wie sie schluchzte, eine Träne tropfte auf seine Hand.

»Und meine Eltern sind so weit weg, ich kann es ihnen nicht mal erzählen. Sie würden sterben vor Angst.«

»Musst du auch nicht, ich bin ja hier bei dir.« Dabei klopfte er ihr aufmunternd auf die Schulter.

TODESKAMPF

Dienstag, 26. Dezember 2017, 17.48 Uhr

Dunkelheit, Smog und Nieselregen hatten sich wie schwarzer Samt über die Stadt gelegt und verschluckten jeden Laut. Es war ihr schwergefallen, ihre Mietwohnung in dem heruntergekommenen Wohnblock am Rande der maroden Hochstraße, die sich quer über das Ludwigshafener Stadtgebiet zog, zu verlassen. Sie hatte sich nur an Heiligabend und am ersten Weihnachtsfeiertag etwas Freizeit gegönnt. Freizeit verleitete doch nur dazu, Bedürfnisse zu wecken, die man nicht befriedigen konnte, und Geld auszugeben, das man nicht hatte. Es war fast befreiend gewesen, als schließlich jener Stammkunde anrief, den sie, seit sie in Deutschland war, kannte. Es war ein gebildeter Mann, dem es aufgrund seines Alters mehr um Nähe als um Sex ging. Ja, er sprach sogar etwas russisch und hatte ihr am Anfang geholfen, hier Fuß zu fassen. Er war ein komischer Kauz, manchmal war er ihr unheimlich, trotzdem war er der Einzige, mit dem sie ihr Geheimnis, das sie nach wie vor belastete, geteilt hatte. Die anderen Mädchen hier waren ihr zu grob oder zu oberflächlich, um solche intimen Dinge mit ihnen zu teilen. Irgendwie war der alte, weise Mann so etwas wie ein Beichtvater für sie. Deshalb hatte sie sich auch ohne Widerstand breitschlagen lassen, für ihn, der sich wohl ähnlich einsam fühlte wie sie, ihren Arbeitsplatz in jenem Speyerer Club aufzusuchen. Doch noch war sie auf der regennassen B 9, die sich westlich um das Stadtgebiet von Speyer schmiegte, unterwegs. Sie fuhr nicht gerne Auto – schon gar nicht im Dunkeln und bei diesem Wetter.

Ein Schatten von oben, ein Knall wie ein Pistolenschuss, ein Schlag auf die Brust, wie von einem Riesen ausgeführt, der ihr die Kraft zum Atmen nahm. Für einige Sekunden hatte sie das Empfinden, in einer Waschtrommel zu sitzen und ohne eigene Kontrolle herumgewirbelt zu werden. Sie spürte warme Nässe, dann hüllte Dunkelheit sie ein.

Wache Augenblicke folgten, blaue Lichtreflexe, die um sie herumtanzten, Stimmengewirr, jemand, der ihre Hand drückte, sie aus dem wohligen, alles verdrängenden Schlaf, in den sie gefallen war, reißen wollte. Der Griff in ein gestärktes Laken, angenehm, sauber, vertraut. Dann schlief sie tief, fiel in Träume, die sich durch ihr Leben zappten. So musste es sein, wenn man an die Pforte des Todes klopfte.

*

Die Weihnachtsfeiertage troffen vorbei wie zäher Honig. André hasste diese Tage, an denen alles ruhte. Keine Stadtführung, die einem das Gefühl gab, mitten im Leben zu stehen, kein Geschäft, durch das man bummeln konnte, und keine gemütliche Weinstube, in der man sich an einem samtigen Pfälzer Rotwein laben konnte. Stattdessen hatte er entschieden, die tatenlosen Stunden der Unsicherheit und Angst mit Irina zu teilen.

Am Anfang hatte er ihre ängstlichen Fragen, was denn wäre, wenn es sich nicht nur um eine harmlose Zyste handelte, mit humoriger Leichtfüßigkeit abgewiesen. Nun, nach drei Tagen stiller Untätigkeit, hatte die Depression, die wie ein unsichtbarer Nebel im Haus hing und sie wie eine morbide Aura umhüllte, auch von ihm Besitz ergriffen. Schlechte Nachrichten in feiertäglicher Ruhe waren besonders schwer zu ertragen und lagen nicht selten wie Blei auf der Seele. Es kostete ihn immer mehr Energie, Irina wenigstens ein bisschen aufzumuntern. So wurde es unsäglich still, Irinas Lachen, die Geräusche, die sonst ihr jugendlich ungestümes Verhalten begleiteten, waren verstummt. Einzig die antike Pendeluhr an der Wand durchbrach mit ihrem monotonen Ticken die Grabesruhe.

ERWACHEN

Dienstag, 2. Januar 2018, 11.20 Uhr

André bemühte sich, nicht zu rennen. Man hatte ihm am Telefon gesagt, die Operation sei gut verlaufen und Irina würde wohl bald aufwachen.

Er wollte auf keinen Fall, dass sie alleine mit ihrer Ungewissheit die Augen aufschlug.

So hatte er sich Hals über Kopf in sein Auto geworfen und war quer durch die Stadt zum Diakonissenkrankenhaus gebraust. Er marschierte am Empfang vorbei, vorbei an der kleinen Tafel mit den heutigen Geburten. Für einen Sekundenbruchteil wunderte er sich über die dort aufgemalten

Namen, die ihn eher an die Helden von Fantasyfilmen als an die Rufnamen veritabler Kinder erinnerten. Er stürzte über die endlosen Flure des Krankenhauses, mit den aufgeklebten gepunkteten roten, blauen und gelben Linien auf dem Boden, die Patienten und Besucher sicher an ihr Ziel bringen sollten. Sie schafften es nicht, in den bewussten Raum seines Geistes zu gelangen, der einzig dafür reserviert war, sich um Irina zu sorgen. Stattdessen riefen sie in seinem Unterbewusstsein Assoziationen zum U-Bahn-Netzplan einer Großstadt hervor. Das war typisch für ihn. Wie ein Eisberg, der nur zu einem Siebtel über Wasser lag und mit dem Rest darunterhing, war auch sein Denken strukturiert. Während die Kapazitäten seines Gehirns für alles Bewusste begrenzt waren und sich seine mangelnde Multitaskingfähigkeit oft darin äußerte, dass er zögerte und stockte, waren bei ihm die für das Unterbewusstsein reservierten Synapsen geradezu verschwenderisch vorhanden. Er war in der Lage, unzählige Informationen gleichzeitig aufzunehmen, assoziativ nach Gesetzmäßigkeiten und Mustern zu scannen und zu speichern. Dies sorgte dafür, dass er für andere oft verwirrt und zerstreut wirkte, als könne er ihren Ausführungen gerade nicht folgen, zeitgleich saugte er aber wie ein Schwamm Informationen aus seiner Umgebung auf und verarbeitete sie.

So war es auch jetzt. Während er einerseits im unbewussten Teil seines Denkens die Linien mit allen ihm bekannten U-Bahn-Netzplänen abglich, verlief er sich zwangsläufig und fand erst nach zwei Nachfragen die Gynäkologische Station der Klinik.

Ohne weitere Panne erreichte er das Zimmer mit der Nummer, die ihm die freundliche Schwester am Telefon durchgegeben hatte. Er klopfte vorsichtig an und trat ein. Gleich im ersten Bett an der Tür lag Irina, wächsern und zerbrechlicher als sonst. Sie hatte die Augen geschlossen.

Er zog sich einen Hocker heran, setzte sich neben das Bett und ergriff ihre kalte, feingliedrige Hand. Er musste unwillkürlich schmunzeln, als ihm klar wurde, wie sie wohl normalerweise die väterliche Geste mit einem frechen Kommentar quittieren würde.

Stattdessen schlief sie friedlich und reagierte nicht weiter. Er hoffte inständig, dass die OP keine negativen Erkenntnisse zutage gebracht hatte.

Er versuchte, die finsteren Gedanken zu vertreiben, und ließ den Blick ziellos durchs Zimmer schweifen.

Während das mittlere Bett mit einer Folie abgedeckt war und offensichtlich für den nächsten Patienten bereitstand, erkannte er im hinteren Krankenbett am Fenster eine junge Frau. Ihm war beim Hereinkommen aufgefallen, dass sie sich abgewandt und seinen Gruß nicht erwidert hatte. Auch jetzt drehte sie sich zur Seite. Ihr Gesicht verzerrte sich dabei etwas, so als verursachte ihr diese Bewegung starke Schmerzen. Dass es ihr nicht gut ging, schloss er auch aus dem Vorhandensein gleich dreier Infusionsflaschen und den dicken Pflastern, die ihr junges Gesicht entstellten. Er wandte sich schnell ab. Es war ihm peinlich, wenn seine Gegenwart bei anderen Unbehagen auslöste, und dies ganz besonders, wenn sie sich in einer prekären gesundheitlichen Situation befanden.

Wenige Minuten später trat ein junger Arzt ein. Er stellte sich als Stationsarzt vor und kontrollierte Irinas Infusion.

»Sie wird gleich aufwachen«, kommentierte er knapp ihren Zustand.

»Hat sie ... ich meine, ist alles mit ihr in Ordnung?«, wandte sich André an den Arzt.

Dieser schaute ihn fragend an. »Sind Sie ein Angehöriger?«

»Ja, das heißt nein. Ich bin ihr Vermieter, aber sie hat hier sonst niemanden außer mir.«

»Sie werden verstehen, dass ich Ihnen keine Auskunft geben kann«, schnarrte der junge Arzt mechanisch die wohl tausendmal über seine Lippen gewanderte Floskel herunter.

»Ich will ja nur wissen, ob ich sie beruhigen kann, wenn sie aufwacht.«

»Das können Sie, die Operation ist erfolgreich verlaufen, und sie kann voraussichtlich in wenigen Tagen entlassen werden.«

»Das heißt, es war alles in Ordnung?«, bohrte André weiter.

»So könnte man es umschreiben«, sagte der Mediziner lächelnd. »Die nächsten 1.000 Monatsmieten sind Ihnen wohl sicher«, fügte er hinzu.

»Danke«, raunte André heiser, unsicher, ob er die letzten Worte als missglückten Scherz oder bösartige Spitze auffassen sollte.

Daraufhin ging der Arzt ans Bett der anderen jungen Frau. »Und Swetlana, wie geht es Ihnen heute? Die Schwester hat mir erzählt, das Fieber sei zurückgegangen.«

Die Angesprochene schwieg. Er tätschelte ihr kurz die Hand. »Keine Sorge, Sie werden wieder ganz gesund. Das hätte schlimmer ausgehen können.«

Wieder schwieg sie nur. Er zögerte etwas, als hätte er die Hoffnung, sie würde sich zu einer Antwort entschließen. Dann wandte er sich um und verließ den Raum.

Wenig später begannen Irinas Lider zu flattern, offensichtlich gewannen ihre Lebensgeister langsam die Oberhand über die sedierende Wirkung der Medikamente.

Sie schien Andrés Hand zu spüren und drückte sie leicht, als wollte sie ihm damit ihre Dankbarkeit ausdrücken. »Ist ... ist alles okay mit mir?«, fragte sie schließlich mit heiserer, tonloser Stimme.

»Ja, das ist es, du bist bald wieder gesund.«

»Ist es kein Krebs?«, fragte sie ängstlich.

»Nein, es ist alles gut, schlaf dich ruhig aus.« Sanft strich er ihr dabei mit seinem Daumen über den Handrücken.

Über Irinas blasses Gesicht huschte ein kaum wahrnehmbares Lächeln, und sie schlief erneut ein.

KAFFEEKRÄNZCHEN

Freitag, 5. Januar 2018, 14.35 Uhr

»Hallo, alter Mann. Du brauchst von Mal zu Mal länger, deine rheumatischen Glieder ans Telefon zu schleppen. Ich hatte schon Angst, ich krieg Spinnweben unter dem Arm, während ich mit dem Hörer in der Hand auf dich warte.«

André lachte laut auf. »Klingt so, als würde es dir besser gehen. Ich hatte schon gehofft, sie hätten dir die Haare von den Zähnen rasiert.«

»Ging nicht, du hast doch gesagt, ich soll sie zusammenbeißen.«

»Und was für einem subtilen Bedürfnis habe ich deinen freundlichen Anruf zu verdanken? Dürstet es die Dame nach Respektlosigkeit, oder ist es nur ein schnödes Hungergefühl nach Süßwaren aller Art?«

»Mach schon, schwing deine alten Knochen ins Auto und komm. Die Dame wünscht, ins Krankenhaus-Café ausgeführt zu werden. Wir haben zu feiern.«

»Klingt gut, und was gibt's zu feiern?«

»Erfährst du gleich, beeil dich!«

»Wie könnte ich eine so charmant vorgetragene Bitte abschlagen. Würde es dir in 15 Minuten passen, meine Holde?«

»Ja, und vergiss dein Geld nicht, der Sekt hier ist teuer!«

Tatsächlich stand André nur knapp 20 Minuten später im Türrahmen von Irinas Krankenzimmer. Sie war wie ausgewechselt: Sie hatte sich einen Cardigan übergeworfen, ihr Haar war ordentlich frisiert, und ihr Teint war von einem Hauch vitaler Rosigkeit überzogen. Sie erhob sich von der Bettkante, kam auf ihn zu, umarmte ihn und hauchte ihm rechts und links ein Küsschen auf die Wange. »Danke, alter Mann.«

Im Augenwinkel nahm er wahr, dass sie die junge Frau vom Bett am Fenster mit traurigen Augen beobachtete. Als er ihr nach Irinas stürmischer Begrüßung zunickte, drehte sie sich, wie schon die Tage vorher, wortlos weg.

»Lass uns runter in die Cafeteria gehen, ich brauch ein Gläschen Sekt.«

André hakte sie unter und führte sie aus dem Zimmer.

»Was ist? Warum bist du so aufgekratzt?«, fragte er sie, als endlich ein Piccolo-Sekt vor ihnen stand.

»Na, was schon? Der Oberdoc war vorhin bei mir. Die Befunde der zum Pathologen geschickten Gewebeproben sind da. Du wirst mich wohl noch etwas bei dir im Haus ertragen müssen. Es war wirklich nur eine Zyste und sonst nichts!« Dabei drückte sie Andrés Hand, und eine Freudenträne kullerte ihr über die Wange.

»War das nicht schon nach der Operation klar?«, erkundigte sich André überrascht.

Irina lachte. »Dir vielleicht, aber ich glaube so was erst, wenn ich es schriftlich habe. Schon mal was von der russischen Schwermut und der Lust am Leiden gehört?«

»Ja, hab ich. Schließlich liest man in Deutschland Dostojewski in der Schule.«

»Angeber!«

»Wo wir gerade von Schwermut reden, was ist denn mit deiner Bettnachbarin los?«

»Sie scheint starke Schmerzen zu haben«, sagte Irina betroffen.

»Was tut sie eigentlich mit den Pflastern im Gesicht auf der Gynäkologischen?«

»Sie scheint weit mehr zu haben als diese Kratzer. Sie trägt einen riesigen Verband um den ganzen Oberkörper.«

»Oh, tut mir leid«, sagte André, der sich bei seiner Neugierde ertappt fühlte.

»Sie hat bisher kaum geredet – auch mit den Ärzten nicht. Erst nachdem ich heute mit einer aus Russland stammenden Krankenschwester auf Russisch gescherzt habe, ist sie etwas aufgetaut und hat sich mir, als die Schwester weg war, vorgestellt. Sie heißt Swetlana und kommt aus der Ukraine.«

KONFUSION

Montag, 8. Januar 2018, 11.20 Uhr

Seit Tagen fühlte er sich innerlich zerrissen, von über-
mächtigen Gefühlen entzweit. Gefühle, die nicht gegen-
sätzlicher hätten sein können. Auf der einen Seite standen
Erleichterung und Genugtuung, auf der anderen Trauer
und Angst. Wie ein hilfloses Kind, das nicht weiß, ob es
das Richtige getan hat oder bei seinem strengen Vater endgültig in Ungnade gefallen ist und stündlich damit rech-
net, bestraft zu werden. Ob er tatsächlich im Fegefeuer zu
schmoren hatte oder, im übertragenen Sinne, lebenslang
von Schuldgefühlen getrieben nach und nach an Selbst-
vorwürfen verbrennen würde. Seit 13 Tagen und Nächten hielten diese Seelenqualen an, und er fürchtete, keine
Linderung mehr zu erfahren. Er musste handeln, um vom
Herrn Gnade und Absolution zu erhalten. Er würde weiter gehen als bisher, das Größtmögliche, ans unüberbiet-
bar Grenzende, tun. Nur so konnte er Milderung und
Ablass erlangen.

Seine wöchentlichen Exerzitien mit der Geißel waren
zu wenig. Sie waren durch die Gewohnheit profan und
nicht mehr gottgefällig geworden. Welchen Wert mochten die Leiden, die zur täglichen Übung verblasst waren,
in den Augen des Allmächtigen haben. Pein, und sei sie
noch so stark, die man gelernt hatte zu ertragen, verlor an
Gewicht. Er musste dem Gebieter zeigen, dass er, ohne zu
zögern, bereit war, die Qual ins Unermessliche zu steigern,
so lange, bis es *Ihm* gefiele und er die Buße annahm. Der

Herr würde ihm ein Zeichen senden, wenn er bereit war, ihm die Vergebung zu gewähren, dessen war er sich sicher.

Er zog mit beiden Händen, so fest er konnte, an den Schnüren, die er an den Lederriemen genäht hatte. Er hatte – so wie es seine Brüder im Opus Dei taten – den selbst gefertigten Bußgürtel um seinen rechten Oberschenkel geschlungen. In der Weise, dass sich die daran befestigten Metallspitzen tief in das welke Muskelfleisch des Schenkels bohrten. Er würde ihn fortan 33 Tage durchgängig tragen, würde damit gehen, sich setzen und schlafen, gleich, ob ihm die Schmerzen den Verstand vernebelten. Dazu würde er sich an jedem dieser Tage allmorgendlich nach der Matutin nach den Regeln der Hospitaliter mit der Geißel selbst kasteien. Fast wohlig war ihm zumute, als die Qualen an seinem Bein ihm das Bewusstsein trübten. Mit einem Mal empfing er die Botschaft, die in diesem Wohlbefinden lag. Der Herr zeigte ihm auf seine Art, dass er das Richtige tat.

*

André zwang sich, nicht zu schmunzeln. Zu bizarr und klischeehaft klang das, was ihm Irina empört schilderte.

»Es war wie in einem dieser Krimis. Vorneweg marschierte der Arzt und dann folgten zwei stämmige Typen. Man hat ihnen sofort angesehen, dass es Bullen waren. Ich frage mich, wie die überhaupt je einen Verbrecher erwischen, wenn man ihnen immer gleich ansieht, dass sie Polypen sind. Warum lassen sie es sich nicht direkt auf die Stirn tätowieren. Der Doc meinte, ich könnte meinen Koffer nehmen und draußen auf dich warten. Die Behandlung sei eh abgeschlossen«, regte sich Irina auf.

André lachte. »Erst willst du nicht ins Krankenhaus, und dann bist du sauer, wenn sie dich gehen lassen.«

»*Gehen lassen* ist gut. Der hat mich hochkant rausgeworfen. Wäre ich so ein Privatpatientenschnösel, hätten die sich das nicht getraut.«

»Ja, und was suchten die beiden in deinem Zimmer?«

»Eigentlich waren sie sogar zu dritt. Hinter den zwei Bullen dackelte nämlich noch eine Frau rein.«

»Und was wollten die drei?«, fragte André mit rollenden Augen.

»Sie wollten zu Swetlana.«

»Swetlana? Du meinst das große Schweigen im Bett am Fenster?«

»Ja, wer sonst?«

»Und dann musstest du raus?«, bohrte er weiter.

Irina lachte. »Hätten sie gerne gehabt. Ich musste aber noch in unserem Badezimmer nachschauen, ob ich nichts vergessen habe.«

»Und das kann natürlich dauern, wenn du neugierig bist.«

»Du sagst doch immer, ich sei chaotisch und unachtsam. Ich wollte eben sicher sein, dass ich nichts liegen lasse.«

»Welch neuer Zug an dir. Und jetzt sag schon, was sie von ihr wollten.«

Irina grinste hämisch. »Aha, der alte Mann will's nun auch wissen. So kenne ich dich gar nicht. Kaum ist von Polizei die Rede, erwacht dein Schnüfflerinstinkt.«

»Du bist es doch, die so wichtig tut. Ich stelle mich dir ja nur zur Verfügung, damit du nach Herzenslust Klatsch und Tratsch verbreiten kannst.«

»Püh«, hauchte Irina und wandte sich gespielt beleidigt ab. »Ich muss es dir ja nicht erzählen. Dann entgehen dir eben meine Exklusivinformationen.«

»Erzähl schon, du Aushilfs-KGB-Agentin!«

»Also, die Frau hat Swetlana auf Russisch begrüßt und sich als Übersetzerin vorgestellt. Dann machte sie die beiden Bullen als Kriminalhauptkommissar Soundso und Kommissar Dingsbums bekannt.«

»Russisch? Hast du mir nicht am Freitag erzählt, sie kommt aus der Ukraine?«

»Ja, kommt sie. Aber die meisten Ukrainer sprechen ebenso Russisch wie Ukrainisch.«

»Wow, ich liebe es, wenn du mich so exakt und dezidiert informierst. Und was wollten Soundso und Dingsbums?« André deutete ein gelangweiltes Gähnen an.

»Woher soll ich das wissen? Ich musste ja irgendwann raus. Ich konnte nicht stundenlang meine Zahnbürste suchen.«

»Wie, das war alles?«

Irina nickte nur grinsend.

»Ich denke, du solltest von einer Bewerbung beim KGB absehen. Ich kenne keinen lausigeren Agenten als dich.«

»Na immerhin hab ich mitgekriegt, dass es wirklich Bullen waren. Und als ich rausging, hab ich gehört, dass sie mit ihr über den Tathergang am 26. Dezember reden wollten.«

»Soso, und was war am 26. Dezember? Was hat sie denn angestellt, deine Swetlana?«

»Keine Ahnung, du bist doch der Hobbybulle von uns.«

»Hobbybulle, was soll das denn?«

»Na, du warst es doch, der im letzten Sommer so heldenhaft dein geliebtes Speyer vor dem internationalen Terrorismus beschützt hast.«

»Ich war eben nur zur rechten Zeit am rechten Ort.« André mochte es nicht, wenn sie darauf anspielte, was letztes Jahr bei der Beerdigungszeremonie für den Altbundeskanzler vorgefallen war. Es verursachte ihm jedes Mal Magengrummeln, sich vorzustellen, dass der Extremismus auch in seiner Heimatstadt angekommen war.

SCHLAGZEILE

André pfiff leise die »Rhapsodie in blue« vor sich hin, als er den Milchschaum für ihre beiden Cappuccino aufschäumte. Er war zufrieden – zufrieden, dass bei Irina alles gut ausgegangen war, und zufrieden, dass sie wieder bei ihm war. Noch vor drei Jahren hätte er, der alte Eremit, es sich nicht vorstellen können, sein Haus mit einer anderen Person zu teilen, und nun gehörte sie zu seinem Leben wie eine Tochter. Er wagte es nicht, daran zu denken, was wäre, wenn ihr Studium zu Ende war und sie nach Russland zurückkehrte oder auszog, um bei einem Partner zu leben. »Schluss mit den trüben Gedanken«, sagte er sich. Sie war hier, und er wollte das gemeinsame Frühstück genießen.

»Alter Mann, vergiss bei deinem übertriebenen Barista-Getue nicht, dass eine junge Dame am Tisch auf dich wartet. Komm endlich her, du penibler Kaffeepulverabwieger und gescheiterter Latte-Art-Fetischist.«

»Wow, wie habe ich deinen besonderen Charme nur vermisst.«

»Man nennt mich nicht umsonst ›charming Irina‹!«, gab sie zurück und lachte unbeschwert.

André seufzte – wie schön es doch war, dass es ihr wieder gut ging. Die letzten beiden Wochen, in denen oft stundenlang das Ticken der Wanduhr das einzige Geräusch gewesen war, das es zu hören gab, hatten sich wie ein Albdruck auf seine Seele gelegt. Wie auf Kommando hatte sich der graue, für den Winter in der Rheinebene so typische Hochnebel, der wie ein schmuddeliges, angegrautes Laken über der Stadt lag, etwas verzogen und ließ einen sonnigen Tag erwarten.

Als er die beiden Tassen auf dem Tisch abgestellt hatte und Irina gegenübersaß, schob sie ihm die »Rheinpost« entgegen. »Das dürfte die Sache von gestern klären«, sagte sie und wies mit dem Finger auf eine Zeitungsabbildung, auf der ein gelbes Auto mit völlig zertrümmerter Frontpartie zu sehen war. Darüber stand in großen Lettern: »Steinwurf auf junge Osteuropäerin aufgeklärt!«

André schluckte. »Du meinst, das …«

»Ja, ich denke, hier ist von Swetlana die Rede. Lies mal weiter!«

André nahm die Zeitung und las den Text darunter laut vor: »Wie der Pressesprecher des Polizeipräsidiums Ludwigshafen auf Anfrage der ›Rheinpost‹ mitteilte, ist der Steinwurf vom 26.12.2017 aufgeklärt. Wir berichteten bereits in unserer Ausgabe vom 27.12. darüber. Durch die unbedachte Tat eines Jugendlichen, der von der Brücke über die B 9, unweit der Anschlussstelle Speyer-West, einen Stein auf die darunter verlaufende Fahrbahn warf, wurde eine junge Ukrainerin schwer verletzt. Ihre Windschutzscheibe wurde durchschlagen und die 24-jährige Fahrerin erlitt lebensbedrohliche Verletzungen im Brustbereich. Sie wird derzeit im Krankenhaus behandelt, schwebt aber nicht mehr in Lebensgefahr. Obwohl der Steinewerfer die Tat weiterhin abstreitet, gilt er nach Angaben der Behörden als überführt. Indizien und eine Zeugenaussage belasten den jungen Speyerer schwer.«

»Mein Gott, das ist ja fürchterlich. Unglaublich, welche Irren sich auf den Straßen herumtreiben.«

Irina nickte. »Kein Wunder, dass sie so eigenartig war. Sie muss völlig traumatisiert sein.«

»Und dabei hatte sie noch Glück. Hier steht, dass das Auto ins Schleudern kam und gegen die Leitplanke prallte.«

»Die Arme. Und sie hatte nicht mal Besuch. Sie scheint niemanden zu haben, der sich um sie kümmert«, erwiderte Irina ernst.

Sie rieb sich mit den Händen übers Gesicht. André sah, dass sie mit den Tränen kämpfte.

»Danke, dass du für mich da warst.« Sie blickte ihn mit feuchten Augen an.

»Das hättest du für mich auch getan.«

»Aber bild dir bloß nichts drauf ein, dass du jetzt mit meinem Eierstock auf Du und Du bist.«

André lachte. Sie war wieder ganz die Alte. Angst und Unsicherheit hatten sich verflüchtigt wie der Rauch eines erloschenen Streichholzes.

»Ich werd sie auf jeden Fall diese Woche besuchen«, sagte Irina nach einer kurzen Pause entschlossen.

*

André war gleich nach dem Frühstück zu einer Stadtführung aufgebrochen. Seit seinem vorzeitigen Ruhestand hatte er dies zum Broterwerb gemacht. Natürlich reichte es alleine nicht aus, um davon zu leben. Aber mit den Früchten einer kleinen Erbschaft und der Miete für Irinas Zimmer genügte es ihm, um die Jahre bis zur regulären Altersrente zu überbrücken.

Zu dieser Jahreszeit fanden sich nur zwei- oder dreimal die Woche ein paar Hartgesottene, die dem trüben und oft feuchten Wetter trotzten. Die Gruppen bestanden häufig nur aus einer Handvoll Interessierter, was ihm die Möglichkeit gab, intensiver auf Fragen einzugehen und den einen oder anderen Exkurs einzubauen. André mochte das. Er hatte viel Zeit darauf verwendet, jedes noch so kleine Detail der Speyerer Stadtgeschichte in sich aufzusaugen. Es freute ihn, wenn er hin und wieder Aspekte beleuchten konnte, die nicht zum Standardprogramm gehörten. Die Führung heute war so ein Anlass. Der Teilnehmerkreis beschränkte sich auf ein paar pensionierte Lehrer aus Baden-Württemberg. Sie waren wissbegierig und gut vorbereitet. Eine Kombination, die es zuließ, so etwas wie einen Expertendialog entstehen zu lassen.

Er hatte deutlich überzogen. Es war schon 12.30 Uhr, als er mit knurrendem Magen beim »Mediterraneo«, einer Mischung aus Feinkostladen, Café und Restaurant, eintraf. Hierhin zog es ihn oft. Entweder vor einer Führung, um zu frühstücken, oder danach, um einen Espresso zwischendurch zu konsumieren. Heute würde es mehr brauchen, um seinen Hunger zu stillen. Er freute sich schon auf ein frisches Pastagericht oder eine bunt gemischte Antipasti-Platte.

Er hatte Glück, sein Lieblingstisch gleich neben der Tür, mit dem Blick aus dem Fenster zur Straße, war frei. Er setzte sich. Vor ihm lag – wirr zusammengefaltet – die heutige Ausgabe der »Rheinpost«. Er hasste es, wenn seine Mitmenschen unachtsam mit Dingen umgingen und sie anderen unordentlich hinterließen. Er hielt es für respektlos. Umständlich brachte er die Zeitung mit mürrischem Gesichtsausdruck in die ursprüngliche Reihenfolge und glättete sie sorgfältig mit der Handkante. Er tat dies einem inneren Zwang folgend, auch wenn die Druckerschwärze einen grauen Film auf der Haut hinterlassen würde. Er bemerkte nicht, dass Camilla, die Eigentümerin, hinter ihn trat und nachsichtig lächelnd abwartete. Sie kannte ihn schon lange und wusste um seine Schrullen.

»Das war der kleine Albertella«, sagte sie und wies mit dem Zeigefinger auf das Zeitungsfoto von Swetlanas Auto, das er vorhin am Frühstückstisch studiert hatte.

»Was? Wer?«, fragte er aufgeschreckt.

»Na, der Steinewerfer soll Marco gewesen sein. Sie wissen doch, der Jüngste von den Albertellas, denen das Eiscafé auf der Maximilianstraße gehört.«

»Wie, Sie meinen *den* Marco?«

»Ja, *den*«, wiederholte sie schmunzelnd.

»Aber woher wissen Sie ...?«

Camilla lächelte mild. »In einer kleinen Stadt wie Speyer kennt man seine Landsleute.«

»Verstehe«, brummte er.

»Aber wieso kennen *Sie* Marco?«

»Ich bin mit seiner Mutter zur Schule gegangen. Und fast jede Woche bin ich einmal im Eiscafé und gönne mir ein kleines Eis. Marco sitzt häufig an einem der hinteren Tische und macht Hausaufgaben.«

Camilla lächelte gequält. »Die nächste Zeit wird er wohl eher in Schifferstadt im Jugendgefängnis sitzen. Die armen Eltern.«

Erst jetzt wurde André bewusst, worüber sie gerade sprachen. »Ja, aber das kann unmöglich sein. Er ist doch kein hirnloser Idiot, der mutwillig Steine von der Brücke wirft. Ich kenne ihn etwas. Ich habe ihm erst kürzlich bei den Geschichte-Hausaufgaben geholfen. Er nimmt gerade die Salier durch. Er interessiert sich sehr für die Vergangenheit unserer Stadt«, merkte er mit einer Mischung aus Überraschung und Empörung an.

Camilla zog eine Augenbraue hoch. »Verstehe. Wer sich wie Sie für Speyerer Stadtgeschichte interessiert, kann kein schlechter Mensch sein.«

»Ja – das heißt nein. Natürlich kann man das, aber er ist

doch so ein aufgeweckter, netter Kerl. Der wirft doch keinen Stein von der Brücke, ohne darüber nachzudenken, was dadurch passieren kann.«

»Das meint Gina, seine Mutter, auch. Aber die Polizei ist wohl anderer Meinung und sagt, die hätten einiges gegen ihn in der Hand.«

BOTSCHAFT

Mittwoch, 17. Januar 2018, 17.15 Uhr

In den letzten acht Tagen hatten Irina und er vollends in die Normalität zurückgefunden. Sie hatte ihr Studium in Mannheim wieder aufgenommen. Er hatte eine Weiterbildung in Mainz besucht und vereinzelt ein paar Reisegruppen geführt. Die Stadt lag in einer eigenartigen Lethargie. Obwohl die Temperaturen noch immer gut fünf Grad über dem Gefrierpunkt lagen, wollte niemand freiwillig das Haus verlassen. Alles war grau und trist. Die Sonne ließ sich täglich nur minutenweise wie eine viel zu schwache Glühbirne hinter dem dicken grauen Laken des Hochnebels erahnen.

André war gerade von einem ausgiebigen Mittagsschlaf erwacht, als er Irinas Schlüssel im Türschloss vernahm.

Sie trat ins Wohnzimmer und begrüßte ihn, der in eine dicke Wolldecke gewickelt auf dem Sofa vor dem dünn vor sich hin rauchenden Kaminfeuer lag.

»Geht es dir wieder schlechter?«, fragte er besorgt, als er in ihr blasses Gesicht blickte.

»Schon gut, alter Mann. Du beginnst mich zunehmend an meine Großmutter zu erinnern. Von der musste ich auch immer solche Sprüche ertragen. Und ja, ich ziehe meinen Schal an, wenn ich rausgehe.«

»Du bist unfair, so was würde ich mir verkneifen.«

Irina lachte spöttisch. »Aus Überzeugung?«

»Nein, aus Angst vor deinem frechen Mundwerk.«

»Aber Spaß beiseite, ich bin wirklich geschafft«, sagte sie.

»Dein Studium?«

»Nein, da passt alles. Ich war eben zwei Stunden mit Swetlana im ›Café Amalie‹.«

»Oh, schön. Wann wurde sie entlassen?«

»Gestern. Sie hat mir gesagt, sie würde mich um dich beneiden.«

André lachte. »Nun, das hat sie wohl mit etwa 3,5 Milliarden Frauen auf der Erde gemeinsam.«

»Angeber. Sie kennt dich schließlich nicht. Denk dran, Frauen mögen keine Wichtigtuer.«

»Wie geht's ihr?«, fragte André besorgt.

»Na ja, beschissen. Sie hat mir vorhin in der Toilette ansatzweise ihre Wunde gezeigt. Ihr komplettes Dekolleté und die Brustpartie wurden vom Stein aufgerissen. Sie bräuchte dringend eine kosmetische Operation, aber ihre Krankenversicherung zickt rum.«

André verzog das Gesicht und sog geräuschvoll die Luft

durch die Zähne. »Für eine so junge Frau ist das bestimmt sehr übel.«

Irina nickte abwesend.

»Wann wird sie wieder arbeiten können?«, hakte er nach.

»Ich glaube, ich geh hoch und schäl mich aus diesen dicken Sachen. Ich schwitze wie ein Braten«, murmelte Irina und verzog sich, ohne Andrés Frage zu beantworten, nach oben.

Er schüttelte den Kopf und brabbelte ihr »Danke für das Gespräch« hinterher.

20 Minuten später tauchte Irina in ihrem üblichen Freizeitoutfit aus Jogginghose und Schlabberpulli auf. »Ich soll dir übrigens das zeigen«, sagte sie und hielt ihm ein zerknülltes DIN-A4-Blatt, an dessen Rand noch einige schmutzige Klebestreifen hafteten, dicht vor die Augen.

»Was zur Hölle ist das?«, erwiderte er genervt angesichts des schmutzigen Papierfetzens so nah vor seinem Gesicht.

»Der ist von Swetlana. Sie weiß damit nichts anzufangen.«

»Entsorgst du nun auch noch ihren Müll?«, entfuhr es ihm. Noch immer vermied er es, den zerknitterten Fetzen anzufassen. Es bereitete ihm Ekel, Dinge, von denen er nicht genau wusste, wo sie herkamen, in die Hand zu nehmen.

»Mann, nimm schon, der beißt nicht! Schließlich hab ich ihn auch in der Hand gehabt.«

Widerwillig nahm er das Papier zwischen die Spitzen von Daumen und Zeigefinger.

Irina lachte. »Fast schon artistisch, wie du die Berührungsfläche herunteroptimierst.«

»Holla, was ist das denn?«, raunte André, als er erkannte, dass auf das gewöhnliche Blatt Druckerpapier ein knapp streichholzschachtelgroßer Zeitungsschnipsel aufgeklebt war. Abwesend las er das einzige auf dem Blatt stehende Wort laut vor: »peccato«.

»Wow, du kannst lesen«, hämte Irina.

»Agnus Dei, qui tollis peccata mundi, miserere nobis«, rezitierte André in pastoralem Tonfall. Dabei legte er besondere Betonung auf das Wort »peccata«.

»Aha, wie war das doch gleich im Mittelteil, Euer Hochwürden?«

»Lamm Gottes, du nimmst hinweg die Sünden der Welt, erbarme dich unser«, wiederholte er ebenso priesterlich die deutsche Übersetzung.

»Danke, dass ich an Eurer Weisheit teilhaben darf, oh Vater«, kommentierte Irina gespielt inbrünstig.

André lachte. »Entschuldige, das hat mich an meine Ministrantenzeit erinnert. Das war die erste Zeile des ›Agnus Dei‹. Der Pfarrer sagt es, während er bei der heiligen Messe das Brot bricht, auf. Und ›peccata‹ ist lateinisch und heißt ›Sünden‹.«

»Wow, der alte Mann brilliert mal wieder mit seinem enzyklopädischen Wissen.«

»Wie würdest du sagen, meine Liebe: Wer kann, der kann.«

Irina schüttelte grinsend den Kopf und zischte ihm lachend ein »Klugscheißer« entgegen.

»Swetlana hat den Zettel in ihrem Auto gefunden. Sie hat heute, bevor die Karre verschrottet wird, ihre persönlichen Sachen ausgeräumt und diesen Fetzen bei einem Haufen Abfall unterm Sitz ihrer alten Schleuder entdeckt. Sie war sich sicher, dass er vorher nicht da war und mit dem Stein in die Karre gekommen sein muss.«

»Und wie kommt es, dass ihn die Polizei nicht gefunden hat?«

»Das hab ich sie auch gefragt. Sie hat mir gesagt, dass es fürchterlich in ihrem Auto ausgesehen hat. Sie hat nie darin aufgeräumt und alles, was sie nicht brauchte, einfach unter die Sitze gestopft.«

André schluckte. »Ist dir klar, was du da gerade sagst?«

»Ich bin ja nicht blöd«, erwiderte sie.

André schaute sich das Blatt eingehender an, drehte es und suchte es dicht vor den Augen ab. Dabei behielt er seinen Pinzettengriff zwischen Daumen- und Zeigefingerkuppe sorgfältig bei.

»Das Wort ist scheinbar ausgeschnitten und mit einem Klebestift aufgeklebt worden. Sieht aus, als käme es aus einer Zeitung. Und an den Rändern des ganzen Papierbogens hängen Tesafilm-Reste. Als wäre er um etwas herumgewickelt worden«, sinnierte er abwesend vor sich hin.

»Sieht fast so aus, als gäbe es hier Spuren von einem Pflasterstein oder so was. Da, wo die Kanten waren, hat das Papier Risse.« Dabei deutete er mit der Zeigefingerspitze auf die jeweiligen Stellen. Eine Zeit lang starrte er stumm auf den Fetzen. Dann fuhr er, ohne eine Reaktion von Irina abzuwarten, fort.

»Ja, so muss es sein. Der Stein war darin eingewickelt. Siehst du, da scheint etwas Sand anzuhaften.«

Irina grinste. »So weit wie du Freizeit-Sherlock-Holmes waren wir auch schon.«

»Dann halten wir gerade ein wichtiges Beweismittel in Händen«, fügte er abwesend hinzu.

»Nicht wir, du«, sagte Irina lachend. »Und jetzt bist du überführt.«

»Das ist nicht witzig. Lauf lieber in die Küche und hol eine große Zipptüte.«

»Voilà«, entgegnete sie und reichte ihm eine transparente Plastiktüte, die sie hinter ihrem Rücken verborgen hatte. »Auch das haben wir geschnallt. Was meinst du, in was ich ihn hierhertransportiert habe?«

André nahm die Tüte und ließ den Zettel mit Irinas Hilfe, ohne ihn weiter zu berühren, hineingleiten.

»Und was hat dieses ›peccato‹ zu bedeuten?«, fragte Irina, als sie ihr Beweisstück sicher verstaut hatten.

»Sieht aus, als wäre es eine Botschaft des Täters«, antwortete André und wiederholte die deutsche Übersetzung: »Sünde«. Dabei legte er die Finger der rechten Hand um sein Kinn und rieb daran.

Irina heftete stumm ihren Blick auf ihn, als wartete sie auf eine umfassende Erklärung oder einen plötzlichen Geistesblitz.

»Kann Swetlana das irgendwie einordnen?«, erkundigte er sich schließlich mit gerunzelter Stirn.

Irina starrte ihn an und trat von einem Bein aufs andere.

»Das bedeutet?«, fragte André und breitete erwartungsvoll die Arme aus.

»Das bedeutet nichts«, erwiderte sie schnodderig und lief wortlos aus dem Zimmer.

Er schaute ihr entgeistert nach. Was war das denn? Hatte er mit irgendeiner Bemerkung ihren Ärger auf sich gezogen?

VISIONEN

Donnerstag, 18. Januar 2018, 5.45 Uhr, eine Viertelstunde vor der Laudes

Der Boden unter seinen Füßen vibrierte. Der Organist, der die mächtige Hauptorgel auf der Westempore des Domes spielte, tat dies in einer besonders gravitätischen Art und Weise. Genau so, wie er es ihm aufgetragen hatte, setzte er an der richtigen Stelle den Orgelpunkt, einen Dauerbasston, den er unter die eigentliche Melodie fügte. Er nutzte dazu die zehn Meter lange, auf das große C gestimmte Pfeife, deren satte Töne man eher fühlte, als sie wirklich zu hören. Damit gab er Schwere und Erhabenheit in sein Spiel, die sich wie ein kalter, ehrfurchtgebietender Odem auf die Brust der Gläubigen legte.

Nach einem improvisierten Vorspiel, das den Dom erbeben ließ, setzte er zum Choral »Großer Gott, wir loben dich« an. Die Gemeinde erhob hundertfach die Stimme und tauchte den Dom in eine fast tausendstimmige gottergebene Bewegtheit. Er stand aufrecht zu Füßen des großen goldenen Altarkreuzes, das vom hinteren Gewölbegurt der Vierungskuppel hing, thronte über seinen Schäfchen und war gerührt von der andächtigen Ergriffenheit des Auditoriums.

Er hatte es genossen, wie sie tief bewegt seiner lateinischen Predigt gelauscht und die weisen, mahnenden Worte, die vom tiefen Glauben und seiner völligen Ergebenheit gegenüber dem Herrn zeugten, in sich aufgenommen hatten. Die Orgel verstummte. Er kostete es aus, seine Zuhörer schweigend eine kurze Zeit warten zu lassen. Sog genussvoll die Atmosphäre in sich ein, wie sie ihn erwartungsvoll anstarrten, begierig, den Segen von ihm zu empfangen. Dann erhob er die Stimme: »Dominus vobiscum. Et cum spiritu tuo. Benedicat vos omnipotens Deus, Pater et Filius et Spiritus Sanctus. Amen.«

Ein wohliges Gefühl der Stärke und Vertrautheit breitete sich in ihm aus.

Dann sang er: »Ite missa est, deo gratias.« Als er im Begriff war, den Kopf in einer tiefen Verneigung auf den Altar zu senken, durchzuckte ihn plötzlich ein Schmerz. Als er den Rücken zur Verbeugung gekrümmt hatte, war er in seiner liegenden Position auf dem Boden des Gewölbekellers mit dem Kopf an ein Tischbein gestoßen. Er war verwirrt. Um ihn war nicht der Dom, sondern nur Dunkelheit, Feuchte und Kälte. Er hatte das alles nur geträumt. Ein böser Dämon hatte ihm diesen Streich gespielt, um ihn, den innerlich brennenden und körperlich geschundenen Menschen, weiter zu demütigen. Oder war es eine Strafe des Herrn, die ihm nur zeigen sollte, dass er erneut versagt hatte. Er, dessen Lebenstraum es gewesen war, im Dom große Messen zu lesen, der den innigen Wunsch in sich trug, die Gläubigen jene Gottesfürchtigkeit zu lehren, von der einst die christlichen Märtyrer beseelt gewesen waren. Und was war stattdessen aus ihm geworden? Ein Versager, der den Herrn, seinen Schöpfer, bitter enttäuschte.

Reflexartig fasste er sich an den Bußgürtel, der eng um seinen Oberschenkel lag. Er fühlte die Nässe, die den Stoff der Hose durchtränkt hatte. Er roch den üblen Gestank von Wundsekret, geronnenem Blut und Eiter. Die Schmerzen fraßen sich pulsierend in sein Bewusstsein und nahmen es mehr und mehr ein. Dieses Pulsieren war ein sicherer Vorbote der Infektion, die sich unaufhaltsam in seinem Schenkel ausbreitete. Wenn er den Gürtel nicht löste und die Wunden von den scharfkantigen Metallspitzen befreite, die sich mit jeder Bewegung neuerlich ins schwärende Fleisch bohrten, würde es zu spät sein. Er brauchte einen Arzt. Wenn nicht, würde sein Bein, wie es von zahlreichen mittelalterlichen Büßern überliefert war, dem Wundbrand zum Opfer fallen.

Er wusste, dass er die Exerzitien längst hätte abbrechen müssen. Er weinte vor Scham, Qual und Entkräftung.

*

Etwa zur gleichen Zeit wälzte sich André schlaflos im Bett. Irgendwie war das alles sehr merkwürdig. Wenn es tatsächlich eine Botschaft des Täters war, dann wurde der Stein gezielt auf ihr Auto geworfen. Es war kein Dummejungenstreich, wie die Polizei vermutete. Auch der Inhalt der Nachricht passte nun wirklich nicht zu dem kaum der Pubertät entwachsenen Marco. Welcher Sünde hatte sich die junge Swetlana schuldig gemacht? Was konnte so schwer wiegen, dass sie jemand absichtlich in Lebensgefahr brachte? Der Attentäter musste dazu in einer engen Beziehung zu ihr stehen, ihren Lebensrhythmus kennen und wissen, dass sie just um diese Zeit die Brücke passieren würde. Warum hatte sie kein Gefühl oder einen Verdacht, wer für so etwas infrage kam?

Ebenso eigenartig erschien ihm Irinas Verhalten. Warum war sie vorhin einfach davongelaufen? Wusste sie etwas, was sie ihm nicht preisgeben wollte?

Ärger und Empörung stiegen in ihm auf. Er mochte es nicht, wenn man ihn im Unklaren ließ, ihm gar Dinge bewusst verschwieg. Er wollte sie morgen beim Frühstück zur Rede stellen. Die Sache war zu ernst für irgendwelche Spielchen. Danach würde er seinen Freund Frank Achill, der als Kriminalhauptkommissar beim Polizeipräsidium Ludwigshafen arbeitete, anrufen. Vielleicht konnte der Zettel helfen, den wahren Täter zu überführen und Marco aus der Schusslinie zu bringen.

*

André war deutlich früher als sonst aufgestanden. Er wollte vermeiden, dass Irina zur Uni entschlüpfte, bevor er mit ihr geredet hatte. Er saß am gedeckten Frühstückstisch und starrte auf den in der Tüte verpackten Papierfetzen, als sie mit müden Augen in die Küche schlurfte.

»Ich hätte ihn dir nicht zeigen sollen. Ich hätte wissen müssen, dass du dich mit deinem Helfersyndrom hochfährst«, sagte sie matt.

»Hochfahren?«, erwiderte er empört. »Du präsentierst mir ein wichtiges Beweisstück, das möglicherweise den Täter überführt und Marco entlastet, und ich soll es einfach so unbeteiligt hinnehmen?«

»Ja, aber noch gehört es Swetlana. Sie hat zu entscheiden, was damit passiert.«

André verschluckte sich. »Was soll das bitte? Willst du etwa, dass wir Beweismaterial unterschlagen?«

»Was ändert es? Swetlana ist so oder so verletzt. An ihrem Schicksal bessert das auch nichts.«

»Welches Schicksal?«, fragte André irritiert.

»Das geht dich nichts an!«, schleuderte sie ihm mürrisch entgegen.

»Meinst du, ich bin so vergeistigt, dass ich nicht registriert habe, dass es hart für eine junge Frau ist, üble Narben davonzutragen?«

»Du hast wieder mal keine Ahnung, alter Mann«, schnaubte Irina.

»Dann hilf mir doch auf die Sprünge! Welche Sünde hatte denn der Werfer im Sinn, und auf welches Schicksal spielst du an?«

»Das, mein Lieber, darf ich dir leider nicht sagen – Frauengeheimnis!«

»Dann wirst du es eben Frank Achill sagen müssen, wenn ich ihm den Zettel übergeben habe.«

»Das wirst du nicht!«, herrschte sie ihn an und riss ihm die Zipptüte aus der Hand. »Der gehört Swetlana, und genau ihr werde ich den Wisch zurückgeben. Es ist ihre Entscheidung, ob sie ihn zur Polizei bringt oder nicht. Und damit basta!«, schrie sie mit einer überraschenden Härte in der Stimme, federte aus dem Stuhl und verschwand nach oben in ihr Zimmer.

André blieb perplex zurück. Was war nur in sie gefahren? Warum verhielt sie sich wie eine Pubertierende? Diese Seite kannte er bisher nicht an ihr. Sie war sonst eher pragmatisch und tat das Naheliegende. Solch irrationale Züge waren ihm an ihr nie aufgefallen. Sie musste einen Grund haben, so zu reagieren. Warum hatte sie sich gegenüber Swetlana verpflichtet zu schweigen, und welches Geheimnis umgab die Ukrainerin? Hatte sie etwas auf dem Kerbholz oder Angst, durch die Hinzuziehung der Polizei jemanden zu belasten? Wenn sie einen Verdacht hatte, wieso hatte sie Irina den Zettel mitgegeben?

*

Irina war aus dem Haus geschlichen und zur Uni aufgebrochen. Ihn hatte sie gemieden. Offensichtlich saß bei ihr die Furcht tief, ihr Wortgefecht von vorhin könnte sich zu einem veritablen Streit auswachsen und womöglich ihre Beziehung ernsthaft beschädigen.

Das alles beschäftigte ihn sehr. Schließlich entschied er, zunächst nicht weiter bei Irina nachzubohren. Er war optimistisch, dass sich die Sache von selbst erledigte. Bestimmt würde sie spätestens am Abend Kontakt zu Swetlana aufnehmen, sich von ihrem Schweigeversprechen entbinden lassen, und alles klärte sich rasch auf. Er wusste, dass sich bei Irina – wenn man ihr nur genügend Zeit gab – bisher immer die Vernunft durchgesetzt hatte.

Trotz der trüben und nasskalten Witterung war er nicht unglücklich, zu einer Stadtführung aufbrechen zu müssen, die ihn hoffentlich von seinen grüblerischen Gedanken ablenkte.

Er fühlte sich nass und klamm. Die feinen Wasserperlen des Nieselregens, die zu sparsam fielen, um einen Regenschirm zu bemühen, hatten es über die Dauer der zweistündigen Führung dennoch geschafft, den schweren Lodenstoff des Mantels feucht werden zu lassen. Er beschloss, in der Eisdiele »Albertella« einen Espresso zu trinken. Vielleicht konnte er etwas aufschnappen, was ihm weiterhalf. Er gehörte nicht zu den Sensationsgierigen, die das Leid anderer neugierig in sich aufsaugten, um später am Stammtisch mit ihren Erkenntnissen zu prahlen. Insofern kostete es ihn Überwindung, die Tür zum Café zu öffnen. Doch das abstrakte Gefühl, in irgendeiner Form helfen zu müssen, siegte.

Angesichts des ekelhaften Wetters waren die Gäste gänzlich ausgeblieben. An Ginas Platz hinter der Theke stand ihre Mutter. Sie telefonierte mit einem Nokia-Handy – einem Relikt aus den Neunzigern –, das in ihrer fleischigen Hand fast völlig verschwand. Die Frau in den Achtzigern entsprach in allem den Klischeevorstellungen, die man von einer typischen italienischen *Mamma* nur haben konnte. André musste unwillkürlich an die Spaghettiwerbung denken. Hätte er die Rolle der legendären »Mama Miracoli«

zu besetzen, wäre *sie* die erste Wahl. Sie war groß, korpulent, ihr Haar war auftoupiert und rötlich-schwarz gefärbt. Eine wuchtige Brille gab ihrem Gesicht etwas Waches, und die noch immer vollen Lippen ließen sie jünger erscheinen, als sie wirklich war. Die weiße altmodische Kittelschürze trug sie mit der gleichen selbstverständlichen Würde wie eine Uniform, die sie als Familienoberhaupt auszeichnete. Er beneidete seine ehemalige Klassenkameradin Gina und ihren Mann nicht. Obwohl sie selbst kurz vor den Sechzigern standen, hatte noch immer ihre Mutter die Fäden der Familie fest im Griff. Während des Telefonats stemmte sie ihre freie Hand in die Hüfte und schaffte es, mit der Lautstärke einer Hardrockband den ganzen Innenraum des Cafés mit einem ohrenbetäubenden Lamento zu beschallen.

»O mio Dio, naturlich war er es nichte. Diese Poliziotti stupidi wollen ihm was hänge an. Marco ist eine brave Junge. Er iste Ministrante in de Dome. Gina, Luigi und er sind gerade bei die Avvocato. Ich habe ihne gesagte, ich bezahle alles, Hauptesache man kann beweise seine Uneschulde.«

André musste über den Deutsch-Italo-Mix der älteren Dame unwillkürlich lächeln. Sie schien sich seit seiner Schulzeit, in der er hier oft mit Gina ein Eis geleckt hatte, kein bisschen verändert zu haben. Auch das fortgeschrittene Alter hatte ihrem Temperament keinen Abbruch getan.

»Salve Andrea, setze diche!«, begrüßte sie ihn und tätschelte ihm die Schulter. Wieder musste André schmunzeln. Auch das war wie früher. Sie hatte ihn schon immer mit der italienischen Version seines Vornamens angesprochen, und auch ihr mütterliches Schultertätscheln war noch immer das, das er von früher kannte.

Mit einem »Un momento, iche komme gleiche!«, entfernte sie sich wieder von Andrés Tisch, um das Telefonat hinter der Theke fortzusetzen.

»Nur weil diese Alten behaupte, sie habe ihn gesehen. Diese Menschen lugen. Und das mit de Genespure an de Steine iste nur, weil Marco ihn hat weggetrage.«

Wer sagt's denn, dachte André. Kaum fünf Minuten hier und schon voll im Bilde.

»Die Polizeie iste sich sicher, dass er es war – diese stupidi Cretini.« Ihre letzten Worte begleitete sie mit einer Geste, die wohl so etwas wie ausspucken bedeuten sollte.

Nach ein paar weiteren Attacken gegen die Polizei und einer ausgedehnten Verabschiedungszeremonie beendete sie das Telefongespräch. Sie strich sich die Schürze glatt und kam zu André an den Tisch. Ein roter Schleier hatte sich über ihre Wangen gelegt. Auch in ihren Augen schimmerten die Äderchen rot. Sie hatte unübersehbar in den letzten Stunden geweint. Er nahm wahr, dass sich ihr Brustkorb unnatürlich schnell hob und senkte. Sie schien innerlich zu beben.

»Ach Andrea, es iste so slimm für unse. Du kennste doch unsere Marco, ich habe so Angste um ihn.«

André nickte stumm. Ihm fiel gerade keine passende Erwiderung ein. Sollte das stimmen, was er eben aufgeschnappt hatte, dann war Marco ernsthaft in Schwierigkeiten. Er schwieg und warf ihr einen mitleidigen Blick zu.

»Wase darfe ich dir bringe, Andrea?«

André, der eigentlich mit der Absicht gekommen war, ein Stück Kuchen zu essen, war der Appetit vergangen.

»Ich nehme nur einen Espresso«, sagte er mit einem Gefühl der Peinlichkeit, sich von der alten Dame, die vor Sorge um ihren Enkel fast zerbrach, auch noch bedienen zu lassen.

Nach wenigen Minuten stand sie mit einer Espressotasse in der Hand am Tisch und stellte sie mit einem leisen »ecco« vor ihn. Wie selbstverständlich setzte sie sich ihm gegenüber.

Eine emotionale Frau wie sie musste sich ihren Schmerz von der Seele reden, die Last mit möglichst vielen Menschen teilen, um selbst weniger tragen zu müssen. Obwohl er durch das Telefonat die Geschichte schon kannte, tat er so, als wisse er nichts. »Was ist mit Marco passiert?«, fragte er und schaute sie mitfühlend an.

Bevor sie anhob, ihre Schilderung für ihn zu wiederholen, legte sie das Handy vor sich auf den Tisch. »Ich warte auf eine Anrufe von Gina«, erläuterte sie und begann zu erzählen.

André hörte aufmerksam zu. Obwohl er schon einmal alles gehört hatte, fragte er hin und wieder nach, um ihr seine Anteilnahme zu zeigen. Als sie auf das Rentnerehepaar zu sprechen kam, das Marco bei der Tat beobachtet hatte, hakte er nach. »Wissen Sie, wer die beiden sind?«

»Nein, iche nichte, aber Marco kennt sie. Er hatte gesagte, dass er sie faste immer siehte, wenn er nache de Fußballtraining an der Stelle vorbeifährte. Sie gehen dann immer mit ihrem Hunde Gassi – so eine riesige, wie sagte man, Dogge. Marco iste so eine gute Fußballere. Er trainiert dreimal in de Woche von halbe zweie bis dreie bei diesem Vereine in Dudenhofen.«

»Und das auch am zweiten Weihnachtsfeiertag?«, fragte André überrascht.

»Ja, er hatte so was wie eine Weihnachtsfeiere.«

»Weihnachtsfeier«, wiederholte er und rieb sich das Kinn.

»Ja, aber er hat nixe getrunken, er trinkt überhaupte keine Alkohole«, erriet sie seinen Gedanken.

André fühlte sich ertappt und fuhr schnell fort. »Aha, und er fährt immer mit dem Fahrrad dorthin?«

»Si, si«, erwiderte sie und wischte sich eine Träne von der Wange.

»Und diese Leute behaupten, sie hätten gesehen, wie er den Stein geworfen hat?«, bohrte er nach.

»Si, si. Das sinde Lugner.«

André seufzte und versuchte, seine Bestürzung ihr gegenüber zu verbergen. Wenn es wirklich Zeugen gab, die Marco beobachtet hatten, war seine Lage mehr als bedenklich.

»Und was sagt er dazu?«

»Er sagte, dass er den Steine nur von de Straße weggeräumte hat, damit keine andere Radefahrer sturzt. So ist unsere Marco, immer vorsichtig und hilfsbereite. Und diese verkalkte Rentner wolle ihme nun was anhänge.« Bei den letzten Worten wurde sie laut, und winzige Speicheltröpfchen sprühten André entgegen. Unwillkürlich schob er die Espressotasse aus dem Niederschlagsgebiet.

»Am liebste wurde ich hinfahre und sie schuttele. Aber ich kenne nicht mal ihre Name oder ihre Adresse«, fuhr sie tobend fort.

André konnte nur mühsam ein Schmunzeln unterdrücken. Die Vorstellung, wie die ältere Dame ein wahrscheinlich ebenso altes Ehepaar züchtigte, belustigte ihn.

In diesem Augenblick machte sich die Türglocke bemerkbar und ein jugendliches Paar betrat die Eisdiele und stellte sich vor die Eistheke.

»Un momento!« Sie erhob sich und schlurfte hinter die Theke.

André war dankbar für die kurze Unterbrechung. Sie gab ihm Gelegenheit, das Gesagte zu überdenken. Sollte es stimmen, dass Marco den Stein geworfen hatte, gab es zwei Möglichkeiten. Erstens: Er hatte ihn, so wie er selbst aussagte, nur weggeworfen, um die Straße freizuräumen und so zu verhindern, dass zum Beispiel ein anderer Radfahrer deswegen stürzte. Konnte Marco dermaßen unbedacht handeln? Es war doch geradezu grotesk, oben auf der

Brücke eine Gefahr zu mindern, um unten auf der Schnellstraße eine weitaus größere zu schaffen. Er hielt Marco für viel zu klug, um eine solche Torheit zu begehen. Er verwarf den Gedanken sofort. Denn er erklärte nicht das Vorhandensein dieser eigenartigen Botschaft.

Zweitens: Marco hatte vorsätzlich gehandelt. Er kannte Swetlana und wollte sie verletzen oder gar töten. Das wäre allerdings von zwei Voraussetzungen abhängig. Er müsste der Frau sehr nahestehen, um zu wissen, wann sie die Stelle passierte. Selbst bei bestem Timing hätte er einige Zeit auf sie warten und den Stein präparieren müssen. Letzteres wiederum wäre sicherlich den beiden Gassigehern aufgefallen. Dann diese merkwürdige Beschriftung des Zettels, das war nicht die Handschrift eines Pubertierenden.

Er schüttelte unmerklich den Kopf. Beide Varianten überzeugten ihn nicht. Entweder er übersah etwas Wesentliches oder irgendetwas an dieser Sache war faul. Am liebsten würde er mit Marco reden und sich dessen Version anhören. Aber das war wohl ein eher naiver Wunsch. Seine Eltern würden es unmöglich zulassen, dass er ihn befragte. Offen gestanden, entsprach es auch nicht seinem Wesen, sich dermaßen taktlos aufzuspielen. Wer war er, dass er sich in diese Angelegenheit einmischte.

Sein Blick schweifte gedankenverloren über den Tisch. Noch immer lag das Handy von Ginas Mutter vor ihm. Sollte er sich irgendwann umentscheiden und doch mit Marco sprechen wollen, war es die einzige Möglichkeit, dies per Telefon zu tun. Nur so konnte er Marcos Familie umgehen. Sein Blick huschte zur Theke, hinter der die alte Dame mit einer kleinen Presse Spaghetti-Eis in die Eisbecher der beiden Kunden drückte.

Jetzt oder nie, dachte er und griff nach dem Mobiltelefon vor ihm.

Glücklicherweise war das fast antike Gerät nicht verschlüsselt. Nach ein paar Versuchen hatte er das, was er suchte. Unter den gespeicherten Kontakten fand er den Eintrag ›Marco‹ mit der Mobilfunknummer.

Verdammt, dachte er. Wie sollte er die Nummer festhalten. Er hatte weder Stift noch Papier noch war sein Gedächtnis fotografisch.

Aus dem Augenwinkel sah er, dass Ginas Mutter gerade kassierte. Es würden nur noch Sekunden vergehen, bis sie zu ihm an den Tisch zurückkam. Noch einmal warf er einen Blick auf die Nummer und begann sie stimmlos aufzusagen: »0 - 1529 -1517 – 95.«

Er drückte die Ziffernfolge weg, schaltete das Display aus und schob das Handy auf die andere Tischseite. Gerade rechtzeitig, denn die Kunden verließen das Café und Ginas Mutter wandte sich zu ihm um.

Wieder sagte er im Geiste die Nummer auf. Es war aussichtslos. Er wusste, wie sein Gehirn arbeitete. Einfach etwas abzufotografieren funktionierte nicht. Sobald er aufhörte, die Zahlenfolge zu wiederholen, würde sie sich unwiederbringlich in die Tiefen seines Großhirnes verflüchtigen.

0 - 1529, wiederholte er stumm. Protestation zu Speyer durchzuckte es ihn wie ein Reflex. 1517, fuhr er fort, wieder kam ihm spontan eine Jahreszahl in den Sinn. Thesenanschlag in Wittenberg, dann 95. Er lächelte, als er schließlich die dazu passenden »95 Thesen« vor sich hinsagte.

»Was meineste du, Andrea?«, fragte die Alte, die nun wieder vor dem Tisch stand und nicht recht wusste, ob sein Gebrabbel ihr galt.

»Ähm, ich war nur in Gedanken, entschuldigen Sie.«

Sie nickte und war schon wieder dabei, ihre Geschichte fortzusetzen. André hörte ihr nur noch mit halbem Ohr zu.

Zu sehr fesselten ihn seine Überlegungen. Als sie fertig war und zu einem neuerlichen Lamento ansetzen wollte, fragte er etwas unwirsch dazwischen: »Kennen Sie oder Marco die verletzte Autofahrerin?«

Sie versicherte, dass weder sie noch Marco den Namen der Frau kannten. Bestimmt würde der Avvocato alles wissen.

André war wie gelähmt. In seinem Kopf flogen die Gedanken umher. Sein Gehirn streikte und war gerade unfähig, sein Handeln zu steuern. Es schien zu stocken wie ein Prozessor, der eine komplizierte Rechenoperation durchführte und nur sporadisch auf die Tastenbefehle des Benutzers davor reagierte. In Momenten wie diesen wurde ihm klar, warum ihn Irina häufig als Autisten bezeichnete. Er musste das Café schnellstmöglich verlassen, sich dem lautstarken Lamento der Frau entziehen, deren fliegende Speicheltröpfchen sich gegen das vom Schaufenster eintretende Licht abhoben und auf ihn niederrieselten. Er wollte einfach nur ungestört nachdenken.

WOHN(T)RÄUME

Vor dem schicken Wohnblock in Rheinnähe prangte eine große Plakatwand. Darauf war eine Familie zu sehen, die glücklich lächelnd über die Brüstung ihres Balkons in Richtung Rhein blickte. Darunter stand in riesigen Lettern: »Pfalz-Bau GmbH – Wir schaffen Wohn(t)räume«.

In der fünften Etage des ersten Blocks, die durchgängig aus einer luxuriösen Penthousewohnung bestand, war die provisorische Firmenzentrale der Pfalz-Bau GmbH untergebracht. Dieter Born, der Geschäftsführer und indirekt Alleininhaber, war fest davon überzeugt, dass es den Vertrieb der verbliebenen Eigentumswohnungen förderte, wenn man die Zentrale direkt vor Ort unterbrachte.

Die Bauarbeiten waren nahezu abgeschlossen, die ersten Wohneinheiten im Erdgeschoss würden in wenigen Tagen bezogen werden. Momentan lag der Innenausbau in den letzten Zügen. Die Maler hatten hie und da noch etwas auszubessern oder fertig zu machen, und am Außengelände wurde mit Hochdruck gearbeitet. Hier waren die Betonbauer gerade dabei, die Fundamente einer Einfriedungsmauer und der Garagenanlage zu gießen.

Born war mit sich und der Welt zufrieden. Er schätzte, dass er in spätestens drei Wochen die Zelte hier abbrechen konnte und sein Bankkonto wieder um ein paar Millionen angewachsen war. Er hatte Erfolg. Und dies seit Jahren. Auf seinem Schreibtisch stand das Holzmodell eines Hochseeseglers, der in Cannes lag und auf den nächsten

Segeltörn mit ihm wartete. Born hatte vor, sich *nach dem hier* – wie er immer sagte – eine zweimonatige Auszeit zu gönnen, um Abstand zu gewinnen und die Früchte seines Vermögens zu genießen.

Das, was er heute noch zu bewältigen hatte, konnte ihm die gute Laune nicht verderben. Schließlich war es der Preis des Reichtums und mittlerweile für ihn zur Routine geworden.

Der groß gewachsene, braun gebrannte und durchtrainierte Born saß entspannt am repräsentativen Schreibtisch. Vor sich hatte er einen Grundriss des hiesigen Bauvorhabens ausgebreitet. Hinter ihm stand ein elegant gekleideter Herr in schwarzem Anzug und Krawatte, den er als seinen Anwalt Doktor Bernd Steffenhagen vorgestellt hatte.

Born gegenüber saß ein drahtiger, hagerer Mann, aus dessen Gesicht jegliche Farbe gewichen war. Jetzt zahlte es sich wieder aus, dass er seinerzeit den Büromöbellieferanten angewiesen hatte, die Beine der Besucherstühle etwas einzukürzen, dachte Born. Allein schon der Höhenunterschied machte deutlich, wer hier das Sagen hatte. Und das war er und nur er.

»Aber ich habe mehr als 300.000 Euro für das Material der Fenster und Türen verauslagt. Dazu kommt der Lohn für mich und meine Leute. Das sind insgesamt 450.000 Euro, mit denen ich in Vorlage getreten bin«, sagte der Mann vor ihm mit kratziger, fast weinerlicher Stimme.

»Ich kann mich nicht erinnern, dass mein Mandant das in Abrede gestellt hätte, Herr Detzner«, gab der Rechtsanwalt gelassen zurück.

»Und meine Arbeit war gut, wenn nicht sogar sehr gut. Nur einer der Käufer hat bemängelt, dass ein Fenster schwergängig wäre, und wir haben den Mangel umgehend beseitigt.«

»Auch das ist unstrittig«, bestätigte Steffenhagen.

Born hatte das Schiffsmodell vor sich in die Hand genommen und betrachtete es gedankenverloren. Ihn langweilten solche unnötigen Geplänkel. Er war froh, dass er sich den Luxus gönnen konnte, sie seinem Rechtsbeistand und Freund zu überlassen.

»Und warum zahlen Sie dann nicht, wenn Sie mir in allem recht geben?«, krähte Detzner laut.

»Aber Herr Detzner, das haben wir doch schon ausgiebig besprochen«, erwiderte Steffenhagen nachsichtig. »Wie Sie Textziffer 9.11 des mit Ihnen am 7.10.16 geschlossenen Werkvertrages entnehmen können, wird die Zahlung des gesamten Gegenwertes Ihrer Bauleistungen in Höhe von 612.000 Euro *nach* Fertigstellung von Bauabschnitt *drei* fällig. Wie Sie weiter wissen, enthält Abschnitt drei nur vier Wohneinheiten und ist somit weitaus kleiner als die ersten beiden. Er wird voraussichtlich in wenigen Monaten fertiggestellt werden können«, fügte er gelassen hinzu.

»Ja, aber Sie haben damit noch nicht mal angefangen. Im Gegenteil, Sie sind gerade dabei, die Baucontainer abzuziehen«, wandte Detzner erregt ein.

»Auch das ist korrekt. Wie wir Ihnen bereits erläutert haben, gibt es derzeit Unstimmigkeiten mit dem städtischen Bauamt und der Umweltschutzbehörde. Sobald diese gelöst sind, fangen wir umgehend an.«

»Ich glaube, Sie haben gar nicht vor, mit diesem Abschnitt drei anzufangen. Das alles ist ein abgekartetes Spiel und eine riesige Schweinerei. Sie halten uns Handwerker nur hin und machen sich dann aus dem Staub!«, zischte Detzner kraftlos.

»Das ist eine unhaltbare Unterstellung. Sollten wir davon Kenntnis erlangen, dass Sie dies in Gegenwart Dritter wiederholen, wird mein Mandant Herr Born gezwungen sein, gegen Sie Klage wegen übler Nachrede einzureichen. Der Vollständigkeit halber darf ich Sie darauf hinweisen, dass Sie Herrn Born den daraus resultierenden Schaden, zum Beispiel beim Vertrieb der Restwohnungen, ersetzen müssen«, dozierte Steffenhagen kalt weiter.

Detzner schüttelte den Kopf. Seine Wangen glühten nun rot. »Sie wissen genau, dass das mein Ruin ist. Wenn nicht innerhalb von 14 Tagen Geld fließt, wird man mir den Laden dichtmachen, und ich muss meine zwölf Arbeiter entlassen.«

Während Steffenhagen still blieb, zog Born gelangweilt eine Augenbraue hoch. »Das nennt man unternehmerisches Risiko«, brummelte er. »Verträge sind dazu da, dass man sie einhält. Sie sollten vorher lesen, was Sie unterschreiben, oder sich wie ich einen guten Rechtsanwalt leisten.«

Jetzt war es Detzner, der stumm blieb. Man konnte ihm ansehen, dass er mit der Situation überfordert war. Die Unterlippe vibrierte leicht. Seine Welt war die Arbeit mit Holz. Er war ein Handwerker der alten Schule, bei dem Qualität vor Profit ging, der jedes Werkstück so gewissenhaft fertigte, als würde er es für sich selbst produzieren. Von Rechtsverdrehern wie diesem Steffenhagen zusammengeschusterte Verträge, bei denen einen jeder Satz ins Verderben reißen konnte, waren nicht seine Welt.

Gelangweilt griff derweil Born in die Schreibtischschublade und zog ein Scheckheft heraus. Er ließ sich Zeit beim Ausfüllen und tat es so, dass Detzner alles genau verfolgen konnte – auch, dass er 200.000 Euro ins Betragsfeld schrieb.

In Detzners Augen glomm so etwas wie Hoffnung auf. »Sie wollen tatsächlich eine Teilzahlung leisten?«, stammelte er unsicher.

Born grinste wölfisch, während sein Rechtsbeistand in eine auf dem Schreibtisch liegende Mappe griff, ein Schriftstück herausholte und vor dem Schreinermeister auf den Tisch legte.

»Das ist unser Vergleichsangebot. Herr Born hat Verständnis für Ihre prekäre finanzielle Lage. Er bietet Ihnen, natürlich ohne Anerkennung einer Rechtspflicht, an, anstatt der Zahlung von 612.000 Euro nach Fertigstellung von Abschnitt drei schon jetzt eine Abschlusszahlung von 200.000 Euro zu leisten. Sie wären dann von den weiteren Bauleistungspflichten aus dem Werkvertrag entbunden und könnten sich schon morgen anderen Projekten zuwenden. Ich bin der Auffassung, dass Herr Born äußerst großzügig und verständnisvoll mit Ihnen umgeht.«

Detzner brauste auf und schnellte hoch. »Das ist Betrug! Sie wollen mich mit nicht mal der Hälfte von dem, was mir zusteht, abspeisen. Sie sind ein übler Gangster. Man sollte Ihnen das Handwerk legen!«, schrie er, am ganzen Körper bebend.

»Beruhigen Sie sich! Niemand will Sie übervorteilen! Es ist Ihnen freigestellt, diesen Vergleich zu schließen oder es sein zu lassen! Sie können bis nach dem letzten Bauabschnitt warten oder auch gegen meinen Mandanten Klage einreichen. Ich bin überzeugt, die Gerichte werden unsere Rechtsauffassung teilen und bestimmt schon bald – nach meiner Erfahrung innerhalb der nächsten drei Jahre – zu einer abschließenden Entscheidung kommen«, führte Steffenhagen mit zynischer Gelassenheit aus und konnte sich dabei ein arrogantes Grinsen nicht verkneifen.

»Sie wissen genau, dass ich weder die Mittel noch die Zeit habe, um gegen Sie zu klagen. Sie sind eine miese Ratte, man sollte Sie am besten vergiften und in den Rhein werfen!«

»Tse, tse, tse. Wir wollen doch nicht unsere gute Kinderstube vergessen«, sagte Born gespielt sanft und schwang lässig ein Bein über die niedrige Seitenlehne des Designerstuhls.

Eine Weile starrten sie einander wortlos an. Der Schreinermeister mit glühendem Zorn in den Augen und Born und sein Rechtsbeistand mit einem süffisanten Lächeln.

»Ich fürchte, unser fleißiger Handwerksmann zieht es vor, seine unternehmerische Tätigkeit einzustellen«, bemerkte schließlich Born und gab Steffenhagen das Zeichen, den Vergleichsvertrag einzusammeln.

Detzner klatschte seine schrundige Hand auf die Papiere und setzte sich. Er überflog das Schriftstück, griff nach einem billigen Kugelschreiber mit Werbeaufdruck in der Brusttasche seiner grauen Latzhose und setzte mit einem Gesichtsausdruck, als würde er sein eigenes Todesurteil unterschreiben, die Unterschrift unter den Vertrag. Dann beugte er sich vor, riss den Scheck aus Borns Fingern, steckte ihn ein, erhob sich und wandte sich zum Gehen.

»Es freut mich immer, wenn wir adäquate Lösungen mit unseren Partnern im Handwerk finden«, feixte ihm Born hinterher.

Bevor Detzner über die Türschwelle trat, drehte er sich um. »Denken Sie dran, man sieht sich meist zweimal im Leben«, sagte er bitter mit tränengetrübten Augen und verschwand nach draußen.

NACHDENKEN

Samstag, 20. Januar 2018, 8.10 Uhr

André und Irina hatten sich auch am vorigen Abend gemieden. Er wusste, dass er es nicht schaffen würde, sie nicht auf Swetlanas Geheimnis anzusprechen. Ein erneuter Korb ihrerseits würde auf ihn wie eine Misstrauensbekundung wirken und höchstwahrscheinlich ihre Beziehung dauerhaft belasten. Deshalb fürchtete er sich förmlich vor jedem weiteren Gespräch mit ihr.

Er war absichtlich früher als sonst an einem Samstagmorgen aufgestanden und vertraute darauf, dass Irina ihrer Gewohnheit treu blieb, das Wochenende zum Ausschlafen zu nutzen.

Gerade hatte er sich einen Cappuccino zubereitet und saß nun fröstelnd, in die »Rheinpost« vertieft, am Küchentisch.

Unbehagen stieg in ihm auf, als er Irinas durch ihre dicken Wollpantoffeln im Kaninchendesign gedämpften Schritte auf der Treppe vernahm.

»Hi, alter Mann«, krächzte sie mit noch heiserer Stimme und tätschelte ihm von hinten die Schulter.

André fragte sich, ob er aus dieser Geste so etwas wie ein Friedensangebot ableiten konnte, und war sich unsicher, wie er reagieren sollte.

»Verzeih mir! Ich hab Swetlana mein Wort gegeben. Die Arme macht sich zu Recht Sorgen.«

»Das erwähntest du schon«, brummte André säuerlich.

»Ich habe entschieden, dich einzuweihen, aber ich

möchte, dass du mir versprichst, nicht zur Polizei zu laufen.«

»Meinst du, ich will Swetlana schaden? Ich verspreche es dir, schieß los!«

»Wenn du mir vorher einen Latte macchiato mit deiner Wundermaschine fabrizierst, werde ich dir alles erzählen.«

»Klingt wie Erpressung«, erwiderte André gespielt mürrisch und schlurfte Richtung Siebträgermaschine.

»So, jetzt bist du am Zug«, sagte er und stellte das Lattemacchiato-Glas vor ihr ab.

»Also es ist so, Swetlana will nicht zur Polizei, weil sie keine richtigen Papiere hat. Sie fürchtet, dass man sie in die Ukraine abschieben könnte.«

»Und deswegen veranstaltest du so einen Aufruhr. Das ist doch Unsinn. Die haben bei der Unfallaufnahme und der Krankenhauseinweisung schon zweimal ihre Personalien überprüft. Wenn da was nicht stimmen würde, wäre man längst dahintergekommen.«

»Es liegt auch nicht an ihrem ukrainischen Pass, dem Führerschein oder der Krankenversicherung.«

»An was dann?«, fragte André unwirsch.

»Sie hat keine Arbeitserlaubnis. Sie ist nur auf Basis eines Touristenvisums hier.«

»Und welcher Arbeitgeber stellt jemanden ohne Arbeitserlaubnis ein? Wie will er die Lohnsteuer und die Sozialabgaben abführen?«, bohrte er weiter.

»Es geht wohl nicht in deinen spießigen Bankerschädel, dass es auch Leute gibt, die, sagen wir mal, in alternativen Arbeitsverhältnissen ihr Geld verdienen.«

»Du hältst mich mal wieder für einen weltfremden Spießer. Ich weiß sehr wohl, dass in Deutschland Tausende Putzfrauen herumlaufen, die in – wie du es nennst – alternativen Arbeitsverhältnissen tätig sind. Ich verstehe nur nicht, wo das Problem sein soll. Wenn wir den Zettel bei der Polizei abgeben, wird man sie wohl kaum fragen, ob sie irgendwo als Schwarzarbeiterin putzt.«

»Wenn sie nur putzen gehen würde, wäre das auch kein Problem.«

André trommelte unruhig mit den Fingerkuppen auf der Tischplatte. Er mochte es nicht, wenn sie ihn zwang, ihr alles aus der Nase zu ziehen.

»Und welchen Beruf übt sie aus? Ist sie eine ukrainische Raketenforscherin, eine Geheimagentin oder was?«

»Sie arbeitet in einem Bordell«, platzte Irina heraus.

»Oh«, seufzte André und blieb für eine Weile stumm.

»Das heißt, du glaubst, das Wort ›peccato‹, also ›Sünde‹, bezieht sich darauf?«

»Ich glaube gar nichts, aber die Bullen würden das wohl denken.«

»Verstehe.« André rieb sich das Kinn.

»Schön. Kapierst du jetzt, warum ich mich so verhalten habe?«

»Ja, das tue ich. Das ist wirklich eine schwierige Situation. Wenn die Polizei den Schreiber dieses Zettels sucht, kommt sie unweigerlich auf Swetlanas Broterwerb, und sie fliegt hier raus. Und du wolltest sie davor schützen.«

»Wow, der alte Mann denkt mit.«

»Und was soll ich deiner Meinung nach tun?«, fragte er mit in Falten gelegter Stirn.

»Nicht die Polizei, sondern wir suchen den Täter.«

»Wir? Du bist total verrückt. Das geht uns überhaupt nichts an.«

»Aha. Und deshalb warst du gestern bei Ginas Mutter im Eiscafé, weil es dich nichts angeht. Verstehe!«

»Das war ... Ich wollte einfach nach der Führung einen Espresso trinken. Wie ich es häufig tue.«

»Dafür hast du ihre Mutter aber ordentlich ausgequetscht.«

»Ausgequetscht, hast du eine Ahnung. Ich musste nicht quetschen – das lief förmlich von selbst aus ihr raus.«

Irina lachte. »Das kann ich mir wiederum gut vorstellen.«

»Aber woher weißt du das alles?«

»Weil ich zwei Stunden später dort war und Gina getroffen habe.«

»Und wie ich dich kenne, natürlich rein zufällig.«

»So ist es, genauso zufällig wie du – du Aushilfs-Sherlock-Holmes.«

»Und zu welchen Erkenntnissen ist meine Junior-Miss-Marple gelangt?«

»Na ja, dass Marco ganz schön in der Scheiße steckt.«

»Das tut er zweifellos. Zeugenaussage, genetische Spuren am Stein, Tatzeitpunkt – alles passt.«

»Trotzdem war er es nicht«, behauptete sie keck.

»Und auf was stützt du diese Behauptung?«

»Er hat weder ein Motiv noch passt es zu seinem Wesen«, sagte sie angriffslustig.

»Schon, aber für eine Dummheit braucht man kein Motiv. Was ist, wenn er den Stein einfach so geworfen hat?«, fragte André mit grüblerischem Gesichtsausdruck.

»Dann hätte er wohl kaum den Zettel drum rumgeklebt. Mann, sei mal realistisch. Das passt doch nicht zu einem Jungen wie ihm. Der ist weder so retro, lateinische Botschaften zu verfassen, noch so blöd, zufällig einen Stein von der Brücke zu werfen.«

»Okay, gesetzt den Fall, du hast recht, es war keine Dummheit, und lass das mit dem lateinischen Wort mal als jugendliche Spinnerei durchgehen. Dann war es Vorsatz. Dazu müsste er Swetlana kennen, sonst wäre er kaum darauf gekommen, einen Pflasterstein in einem Bogen Papier mit so einer Botschaft zu verpacken.« Dabei vergrub er sein Kinn in der linken Hand und starrte geistesabwesend vor sich hin.

»Nehmen wir mal an, er hat Swetlana irgendwo kennengelernt, sich unsterblich in sie verliebt, sich Hoffnungen gemacht und dann erfahren, womit sie ihre Brötchen verdient. Als Ministrant sowie gläubiger Katholik konnte er damit nicht umgehen, war schockiert und enttäuscht, hat sie abgepasst und den Stein geworfen. Und während seiner Zeit als Messdiener hatte er genügend Gelegenheiten, sich das entsprechende lateinische Vokabular anzueignen.«

»Nicht schlecht!«, bestätigte er.

»Wer kann, der kann!«, erwiderte sie.

»Es ist zwar schlüssig, aber trotzdem glaube ich es nicht. Es ist für einen 16-Jährigen zu weit hergeholt«, sinnierte er vor sich hin.

»Spielverderber. Ich wusste, dass du wieder ein Haar in der Suppe findest.«

»Da ich keine bessere Hypothese zu bieten habe, bleibt uns nichts anderes übrig, als auf dieser Basis weiterzumachen. Damit es so sein könnte, wie du vermutest, bedarf es verschiedener Voraussetzungen: Erstens, Marco muss Swetlana kennen. Zweitens, er musste wissen, wann sie unter der Brücke durchfährt, und drittens, er muss auf der Brücke gewartet haben, denn so exakt kann man das nicht planen«, gab er zu bedenken.

»Das lässt sich ja nachprüfen. Bei ihm, ob er sie kannte, und bei den Zeugen, ob er länger da oben war.«

»Klingt logisch. Aber wie willst du das bewerkstelligen? ›Hallo, ich bin Irina, kennst du Swetlana?‹«, äffte er.

»So ähnlich«, erwiderte sie und lachte. »Dazu müsste ich allerdings Marcos Handynummer haben. Das ist das einzige Problem.«

»Soso, das ist für dich also ein Problem?« Er grinste gönnerhaft.

»Ja, ist es, aber ich werde es lösen«, gab sie tapfer zurück.

»Ich sage nur: Null Ahnung, Jahr der Protestation zu Speyer, Jahr von Luthers Thesenanschlag an der Tür der Wittenberger Schlosskirche und Anzahl der Thesen.«

»Was soll das werden? Dein Geschichtsquiz wird mir wohl kaum helfen. Wie verquer bist du eigentlich, alter Mann? Und im Übrigen hab ich von all dem keine Ahnung. Ich darf dich daran erinnern, dass ich meine Schulzeit in Russland absolviert habe. Da war kein Platz für die Reformation im Lehrplan. Ich kenne mich nur mit der Oktoberrevolution aus.«

André ließ ihre Schimpftirade mit spöttischem Grinsen über sich ergehen.

»Sag mir lieber, was das mit dem Geschichtsquiz soll«, murrte sie.

»Ich sage nur so viel: Google kann helfen. Ich finde, das ist eine faire Strafe für deine Geheimniskrämerei in den letzten Tagen.« Er grinste, trank den Cappuccino aus und machte sich auf den Weg nach oben.

»Aber du kriegst in der Zwischenzeit raus, was das Rentnerehepaar auf der Brücke gesehen hat. Das ist deine Altersklasse!«, rief sie ihm hinterher.

ORTSTERMIN

Samstag, 20. Januar 2018, 15.00 Uhr

Was für ein Wetter. Der Nieselregen, der seit Tagen die Stadt mit seinem modrigen Odem in ein Feuchtbiotop zu verwandeln drohte, hatte sich zu einem stillen Tröpfelregen gesteigert. Zusammen mit dem leichten Wind und den nur knapp über der Nulllinie liegenden Temperaturen strafte er all diejenigen Lügen, die im Sommer dachten, die Rheinebene sei ein nördlicher Ausläufer der Provence oder Toskana. Nicht zuletzt die Schöpfer des touristischen Werbeslogans: »Speyer – dort, wo die Pfalz anfängt, italienisch zu werden.«

André hatte alles gründlich durchdacht. Irina hatte recht. Er musste unbedingt mit dem Rentnerpaar in Kontakt treten. Zu sehr interessierte ihn, was wirklich am 26.12. auf der Brücke passiert war. Um sich vorzubereiten, hatte er das Onlinearchiv der Rheinpost bemüht. In der Ausgabe vom 27.12. las er, dass sich der Unfall gegen 15.45 Uhr ereignet hatte. Wenn es stimmte, was Ginas Mutter gesagt hatte, gingen die beiden älteren Herrschaften, die Marco angeblich bei der Tat beobachtet hatten, regelmäßig um diese Zeit mit ihrem Hund Gassi. Harrte er im betreffenden Zeitfenster nur lange genug auf der Brücke aus, würden sie irgendwann vorbeikommen. Schließlich funktionierte ein gesunder Hundestoffwechsel zuverlässig und würde Frauchen und Herrchen mit ihrem Vierbeiner trotz des üblen Wetters auf die Straße treiben.

André zog sich eine dicke, wasserdichte Steppjacke über

und machte sich auf, mit dem Fahrrad zum Ort des Geschehens zu fahren. Zu lange hatte er sich schon im Haus herumgedrückt. Er hasste solche Tage, an denen man sich aus Abscheu vor der garstigen Witterung in der Wohnung verkroch und sich abends mit dumpfen Kopfschmerzen wie eine ausgetrocknete Mumie vorkam. Etwas Bewegung würde ihm nicht schaden.

Es war gegen 15.00 Uhr, als er in den Brucknerweg einbog. Die ruhige Wohnstraße überquerte dort die Bundesstraße 9 und verband die Stadt mit dem Speyerer Stadtwald mit den eigenwilligen Sandbergen, die eher an eine Dünenlandschaft am Meer als an ein Waldstück erinnerten. Hier hatte sich über die Jahre aus einem Truppenübungsplatz der Bundeswehr ein eigentümliches Biotop herausgebildet, das vor allem im Sommer Naturfreunde und Familien mit Kindern anzog. Zum Leidwesen jener wurde es auch gerne als Gassiroute genutzt.

Bevor die Straße zur Brücke hin anstieg, stellte er sein Fahrrad ab. Er blieb stehen und verschaffte sich einen Überblick. Es entsprach seiner Gewohnheit, Orte, die für ihn von Interesse waren, förmlich abzuscannen, ihre Besonderheiten in sich einzusaugen und zu speichern. Die Überführung war einspurig und lediglich für den Anliegerverkehr freigegeben. Rechts und links hatte man sich – wie nicht selten in der Speyerer Innenstadt – mit auffälligen Schildern, Inseln und Linien ausgetobt und einen Gehweg optisch von der Fahrbahn abgetrennt. Auf der eigentlichen Querung verlief vor dem Brückengeländer zusätzlich ein höher liegender, betonierter Seitenstreifen. Durch die überhängenden Bäume und Büsche auf dem seitlichen Abhang war von unten die Querungszone kaum einzusehen. Das bedeutete, dass ein Steinewerfer gute Chancen hatte, während seines Vorhabens von niemandem gesehen zu werden. Sollte der Steinwurf geplant gewesen sein, war der 26.12., an dem man bei trübem Winterwetter und bald einsetzender Dämmerung lieber mit der Familie um den Weihnachtsbaum saß, geradezu ideal.

André ging auf der rechten Seite die kurze Strecke bis zum Fahrbahnübergang empor. Auf der Brückenmitte hielt er erneut inne und schaute nach unten auf die Bundesstraße. In rascher Folge rauschten die Autos mit rund 100 Stundenkilometern unter ihm vorbei. Hier auf der linken Fahrspur war an besagtem Tag Swetlana, von Ludwigshafen kommend, herangebraust. Die Schnellstraße verlief in einem leichten Bogen, war aber dennoch gut einsehbar. Ein heranfahrendes Auto konnte man – wenn es wie Swetlanas Wagen auffällig gelb war – rechtzeitig vorher erkennen. Er nahm die Armbanduhr vom Handgelenk und stoppte die Dauer vom ersten Erscheinen eines Autos bis zu dem Augenblick, an dem es unter der Brücke verschwand. 30 Sekunden – genügend Zeit, um die passende Position einzunehmen und den Brocken zum richtigen Zeitpunkt fallen zu lassen. Den geeigneten Stein konnte man mitbringen oder in der näheren Umgebung innerhalb von Minuten finden.

Gerade als er in Richtung des Stadtwaldes nach einem Steinhaufen oder Ähnlichem Ausschau hielt, bemerkte er, wie sich ein Paar aus der Dunkelheit des Waldes schälte. Er blieb stehen und beobachtete sie eine Weile. Ihnen schien das Wetter nichts auszumachen. Gemächlich schlenderten sie Arm in Arm auf ihn zu. Sie wandten sich um, als suchten sie etwas. Er hörte sie, gedämpft durch den Regenvorhang, etwas rufen. Kurz darauf trabte eine stattliche Deutsche Dogge auf sie zu. »Bingo«, sagte André leise vor sich hin. Sein Blick huschte auf die Armbanduhr: 15.10 Uhr.

Geduldig wartete er und musterte sie. Sie mochten Mitte 60 sein. Er war eine ausgesprochen stattliche Erscheinung und gut einen Kopf größer und etwas älter als sie. Für einen Hundespaziergang waren sie auffallend elegant gekleidet. Beide trugen Lodenmäntel, auf deren Oberfläche sich die feinen Regentropfen wie kleine Perlen gelegt hatten. Ihre Hände steckten in braunen Lederhandschuhen. Seinen Kopf zierte ein Trachtenhut. Er hielt einen großen Regenschirm galant über seine Frau, die sich an seinem linken Arm untergehakt hatte.

»Guten Tag!«, rief ihm der ältere Herr mit überraschend fester, dröhnender Stimme zu, als sie kurz vor ihm angekommen waren.

»Keine Angst, der tut nichts«, fügte er mit Blick auf die wenige Meter seitlich von ihnen trottende Dogge hinzu.

André schmunzelte; es kam selten vor, dass man in der Anonymität der Stadt jemanden grüßte. Entweder war der Gruß die Quittung dafür, dass André sie eine Spur zu intensiv beäugt hatte, oder für das schlechte Gewissen wegen des freilaufenden Hundes. Auf jeden Fall war es gut, dass das erste Eis zwischen ihnen damit gebrochen war.

»Guten Abend!«, erwiderte André. »Entschuldigen Sie, ist das die Brücke, von der dieser Junge den Stein auf das Auto geworfen hat?«

Das Paar, das ihn bereits passiert hatte, drehte sich abrupt um.

»Ja, hier in der Mitte, etwa da, wo Sie jetzt stehen, war es«, reagierte die ältere Dame mit einem Anflug Speyerer Dialekt.

»Schlimme Sache«, kommentierte André.

»Ja, die junge Frau, die er getroffen hat, hätte tot sein können.«

»Haben Sie es gesehen?«, ging André in die Offensive.

Sie schaute unsicher ihren Mann an.

»Ja, das haben wir leider«, antwortete er knapp und zirkelte mit seiner noch immer eingehakten Frau herum, um weiterzugehen.

André registrierte, dass er etwas tun musste, sollte das Gespräch nicht schon an dieser Stelle enden.

»Entschuldigen Sie, ich muss Ihnen schrecklich neugierig vorkommen, aber ich bin der Onkel der jungen Frau«, log er spontan.

»Aha«, grunzte der Alte mit lauerndem Gesichtsausdruck. »Mein Name ist Weber, Doktor Adalbert Weber, Richter a. D.« Dabei hielt er ihm die behandschuhte Rechte entgegen. Das »Richter a. D.« hatte er auf eine besondere Art betont. So als wollte er André damit drohen. Und durch diese eigenartige Vorstellung versuchte der alte Fuchs nun auch noch, an seinen Namen zu kommen.

»Pardon, ich vergaß, mich vorzustellen. Mein Name ist Andrej Worobjow«, log André weiter und bediente sich in seiner Not der männlichen Form von Irinas Familiennamen.

»Angenehm«, brummelte der Richter a. D., während ihm nun auch seine Gattin die Hand reichte.

André war sich bewusst, dass der Alte nicht aus Menschenfreundlichkeit handelte, sondern gerade dabei war, ihm mächtig auf den Zahn zu fühlen. Offensichtlich kaufte er André die Geschichte nicht ab und hatte Freude daran, ihn vor den Augen seiner Ehefrau als neugierigen Journalisten oder Ähnliches zu entlarven. André spürte, wie seine Wangen glühten.

»Ich kümmere mich um meine Nichte. Sie ist erst vor Kurzem nach Deutschland gekommen und völlig traumatisiert. Sie möchte verstehen, was an jenem Abend passiert ist«, versuchte André, die Situation zu erklären.

»Man merkt Ihnen Ihre ukrainische Herkunft gar nicht an«, bohrte der Alte skeptisch weiter.

Verdammt, wie dämlich, dachte André. Er redete sich wohl gerade um Kopf und Kragen, und dieser Typ wirkte nicht, als verstünde er Spaß. Ihn überkam das dringende Bedürfnis, sich schnellstmöglich abzusetzen, bevor er sich Ärger mit diesem spröden Ruhestandsjuristen einhandelte.

»Ich bin hier geboren«, gab er schlicht zurück.

»Wenn wir Ihrer armen Nichte helfen können, tun wir das gerne«, mischte sich die Frau freundlich lächelnd ein. Offensichtlich war es ihr unangenehm, dass ihr Ehemann in eine Art Verhörmodus verfallen war.

»Das ist sehr nett von Ihnen«, antwortete André, unsicher, was er jetzt tun sollte.

»Gerne beantworten wir Ihnen Ihre Fragen, ich würde Sie nur bitten, uns ins Haus zu begleiten, hier wird es mir allmählich zu feucht«, sagte sie mit angenehm warmem Tonfall.

Ihr Mann warf ihr einen strafenden Blick zu.

»Aber nur, wenn ich Ihnen keine Umstände mache«, erwiderte André.

Das Haus der Familie lag unweit der Brücke. Der Vorgarten war steril und rigoros in eine nahezu vegetationsfreie Schotterfläche verwandelt worden. Seine Tristesse wurde nur von zwei Buchsbäumen unterbrochen, an deren Astenden sich grüne Blattpuschel nach oben reckten, so als hätten sie gerade eine Maniküresitzung über sich ergehen lassen müssen. Hier formte sich jemand die Natur streng nach eigenem Gusto.

Nachdem sie im Haus waren und ihre nassen Sachen abgelegt hatten, begleiteten ihn seine Gastgeber ins Wohnzimmer. Es brauchte keine besondere Menschenkenntnis, um zu spüren, dass ihr nach Andrés Besuch üble Vorwürfe ihres Gatten bevorstanden. Offensichtlich konnte der Hausherr den Anflug von Hilfsbereitschaft und Gutmütigkeit seiner Ehefrau gerade nicht nachvollziehen.

»Darf ich Ihnen einen Tee anbieten, Herr Worobjow?«, fragte sie André, nachdem er Platz genommen hatte.

»Äh, ich, äh, nein, ein Wasser reicht mir«, stammelte Andre, dem es schwerfiel, sich an den neuen Nachnamen zu gewöhnen. Er hatte bewusst auf den Tee verzichtet. Die Vorstellung, sich minutenlang dem Verhör des alten Juristen auszusetzen, während sie in aller Ruhe den Tee zubereitete, gefiel ihm überhaupt nicht.

Sie ging in die Küche, und es geschah genau das, was er zu vermeiden versucht hatte.

»Und aus welchem Teil der Ukraine stammt Ihre Familie?«, forschte der Alte weiter.

»Aus Kiew«, antwortete André schnell.

»Mmh. Ich meine, in einer Zeitung gelesen zu haben, Ihre Nichte stamme von der Krim«, erwiderte der Richter mit gerunzelter Stirn.

»Ja, ganz recht. Da wohnte Swetlana vor ihrer Flucht«, gab André schnell zurück und war selbst überrascht über seine Kreativität.

Bevor sein Gastgeber zu einer weiteren Frage ansetzen konnte, erschien seine Frau mit einem Tablett und drei Wassergläsern darauf in der Tür. Wortreich stellte sie diese vor ihnen ab und gab André damit einen Augenblick Zeit, sich zu sammeln.

Ihm war bewusst, dass er das Gespräch auf keinen Fall so weiterlaufen lassen durfte. Es würde nur wenige Minuten dauern, bis der Alte ihn entlarvte. Er musste die Initiative ergreifen, den Spieß umdrehen und sich in die Rolle des Fragenden bringen.

»Haben Sie beobachten können, wie dieser Junge den Stein auf das Auto meiner Nichte geworfen hat?«, fragte er unvermittelt.

»Im Prinzip schon«, erwiderte sie. »Wir haben gesehen, wie er den Pflasterstein von der Fahrbahn aufgehoben hat.«

»Und dann?«

»Na ja, ich habe ihn zurechtgewiesen und ihm gesagt, er solle keine Dummheiten machen. Schließlich kann man bei so was nicht tatenlos zusehen«, warf der Richter resolut ein.

André nickte. »Und warum hat er Ihnen nicht gehorcht?«

»Zunächst schien er mir zu folgen. Er ist erschrocken und hat da, wo er stand, den Stein am Fahrbahnrand fallen lassen.«

»Aha, und wie ging es weiter?«, bohrte André nach.

»Mein Mann hat ihm gesagt, dass es gefährlich sei, den Stein liegen zu lassen, und ihn angewiesen, ihn wegzuräumen.«

»Verstehe.« André räusperte sich. »Dann war ja alles gut, oder?«

»Wo denken Sie hin? Diese halbstarken Südländer wissen doch nicht, was Vorsicht und Verantwortung heißt«, ereiferte sich der Richter. »Er hat ihn einfach ein paar Meter weggedroschen.«

»Und dabei kam er meinem Mann noch frech. Raunzte ihn an, er solle ihn in Ruhe lassen und den Stein gefälligst selbst wegräumen, wenn er ihn störte«, sprang sie ihrem Mann zur Seite.

»Das hätte ich wohl besser getan«, sagte dieser zerknirscht. »Dann wäre es vielleicht nicht so weit gekommen.«

»Mein Mann hat sich wegen dieses impertinenten Strolchs tagelang Vorwürfe gemacht.«

»Als ich noch mal versucht habe, ihn zur Räson zu bringen, baute er sich vor mir auf und blökte, ich solle mich um meinen eigenen Scheiß kümmern! Das hat noch keiner zu mir gesagt«, brauste er auf.

»Hätte ich meinen Mann nicht weggezogen, hätte er womöglich selbst etwas abgekriegt, dafür, dass er Zivilcourage gezeigt hat.«

André nickte bestätigend, obwohl er nicht recht verstand,

woraus diese Zivilcourage eigentlich bestanden hatte. Es schien ihm eher, als hätte man viel Lärm um nichts gemacht.

»Wir sind dann zurück nach Hause, und kurz darauf ist es geschehen. Wir haben wegen der Sache nächtelang kein Auge zugekriegt«, beschwerte sie sich mit weinerlicher Stimme. Ihr Gesicht war von roten Flecken übersät. Offensichtlich ging ihr die Angelegenheit wirklich unter die Haut. »Das arme Mädchen«, fügte sie hinzu, und ihre Augen wurden feucht.

»Und woher wissen Sie dann, dass er es war?«, bohrte André nach.

»Na, wer soll es denn sonst gewesen sein? Glauben Sie, auf dieser Brücke treiben sich zeitgleich Busladungen Halbstarker rum? Der Bengel hat ihn zornig, wie er war, einfach auf die Fahrbahn gedroschen«, schrie der Alte mit blitzenden Augen.

»Wieso zeitgleich?«, fragte André erstaunt.

»Na, weil es nur wenige Augenblicke später passiert sein muss. Als wir nach Hause kamen, war es 15.50 Uhr.«

André nickte. In der Tat war es recht unwahrscheinlich, dass ein anderer Täter nur Minuten später den Stein geworfen haben könnte. Und selbst wenn, hätte ihn Marco wahrscheinlich gesehen. Trotzdem passte das alles nicht zusammen. Mit dem Fund des Papiers war ein gedankenloser Wurf im Zorn oder Affekt auszuschließen. Auch den Aufwand, den Stein erst noch einzupacken und zuzukleben, hätte der Junge auf offener Straße in der kurzen Zeit kaum bewältigen können.

»Und wie kamen Sie darauf, dass es der kleine Albertella war?«

»Der hatte doch die Dreistigkeit, am nächsten Tag wieder hier aufzukreuzen. Mein Mann hat sich aufs Fahrrad geschwungen und ist ihm bis zu dieser Eisdiele hinterhergefahren. Er hat eben Zivilcourage«, sagte sie und blickte ihn voller Stolz an.

»Das war ich dem armen Opfer schuldig«, erwiderte er und winkte ab. »Und dann hab ich ihn angezeigt!«

André nickte nur. Die Selbstbeweihräucherung der beiden, die eigentlich mehr oder weniger nichts ausgerichtet hatten, widerte ihn an.

»Ihre Nichte ist jedenfalls gut beraten, sich einen kompetenten Rechtsbeistand zu nehmen. Wie ich meine jungen Kollegen kenne, wird das wieder nur als eine Paragraf-315b- in Verbindung mit Paragraf-224-Sache abgetan. Der Junge kehrt zwei Samstage Blätter im Park und hat dann seine Ruhe.«

»Ich kann Ihnen gerade nicht folgen«, sagte André verwirrt.

»Entschuldigen Sie, wenn man sich fast 40 Jahre mit diesen Dingen beschäftigt hat, wird alles zur Selbstverständlichkeit, und man meint, jeder müsste es verstehen. Ich meinte, der Richter wird sich auf einen gefährlichen Eingriff in den Straßenverkehr gemäß Paragraf 315 b und eine gefährliche Körperverletzung nach Paragraf 224 StGB herunterhandeln lassen. Außer ein paar Sozialstunden hat dann der freche Lümmel keine Strafe zu befürchten.«

André nickte abwesend. Allmählich begann ihm das Spektakel auf die Nerven zu gehen.

»Ein guter Anwalt könnte daraus einen versuchten Totschlag oder Mord machen. So wie das zuletzt in Berlin geschehen ist, wo es nach diesem illegalen Autorennen zu einer Mordanklage kam. Dann wird dieser halbstarke Typ wenigstens für ein paar Jahre ins Jugendgefängnis weggesperrt und bringt niemanden mehr in Gefahr.«

André schaute bewusst auffällig auf die große Wanduhr. »Es ist schon 16.15 Uhr, ich muss los, ich habe noch einen

Termin«, log er. Er hatte noch nicht ausgesprochen, da regte sich schon innerer Unglaube über das, was er eben gesagt hatte. Es konnten unmöglich 75 Minuten vergangen sein, seit er sein Fahrrad abgestellt hatte. Zur Kontrolle warf er noch einen Blick auf seine Armbanduhr. 15.45 Uhr – das schien plausibler. »Ihre Uhr geht falsch«, entfuhr es ihm irritiert.

»Ja, ich weiß«, sagte die Frau mild lächelnd. »Mein Mann wollte nie zu spät zu den Verhandlungen erscheinen, deshalb gehen bei uns alle Uhren eine halbe Stunde vor.«

»Aha«, sagte André verunsichert und erhob sich, um zu gehen.

»Und wünschen Sie Ihrer Nichte Lana gute Besserung von uns«, rief ihm der Alte hinterher.

UNZUCHT

Sonntag, 21. Januar 2018, 10.25 Uhr

»Dem Himmel sei Dank, dass ich Sie erreiche!«, seufzte es ihm durch den Telefonhörer entgegen. Er hatte Adelheids Stimme zwar sofort erkannt, war aber dennoch von ihrer

Atemlosigkeit überrascht. Sonst jedenfalls war sie, die Koordinatorin für Stadtführungen bei der Tourist-Info, immer ein Muster an Ruhe und Gelassenheit.

»Nun, das bekomme ich von der Damenwelt viel zu selten zu hören. Liebe Adelheid, was kann ich für Sie tun?«, sagte er mit einem breiten Lächeln im Gesicht.

»Können Sie so in gut einer halben Stunde am Dom sein und für einen anderen Führer einspringen?«

»Was ist denn passiert?«

»Ihr zuständiger Kollege wurde vor 15 Minuten mit Verdacht auf Herzinfarkt ins Krankenhaus eingeliefert. Eine Gruppe Landtagsabgeordneter, die auf Einladung des Oberbürgermeisters hier ist, wird gerade durch den Dom geführt. Anschließend haben sie eine Führung gebucht. Der Bürgermeister ist alles andere als entspannt. Er hat mich zu Hause angerufen, damit ich einen Ersatzführer beschaffe.«

Situationen wie diese waren André stets unangenehm. Er hasste das Unerwartete und Unkalkulierbare. Er wusste, dass Hektik die Gefahr in sich trug, Fehler zu machen. Gerade ein Stadtrundgang mit einer dermaßen exklusiven und prätentiösen Klientel, bei der es darauf ankam, die Stadt in einem positiven Licht zu präsentieren, bedurfte einer intensiven Vorbereitung. Man konnte so eine heikle Aufgabe beim besten Willen nicht übers Knie brechen.

»Aber, kann das nicht …«, stammelte er. Er brach ab, hielt inne und besann sich. Er konnte Adelheid diese Bitte unmöglich abschlagen, schließlich war sie schon so häufig für ihn da gewesen.

»Kein Problem, ich komme. Wenn ich Sie richtig verstanden habe, beginnt mein Einsatz um 11.00 Uhr?«

»Sie sind ein Schatz«, flötete Adelheid erleichtert. »Bitte nehmen Sie die Gruppe pünktlich am Hauptportal des Doms in Empfang.«

»Wird gemacht! Rendezvous, Dom, elfhundert!«, antwortete er militärisch kurz mit einem amüsierten Grinsen.

»Sie haben was bei mir gut«, sagte Adelheid lachend und legte auf.

Neben dem zweifelhaften Vergnügen, eine unvorbereitete Tour mit einem anspruchsvollen Publikum zu absolvieren, hatte er eine zweite Herausforderung zu meistern. Irina war gerade dabei, in der Küche den Tisch für ein gemütliches Sonntagsfrühstück zu decken. Sie war ganz aufgekratzt gewesen und wollte ihm von ihrem gestrigen Besuch bei Swetlana erzählen. Ihr jetzt einen Korb zu geben, fiel ihm schwer. Letztlich war er froh, dass sich ihre Beziehung langsam wieder normalisierte. Er erklärte ihr die Lage und lud sie kurzerhand zu einem Mittagessen nach der Führung in den Domhof ein.

*

Es war exakt 10.58 Uhr, als er beim Dom eintraf. Im loggiaartigen Innern der Domvorhalle, die das mächtige Portal der gewaltigen Kathedrale überschattete, führte der Domkustos eine größere Gruppe, unter deren Mänteln bonbonfarbene Kostüme und dunkle Anzüge hervorlugten. Im Hintergrund trat der Oberbürgermeister hektisch von einem Bein aufs andere und schielte auf die Armbanduhr.

»Mann, das wurde aber auch Zeit!«, schnarrte er, als er André neben sich bemerkte.

André lächelte nur. Im Laufe seines Lebens hatte er gelernt, nonchalant über solche kleinen Spitzen hinwegzugehen. Im Übrigen interessierte ihn viel mehr, welche Route man für den späteren Stadtrundgang vorgesehen hatte. Sie tauschten sich kurz aus, und André nahm unauffällig hinter den konzentriert zuhörenden Landesministern und Landtagsabgeordneten, die er bisher zum überwiegenden Teil nur aus den Medien kannte, Aufstellung.

»Das bronzefarbene Hauptportal ist jüngeren Datums und wurde 1971 von Toni Schneider-Manzell geschaffen und gilt als eines der bedeutendsten Werke der modernen christlichen Kunst. Thema des Reliefportals ist: ›Und es wird eine Herde und ein Hirte sein‹«, hörte er den Kustos mit sonorer Stimme das säuseln, was er wohl schon Hunderte Male erzählt hatte.

André fragte sich, ob er wohl auch in so einen Führerslang verfiel, wenn er eine Gruppe führte, und folgte der Menschentraube, die sich nun zur Vortreppe hin aus der Halle herausbewegte.

»Die Vorhalle einer Kirche war der Raum, in dem im Mittelalter die Ungetauften die Messe mitfeiern durften. Früher war die Verbindung zum Kirchenraum daher offen. Zur Bauzeit des Westwerks war dies allerdings nicht mehr der Fall.«

Die Gruppe trat weiter auf den Domplatz, und der Führer wies mit dem Finger auf das Porträt einer jungen, schläfrig wirkenden Frau unterhalb des Kapitells des linken Bogens.

»Unterhalb der Bögen jeweils an den Innen- und Außenseiten der drei Zugänge sehen Sie die Darstellungen der sieben Todsünden oder Peccata mortifera, wie sie von der katholischen Kirche seit Gregor I. genannt werden. Hier beginnend mit der Trägheit. Oben jeweils symbolisiert in Form eines menschlichen Gesichts und unten wiederholt mit einem Tiermotiv. Hier eben mit der trägen jungen Frau und darunter mit dem faulen Schwein.«

Das Auditorium lachte artig, und der Domkustos hob an, weiterzumachen. »Daneben setzt sich die Reihe mit Hochmut, Zorn, Geiz, Neid, Völlerei und schließlich der

Unzucht fort. Sie wird versinnbildlicht durch das Konterfei eines alten Mannes, dem zwei Hörner aufgesetzt wurden, und als Tiermotiv darunter dem geilen Bock.«

Wieder erntete er einige Lacher. Dass man so ein derbes Motiv gerade an der Pforte eines Gotteshauses anbrachte, erschien wohl den meisten seiner Zuhörer geradezu grotesk.

Ohne dass er es bewusst steuern konnte, materialisierten sich vor Andrés innerem Auge aus dem Wortsalat des eben noch flüchtig verfolgten Vortrags die Begriffe: Unzucht, *Peccatum mortiferum*. War es nicht gerade *die* Verbindung, die auch der Steinewerfer hergestellt hatte?

*

»Wow, der alte Mann und die Prominenz! Nach deinem Einsatz beim Requiem für den Altbundeskanzler scheinst du Geschmack an der Politprominenz gefunden zu haben.«

»Nicht wirklich. Ich hasse es, wenn ich nur etwas gefragt werde, damit der Fragende den anderen zeigen kann, was er alles weiß.«

Irina grinste schief. »Und ich dachte schon, das gibt's nur bei uns im Hörsaal.«

»Ich bin froh, dass ich sie endlich oben im Ratsherrensaal abgeliefert habe. Jetzt ist es die Aufgabe der Domhof-Eigentümer, sie zu betüddeln. Schließlich haben die in Speyer die größte Promi-Routine. Ich bin ganz ausgetrocknet vom vielen Reden. Lass uns erst mal was Anständiges trinken«, sagte André und hob den außen schön angelaufenen Bierkrug mit dunklem Domhofbier darin an.

Auch Irina erhob ihr Weizenbierglas und stieß es mit dem Rand des Glasbodens an Andrés Humpen.

»Auf alle die, die täglich mit den Klugscheißern dieser Welt zu kämpfen haben«, erwiderte er lächelnd und trank einen großen Schluck des kühlen, leicht süßlichen, tiefbraunen Bieres.

»Apropos Klugscheißer! Es war mir natürlich ein Leichtes, dein Geschichtsquiz zu lösen«, flötete sie gönnerhaft und warf mit einer schnellen Kopfdrehung eine Haarsträhne nach hinten.

Er lachte. »Es ist mir die ganze Zeit schon aufgefallen, dass du heute anders aussiehst als sonst. Jetzt weiß ich, was es ist.«

»Und was ist es?«, fragte sie verwirrt.

»Na, dein Schmuck.«

»Schmuck«, wiederholte sie entgeistert und fasste sich an den Hals, als suche sie nach einer Halskette. »Aber ich trag doch keinen …«

»Wissen ist der Schmuck der klugen Frau. Dein neu erworbenes Geschichtswissen steht dir gut zu Gesicht.«

»Was für ein plumper Charmeur du doch bist. Du mit deinem Geschichtsfimmel. Du bist voll retro. Ich bevorzuge es, im Hier und Jetzt zu leben.«

»Die Wurzeln zu kennen, hilft einem, das Hier und Jetzt zu verstehen!«

»Wow, du hast wohl wieder auf www.klugscheißer.de rumgesurft, oder wo hast du sonst diesen oberschlauen Spruch her?«

»Der ist von mir. Wenn du erwachsen bist und brav lernst, wird dir dein Intellekt möglicherweise ähnliche Einsichten schenken, meine Liebe.«

Irina stieß ihm lachend in die Seite. »Kein Wunder, dass du nie eine Frau gefunden hast. Welche Frau außer mir erträgt so einen Schwätzer wie dich?«

Eine Bedienung im hübschen Dirndl trat zu ihnen an den Tisch und nahm ihre Bestellung auf. Beide entschieden sich für einen Flammkuchen. Es war jenes elsässische Gericht, das ganz selbstverständlich in der Pfalz heimisch geworden war und auf das man sich im Domhof besonders gut verstand. Sie nahm einen klassischen mit Speck und Zwiebeln und er einen vegetarischen mit Schafskäse und Peperoni.

»Aber Spaß beiseite, ich hab Marcos Telefonnummer geknackt«, nahm sie den Gesprächsfaden wieder auf.

»Und? Hast du ihn angerufen?«

»Du hältst mich wohl für blöd. Der kennt mich nicht und würde es mir bestimmt nicht auf die Nase binden.«

»Aha, und welchen scharfsinnigen Plan hattest du?«

»In Wirklichkeit war es ein Zweistufenplan«, antwortete sie forsch.

»Na, da bin ich aber gespannt«, brummelte er.

»Stufe eins: Ich habe Swetlana gefragt, ob sie ihn kennt.«

»Und was hat sie gesagt?«

»Sie kennt ihn nicht.«

»Das muss sie auch nicht. Was ist, wenn er sie von ihrer Arbeit kennt, dort unter anderem Namen aufschlug und vielleicht von ihr abgewiesen wurde, bevor sie ihn richtig kennenlernen konnte.«

»Dazu müsste ein 16-Jähriger erst einmal an sie rankommen. Aber natürlich habe ich auch das berücksichtigt«, sagte sie nachsichtig lächelnd. »Ich ließ einfach sie bei ihm anrufen.«

»Und?«

»Sie hat das Telefon laut gestellt. Ich konnte alles mit anhören. Nichts, er zeigte keinerlei Reaktion, wirkte nur verwirrt.«

»Das wiederum verstehe ich nicht. Ihr Name hätte ihm doch etwas sagen müssen. Schließlich musste er von der Polizei ihren Vor- und Nachnamen kennen.«

»Alter Mann, du unterschätzt mich mal wieder gewaltig.«

»Wieso?«

»Weil wir uns das auch überlegt haben. Swetlana hat sich nicht mit ihrem richtigen Namen gemeldet, sondern mit dem Nick, den sie bei der Arbeit verwendet. Sollte er sie von dort kennen, kennt er auch nur diesen Nick. Sie nennt sich dort nur Lana.«

»Lana, Lana«, wiederholte André leise und rieb sich grübelnd das Kinn. Dann erzählte er Irina vom Ortstermin auf der Brücke und dem Gespräch mit dem Rentnerehepaar.

ABRECHNUNG

Montag, 22. Januar 2018, 17.40 Uhr

Gerade verließ Siegfried Fischer, alleiniger Geschäftsführer und Miteigentümer der Installationsfirma Fischer & Adamovic, mit hochrotem Kopf und einer Kopie des soeben unterzeichneten Vergleichsvertrages das Gebäude der Pfalz-Bau GmbH. Oben saßen sich Born und Steffenhagen am runden Besprechungstisch gegenüber. Jeder hatte ein halb volles Bourbonglas vor sich.

»Der wird seinen Laden wohl dichtmachen müssen. Dafür wird ihm sein technischer Leiter und Kompagnon, dieser Serbe Adamovic, wohl den Hals umdrehen«, sagte Born grinsend.

»Nicht unser Problem. Er hat unterschrieben, und damit ist alles wasserdicht.«

Born lachte. »Wenn ich dich und deine Verträge nicht hätte, mein Freund.«

Steffenhagen winkte gönnerhaft ab. »Das hat sich mal wieder gelohnt!«, erwiderte er und blätterte in ein paar Tabellenseiten.

Born nickte. »Wenn der komische Vogel mir nachher noch die letzte Wohnung abkauft, dann können wir hier die Zelte abbrechen.«

»Ich bin von 400.000 Euro ausgegangen. Das würde bedeuten, dass unseren Kosten von vier Millionen rund acht Millionen Verkaufserlöse gegenüberstehen. 100 Prozent Gewinn für zwei Jahre Arbeit sind nicht schlampig«, merkte der Anwalt an.

»Und nach etwas Erholung am Mittelmeer ziehen wir das nächste Ding hoch«, sagte Born und blickte schwärmerisch auf das kleine Holzmodell der Segeljacht auf dem Schreibtisch.

»So ist es. Spätestens wenn die Grundbucheintragungen vollzogen sind, ziehen wir das Geld aus der Pfalz-Bau GmbH und lassen sie pleitegehen, dann sind wir eh raus. Da wir so liquide sind, dass wir keinen Banker im Spiel haben, gibt's auch keine lästigen Bürgschaften und Kreditsicherheiten. Selbst wenn die uns auf die Schliche kommen, ist kein Gericht so schnell, dass sie etwas dagegen tun können. Unser maximales Risiko sind die 25.000 Euro Grundkapital der GmbH und das ist nicht mehr als ein Trinkgeld.«

»Und wie weit bist du mit der Hessen-Bau GmbH?«, fragte Born.

»Ich habe die Gründungsunterlagen schon fertig. Wie

gewünscht, leiht uns dieses Mal dein Schwiegersohn seinen Namen. Keiner wird das hier mit dem neuen Bauvorhaben in Hanau in Verbindung bringen. Die Handwerker werden wieder Schlange stehen, die Käufer freuen sich über die günstigen Preise für unsere Wohnträume.«

Born lachte. »Wie einfach es doch ist, erfolgreich zu sein. Während die anderen in der Branche um jeden Euro kämpfen, um wenigstens einigermaßen profitabel zu sein, sparen wir kreativ rund 60 Prozent bei den Handwerkerleistungen ein.«

»Ich habe mir folgendes überlegt«, fuhr Steffenhagen fort, »diesmal bieten sich vier Bauabschnitte an. Drei, die wir tatsächlich umsetzen, und vor dem vierten verkrachst du dich wieder mit dem Stadtbauamt. Dass es letztlich die Stadtverwaltung ist, die die Baugenehmigung nicht gewährt, verschafft uns wie immer in der Presse einen akzeptablen Abgang.«

Born grinste und schüttelte dabei den Kopf. »Weißt du noch, bei der Saar-Bau hat man den städtischen Baudezernenten danach in die Wüste geschickt, weil man ihm die Schuld am Konkurs dreier Handwerksbetriebe in die Schuhe geschoben hat.«

Auch Steffenhagen lachte nun. »Ich bin schon sehr gespannt, was die ›Rheinpost‹ aus dem heutigen Interview mit uns macht.«

Borns Augen funkelten vergnügt. »Du musst gestehen, die Idee, ein paar Molche in diesem Graben auf dem Baufeld für Abschnitt drei auszusetzen und den Umweltschützern einen Tipp zu geben, war auch genial.«

Steffenhagen überkam ein Lachanfall. »Ich sehe dich heute noch vor mir, wie du sie mit dem kleinen Netz im Pfälzerwald gefangen hast, um sie hier freizulassen«, gluckste er, heftig nach Luft ringend.

»Die Speyerer Stadtverwaltung wird ganz schön Mühe haben, den Schaden für sich zu begrenzen. Immerhin werden sich wohl einige Handwerker um neue Jobs kümmern müssen. Diese Installationsfirma von eben und die Schreinerei von diesem traurigen Detzner wird es jedenfalls nicht mehr lange geben. So was kommt in einer Stadt wie Speyer gar nicht gut an.«

»Auf Kollateralschäden kann keine Rücksicht genommen werden!«, dozierte Born, lachte dröhnend und schlug seinem Freund laut klatschend auf die Schulter. Beide tranken ihre Whiskytumbler in einem Zug aus.

*

Dieter Born war am Schreibtisch eingenickt. Die vergangenen Wochen waren anstrengend für ihn gewesen. Da waren die Fertigstellung der Anlage und die üblichen zahlreichen Mängelbeseitigungen, bevor man die Wohnungen übergeben konnte, und parallel dazu die Vergleichsverhandlungen mit den Handwerksfirmen. Natürlich war all das für ihn zur Routine geworden, trotzdem war es kräftezehrend.

Nach den zwei Whiskys, die er mit Steffenhagen getrunken hatte, hatte sich erstmals seit Langem wieder ein Gefühl von wohliger Wärme und Zufriedenheit bei ihm eingestellt. Es war vollbracht! Nachher noch das Verkaufsgespräch mit diesem Kauz, der sich vor drei Tagen gemeldet hatte, und sich, wie er sagte, brennend für die einzige noch unverkaufte Wohneinheit interessierte. Er hatte ihn bekniet, sie für ihn zu reservieren, obwohl er sie bisher noch nicht einmal besichtigen konnte. Wie er gesagt hatte, wäre es ihm ernst, und er müsse aus familiären Gründen unbedingt kurzfristig nach Speyer ziehen. Da das Angebot an freiem Wohnraum in der Stadt äußerst knapp war, wollte er zugreifen – koste es, was es wolle.

Born schmunzelte. Kunden, die schon zu Beginn der Verhandlungen eine Zwangslage zugaben, waren ihm besonders sympathisch. Sie zeigten ihm vorab ihre Bereitschaft, auch überteuerte Preise zu zahlen, und er tat alles, um deren Zahlungsbereitschaft abzuschöpfen. Der Verkauf der letzten Eigentumswohnung hatte somit das Potenzial, seinen vertrieblichen Bemühungen ein Sahnehäubchen aufzusetzen.

Das Klingeln an der Abschlusstür des leeren Gebäudes riss ihn aus dem Nickerchen. Er schaute auf die Bürouhr und fluchte: »Verdammt, schon sieben.« Der Kerl, der bereit war, mehr hinzublättern, als er musste, stand unten vor der Tür und kam zum Besichtigungstermin.

Born erhob sich schlaftrunken vom Bürostuhl und wankte zur Tür, wo er sich an der Gegensprechanlage meldete. Wie erwartet, antwortete am anderen Ende der Kaufinteressent.

Born flötete in einem lächerlich freundlichen Verkäuferjargon: »Fünfter Stock links«, betätigte den elektrischen Türöffner und rieb sich mit beiden Händen den Schlaf aus dem Gesicht. Er hasste es, wenn er nicht optimal auf ein Verkaufsgespräch vorbereitet war. Schließlich waren es die Wachsamkeit und die Fähigkeit, kleinste Signale des jeweiligen Gegenübers aufzugreifen, um sie für die eigenen Interessen auszunutzen, die ihn erfolgreich gemacht hatten.

Er öffnete die Tür der Wohnung, die ihm als Bürostandort diente, und hörte, wie der Aufzug wenige Meter vor ihm zum Stehen kam. Ihm entstieg ein großer, hagerer älterer Herr mit ernstem Gesichtsausdruck. Offensichtlich waren die familiären Gründe, die er am Telefon als Kaufmotiv angegeben hatte, schwerwiegender Natur. Born nahm beruhigt zur Kenntnis, dass trotz der Schläfrigkeit sein Geschäftsinstinkt funktionierte. Der muss kaufen, dachte er. Entweder er zieht nach Speyer, weil er selbst krank ist, oder er muss sich hier um Familienangehörige mit irgendwelchen Problemen kümmern. Er taxierte, dass ihm dieser Umstand gut und gerne 50.000 Euro Zusatzgewinn einbringen würde.

»Guten Tag, Herr Born, schön, dass Sie sich zu so später Stunde noch Zeit für mich nehmen.«

»Guten Abend, aber gerne doch. Um die Wohnträume unserer Interessenten Wirklichkeit werden zu lassen, stehen wir immer dann zur Verfügung, wenn uns der Kunde braucht«, säuselte Born in einer Art und Weise, die preisgab, dass diese Phrase Bestandteil seines Standardrepertoires war.

Der ältere Herr nickte. Seine Mimik schien geradezu eingefroren. Lediglich ein kleines nervöses Zucken um den Mundwinkel verriet Born eine gewisse Ungeduld.

»Lassen Sie mich nur schnell den Schlüssel holen, dann schauen wir uns Ihren Wohntraum an«, kam Born zur Sache. Er wollte alles tun, um diesen letzten Restanten des Bauprojektes rasch abzuwickeln.

Er ging ein paar Schritte zum Schreibtisch und holte eine Aktenmappe und einen Schlüsselbund. Der Alte blieb mit der abgeschabten braunen Lederaktentasche unterm Arm schweigend im Türrahmen stehen und ließ den Blick durch den Raum schweifen.

»Ihre Mitarbeiter sind alle schon weg, nur der Chef muss noch seine Pflicht erfüllen?«, fragte er trocken.

»So ist es.« Born lief um den Tisch auf ihn zu. »Wir müssen ein Stockwerk nach unten fahren, sie ist im vierten Stock«, bemerkte er und steuerte zur Aufzugtür.

Während der kurzen Fahrt musterten sich beide wortlos. Born fühlte, wie eine seltsame Beklommenheit von ihm Besitz ergriff. Trotzdem zwang er sich ein Lächeln auf. Der Mann zeigte keine Reaktion. Mit der wächsernen Haut und dem ausdruckslosen Gesicht wirkte er auf ihn seltsam unnahbar, fast künstlich, als umgäbe ihn eine unsichtbare, alles abschottende Hülle.

Born fröstelte. Als sie unten waren, ging er voraus zur Wohnungstür und schloss sie auf. Den Kauz im Rücken zu haben, verursachte ihm Magengrimmen. Es war ihm, als würde von ihm eine physisch spürbare Kälte ausgehen, die ihn gerade wie ein frostiger Luftzug innerlich erschaudern ließ.

Born trat ein, machte einen Ausfallschritt zur Seite und ließ dem Besucher den Vortritt. Es war ihm wohler, ihn vor sich zu haben. Der Alte blieb stumm und durchquerte langsam und bedächtig die Dreizimmerwohnung. Born deutete nur an, ihn zu begleiten, indem er ihm immer nur wenige Schritte folgte, aber letztlich in der zentralen Diele stehen blieb. Er hatte schon unzählige Interessenten begleitet, dieser wirkte merkwürdig unbeteiligt, fast als sei es ihm gleichgültig, wie die Wohnung aussah. Er stellte keine Fragen, verweilte nirgends länger, strich nicht, wie es die anderen taten, mit den Händen über die Materialien, um sich einen haptischen Eindruck von seiner neuen Bleibe zu verschaffen.

Born war erleichtert, als der Alte die brüchige Stimme erhob und sich nach dem Balkon erkundigte.

Offensichtlich hatte er trotz des Rundgangs das Türelement im Wohnzimmer nicht bemerkt. Dienstbeflissen schoss Born herbei und öffnete die Balkontür. Es wehte ein feuchter, kalter Wind herein.

»Vorsicht! An der Brüstung fehlen noch die Verkleidungselemente, bitte halten Sie sich dicht an der Wand, es besteht Absturzgefahr!«, rief er laut.

Er bereute, die Tür überhaupt geöffnet zu haben. Erstens, weil das fehlende Geländer nicht den Sicherheitsbestimmungen entsprach, und zweitens, weil er keine Lust verspürte, ausgerechnet mit diesem seltsamen Kauz zusammen auf die drei Quadratmeter ungesicherten Betonvorsprungs zu treten.

Der Alte tat, wie ihm geheißen, blieb etwas von der Vorderkante entfernt stehen und starrte nach unten ins Dunkel.

»Was wird das?«, fragte er und deutete auf das darunterliegende Areal. Direkt vor ihnen unterhalb der Balkonkante verlief ein Fundament, aus dem ein etwa zwei Meter hohes Moniereisen herausragte.

»Die Eigentümer der Wohnung im Erdgeschoss wollen eine Pergola über ihrer Terrasse errichten. Das sind die Sockel der Stützpfeiler.«

»Danke, wir können wieder reingehen«, entgegnete der Alte.

Born fühlte sich erleichtert, aus der Gefahrenzone zu gelangen.

Als sie wieder im geräumigen Wohnzimmer standen, öffnete der Mann in Grau die Aktentasche und zog einen Zollstock heraus. »Ich muss noch etwas ausmessen, wenn Sie erlauben.«

»Oh, natürlich, kein Problem«, beeilte sich Born zu sagen. Was geschah hier nur, was ihn so aus der Ruhe brachte? Wieso fühlte er sich so in der Defensive?

Während der Alte hie und da in die Hocke ging und verschiedene Maße aufnahm, beobachtete ihn Born. Eigenartig, er hatte noch nie einen Menschen gesehen, der dabei so unsystematisch zu Werke ging. Und das alles, ohne auch nur ein Maß aufzuschreiben oder einen Abgleich mit mitgebrachten Möbelmaßen vorzunehmen.

Entweder hatte der Alte buchstäblich keinen Plan und keinerlei praktische Begabung, oder er war ein Profi und hatte alles im Kopf.

Er hoffte, dass das merkwürdige Schauspiel bald sein Ende nehmen würde, wandte sich ab und starrte in die Nacht. Sein Blick wurde von einem Frachtschiff auf dem unweit verlaufenden Rhein angezogen. Es war eines der wenigen, die in den Nachtstunden den Fluss befuhren.

Er hörte, wie der unheimliche Typ hinter ihm den Raum betrat und das Metermaß ein klackerndes Geräusch auf dem Laminat verursachte, als es der Alte wie eine Angelschnur auswarf. Dann klickte das Schloss der Aktentasche. War er endlich fertig, sodass sie nun zum Abschluss kommen konnten? Born hatte beschlossen, den kaufmännischen Teil am Besprechungstisch in seinem Zimmer zu erledigen. Dort, in der vertrauten Umgebung, fühlte er sich sicherer. Der Alte begann ausgerechnet direkt hinter ihm, mit seiner komischen Messerei fortzufahren. Plötzlich nahm er einen leichten Schlag und direkt darauf einen stechenden Schmerz im linken Oberschenkel wahr.

»Passen Sie doch auf!«, entfuhr es ihm.

»Entschuldigung!«, antwortete der Alte reflexartig.

»Was, was ist das?«, stammelte Born verwirrt.

Gerade hatte er noch wahrgenommen, wie der Alte, der noch immer zu seinen Füßen kniete, hektisch etwas in seine Aktentasche stopfte.

»Das … das war eine Spritze«, stotterte Born in einer Mischung aus Verwunderung und Empörung.

Der Alte richtete sich auf und starrte ihn mit unbewegter Miene an, so als blickte er auf ein verendendes Tier.

Was geschah nur mit ihm? Born wollte schreien, doch nur ein Gurgeln verließ seine Lippen. Was nutzte es auch? Die Balkontür war wieder geschlossen, und sie waren alleine im Haus. Unbeholfen wollte er den Alten an der Gurgel packen, ihn zur Rede stellen, ihm diese ausdruckslose Miene aus dem Gesicht schlagen. Aber warum? Was

hatte der Typ ihm getan? Wieso ließ man ihn nicht endlich einschlafen? Er besann sich seiner Müdigkeit von vorhin, die plötzlich wiedergekommen war. Dieses Mal um
das Tausendfache heftiger. Sie umhüllte ihn wohlig wie
eine weiche Decke und nahm den Bewegungen die Kraft
und Präzision. Er gab ihr nach. Das Letzte, was er wahrnahm, war eine seltsame, allumfassende Leichtigkeit, in
die er sich fallen ließ und in deren Armen er eine heime-
lige Geborgenheit fand.

SKRUPEL

Freitag, 26. Januar 2018, 10.40 Uhr

Er hatte das Gefühl, in einem eigenartigen Vakuum festzu-
sitzen. Das Wetter schien wie ausgefallen. Keine Sonne, kein
Wind, kein Frost, die Temperatur weder kalt noch warm.
Nur der immerwährende Hochnebel, der sich seit November hartnäckig festgesetzt hatte und den Himmel der Rheinebene in eine diffuse, milchig weiße Fläche verwandelte.

André stand eine geraume Zeit am Fenster seines
Arbeitszimmers und starrte nach draußen. Er hasste diese

Jahreszeit, die den geliebten Garten in eine braune, welke Einöde transformierte und die Äste und Zweige des laublosen Nussbaumes wie ein Skelett erscheinen ließ. Dazu das schrille Gezeter eines Schwarms Halsbandsittiche, die auf dem Baum über die letzten vom Herbst verbliebenen Nüsse herfielen. Wie unwirklich diese Szenerie war: schillernd grüne, tropische Papageienvögel in einer winterlich tristen deutschen Landschaft. Afrikanische Besucher, die all jene Lügen straften, die behaupteten, mit dem Klima sei alles in bester Ordnung.

Die ganze Woche über hatten Irina und er ein merkwürdiges Katz-und-Maus-Spiel miteinander getrieben. Mit jedem Tag war bei André die Gewissheit gereift, dass Marco nichts mit dem Steinwurf auf Swetlana zu tun hatte. In gleichem Maße wuchs der Widerstand von Irina. Sie hatte es ihm schlicht und ergreifend verboten, seine Bedenken mit der Polizei zu teilen. Zuletzt hatte sie ihm angedroht, sofort auszuziehen, wenn er sich gegen ihre Absprache in die Sache einmischte. Die Solidarität mit Swetlana, die wie sie, Tausende Kilometer von zu Hause entfernt, in der Fremde ihr Glück versuchte, war stark. So stark, dass sie alles tat, um deren magere Existenz nicht aufs Spiel zu setzen.

Vorgestern war André wieder im Eiscafé der Albertellas gewesen. Ginas verweinte Augen hatten ihn aus der Fassung gebracht. Es war ihm klar geworden, dass er helfen musste, Marcos Unschuld zu beweisen, um ihn vor dem fatalen Fehlurteil zu bewahren, von dem er sich möglicherweise nie wieder erholen würde. Er war es seiner ehemaligen Mitschülerin Gina schuldig. Würde er allerdings den zuständigen Ermittlern gegenüber die Geschichte mit dem mysteriösen Zettel erwähnen, kämen sie schnell darauf, welchem Gewerbe Swetlana nachging. Probleme mit den Behörden, aufenthaltsrechtliche Konsequenzen bis hin zur Ausweisung wären unabwendbar. Ob in diesem Falle der entstehende Graben zwischen ihm und Irina je wieder zu kitten wäre, war äußerst fraglich.

Selbst nach mehreren Nächten des Grübelns hatte er keinen Ausweg gefunden.

Wie schon unzählige Male zuvor, ließ er sich alle entlastenden Erkenntnisse durch den Kopf gehen. Da war das Rentnerehepaar; mit jedem Satz, den sie mit ihm gesprochen hatten, waren sie ihm unglaubwürdiger vorgekommen. Selbst ihre Zeitangaben waren, in Anbetracht der kauzigen Angewohnheit, die Uhren vorzustellen, äußerst fragwürdig. Fakt war, dass sie lediglich beobachtet hatten, wie Marco einen Stein von der Straße geräumt hatte. Dass er daran Fingerabdrücke oder genetische Spuren hinterlassen hatte, war zwar denkbar, bewies aber nicht, dass er ihn auch geworfen hatte. Dann existierte da dieser merkwürdige Zettel aus Swetlanas Auto. Er sprach eindeutig für eine vorsätzliche Tat, die möglicherweise auf ihren unzüchtigen Lebenswandel abzielte. Durch Irinas Nachforschungen wussten sie allerdings, dass sich Marco und Swetlana nicht kannten, infolgedessen hätte er überhaupt kein Motiv gehabt, gegen sie vorzugehen. Im Übrigen passte die eigenartige Sache mit der lateinischen Beschriftung ganz und gar nicht zu einem Halbwüchsigen wie ihm.

In Andrés Augen war der Fall klar: Marco hatte den Stein nur weggeräumt, und gut eine halbe Stunde später hatte ein anderer, der genau wusste, dass Swetlana um diese Uhrzeit die Brücke passieren würde, die Tat verübt. Für die Polizei wäre es sicher ein Kinderspiel, Swetlanas Leben exakt zu durchleuchten und den wahren Schuldigen zu finden.

Irina und er trugen mit jedem weiteren Tag immer mehr dazu bei, die Straftat zu verschleiern, und machten sich dadurch zu Helfershelfern des Täters. Er musste handeln.

Schweren Herzens beschloss er, sich noch heute mit seinem Freund, Kriminalhauptkommissar Frank Achill von der Ludwigshafener Polizei, zu treffen und ihn einzuweihen. Ihm war klar, dass es für Frank keine inoffiziellen Wege gab. Frank hatte zwar das Herz am rechten Fleck, doch in erster Linie war er ein geradliniger, aufrechter und überaus korrekter Polizist, der nicht einfach Fakten unter den Tisch fallen ließ. Wenn André ehrlich zu sich war, war es genau diese Integrität, die er an ihm so sehr schätzte.

*

Der »Alte Engel« war ein urgemütliches Kellerlokal, das gerne von den Speyerern besucht wurde. Gerade im Winter wirkten die überschaubaren hintereinanderliegenden Gewölbesegmente, die den Gastraum bildeten, tief unter der Erde warm und heimelig. Die ausgesprochen reichhaltige Weinauswahl, die der Eigentümer ständig mit hoher Expertise aktualisierte, ließ kaum einen Wunsch offen. Sie waren früh und das Lokal war noch etwa zur Hälfte leer.

André hatte bewusst einen Tisch im hintersten Gewölbeabschnitt, weitab vom Geschehen, für sich und seinen Freund reserviert. Aus Erfahrung wusste er, dass Achill äußerst zugeknöpft reagierte, wenn man ihn auf dienstliche Sachverhalte ansprach. Bestand die Gefahr, dass jemand mithören konnte, war es ganz aus mit dessen Mitteilungsfreude.

»Muss ich aus der besonderen Lage des Tisches Rückschlüsse ziehen?«, bemerkte Achill grinsend, als sie sich setzten.

»Wieso?«, fragte André und ließ es möglichst unschuldig klingen.

»Na ja, vorne sind genug Plätze frei, und du reservierst ganz hinten?«

»Das war reiner Zufall.«

»Aha«, brummte Achill lächelnd und zog eine Augenbraue hoch.

André hob die Hand und rief die Kellnerin herbei. Er hoffte, Achills Spürnase durch einen guten Roten wenigstens etwas zu betäuben. Er kannte mittlerweile dessen Weingeschmack und bestellte einen »Black Print« vom Weingut Markus Schneider aus Ellerstadt, eine originelle südländische Rotweincuvée aus Syrah, Merlot und Cabernet Sauvignon.

»Wow. Heute lässt du es aber krachen«, sagte Achill und pfiff leise durch die Zähne.

»So selten, wie wir uns in letzter Zeit sehen, müssen wir es begießen, wenn es dann doch mal wieder klappt«, erwiderte André.

Wenig später kam der Besitzer, den André von unzähligen Besuchen hier gut kannte, und brachte die Flasche sowie zwei großvolumige Rotweingläser.

»Passt das mit dem Tisch, Herr Sartorius? Ist er Ihnen diskret genug?«, fragte er, während er sich anschickte, die Flasche gewandt zu entkorken.

»Alles bestens!«, erwiderte André heiser. Über Achills Mundwinkel huschte dabei ein süffisantes Lächeln.

Der Gastwirt schenkte André eine kleine Pfütze des tiefroten Rebensaftes zum Kosten ein.

Er nahm sich Zeit und ließ den edlen Tropfen mehrmals über die Zunge rollen.

»Sehr gut!«, brummte er schließlich. Der Wirt goss ihnen mit routinierten Bewegungen ein und entfernte sich.

Beide hoben ihre ausladenden Kelche, stießen an und tranken genießerisch von dem substanzreichen, an rote Beeren erinnernden Wein.

»Worum geht es? Was willst du wissen?«, fragte Achill unvermittelt, als sie ihre Gläser abstellten.

André wusste, dass ihn sein Freund durchschaut hatte und es sinnlos war, weiter den Ahnungslosen zu spielen.

»Na ja, es geht um die Sache mit Marco Albertella«, begann er etwas zögerlich.

Achill grinste und lehnte sich wortlos zurück.

André hasste es, wenn man ihn zappeln ließ. Er war zu ungeduldig für solche Spielchen, zu sachorientiert und zu direkt, um lange um den heißen Brei herumzureden.

»Du meinst unseren Steinewerfer?«

»Ja, den«, erwiderte André mit der Gewissheit, dass sich sein Freund bewusst begriffsstutzig gab. »Ich bin mir sicher, dass er es nicht war.«

»Ich auch«, antwortete Achill gelangweilt und griff, ohne weitere Erklärungen abzugeben, nach seinem Glas.

Was war denn das? War Achill etwa gerade dabei, ihn zu verkohlen? Hatte nicht Gina noch vor wenigen Tagen davon gesprochen, dass Marco der einzige Verdächtige sei?

»Hast du Streit mit Irina?«, fragte Achill ruhig und sah ihm lauernd in die Augen.

»Wie… wieso?«

»Weil ich das Gefühl habe, dass ihr nicht miteinander redet.«

»Aber nein, wie kommst du denn auf die Idee?«, stotterte André.

»Weil sie heute Morgen mit ihrer neuen Freundin Swetlana bei mir auf der Dienststelle in Speyer war.«

André spürte, wie seine Wangen zu glühen begannen. Er hasste es, dermaßen vorgeführt zu werden. Nicht zu wissen, was sein Gesprächspartner wusste, und in die Defensive zu geraten.

»Und was wollten sie?« Er kratzte sich am Kopf.

»Swetlana hat ihre Aussage ergänzt.« Wieder machte Achill eine Pause und beobachtete André mit amüsiertem Grinsen.

»Welche Aussage?«

»Sie hat gesagt, dass sie sich nun doch erinnern könne, den Steinewerfer gesehen zu haben. Es sei ein groß gewachsener älterer Mann gewesen und keinesfalls ein schmächtiger Junge wie Marco.«

André nickte abwesend. Was war das nur? War es die späte Einsicht Irinas, Marco vor einer Verurteilung zu bewahren, gepaart mit einer Finte, um die Polizei von Swetlanas Hintergrund abzulenken? Wenn ja, hätte er Irina so viel Raffinesse gar nicht zugetraut.

»Hat es dir die Sprache verschlagen?«, erkundigte sich Achill breit grinsend.

»Nein, es ist nur … Ach, egal.«

»Im Übrigen sehen wir uns durch ihre Beobachtungen eher bestätigt. Die Zeugenaussage von unserem alten Bekannten Richter Gnadenlos war mehr als löchrig, und die DNA-Spuren können sonst wie an den Stein gekommen sein.«

»Richter Gnadenlos?«, wiederholte André.

»Na, der Rentner, der mit seiner Frau beobachtet haben will, dass Marco mit dem Stein hantiert hat, ist den Älteren von uns hinlänglich bekannt. Jugendliche mit Migrationshintergrund sind bei ihm nicht gerade hoch angesehen.«

»Nicht gerade hoch angesehen? Wie meinst du das?«

Achill lachte. »Na ja, während seiner aktiven Zeit am Amtsgericht war er ihnen gegenüber, was Anklagepunkte und Haftzeiten anging, stets großzügig.«

André schaute seinen Freund verwirrt an.

»Ich meine damit, dass er bei den Anklagepunkten gerne so was wie Beamtenbeleidigung oder Widerstand gegen die Staatsgewalt dazupackte oder aus einer Körperverletzung häufig einen versuchten Totschlag machte und so weiter. Und wenn es um das Strafmaß ging, griff er bei dieser Zielgruppe gerne auf die Höchststrafe zurück. Ich habe Prozesse erlebt, in denen sich die Staatsanwälte genötigt fühlten, eher weniger als mehr zu fordern, um das Ganze nicht aus dem Ruder laufen zu lassen.«

»Klingt nicht gerade sympathisch.«

»Nein, ist es auch nicht. In diesem besonderen Fall hätte er es auch gerne versucht, deinem Marco etwas anzuhängen. Aber nun dürfte die Chose gelaufen sein.«

André blies Luft durch die Zähne und brummte ein erleichtertes »Gut so«.

»Entschuldige, ich fürchte, ich hab dich vorhin unterbrochen. Was wolltest du mir über die Sache mit Marco sagen?«, hakte Achill nach.

»Ach, nicht so wichtig. Ist ja alles in Butter. Ich wollte mich nur allgemein für Marco starkmachen und dir sagen, dass ich den Jungen für sauber halte«, log André.

»Das ehrt dich«, erwiderte Achill mit süffisantem Lächeln.

WINTERDEPRESSION

Samstag, 24. Februar 2018, 11.45 Uhr

Der Himmel war stahlblau und kontrastierte hart gegen das Weiß der verschneiten Gipfel der gegenüberliegenden Texelgruppe, dem südöstlichen Ausläufer der Ötztaler Alpen. Die Sonne vermochte es, für diese Jahreszeit überraschend, die Temperatur über die 15-Grad-Marke zu heben. Es war ein wohliges Gefühl – hier auf dem Balkon der luxuriösen Suite im Schenna-Grandhotel, das wenige Kilometer oberhalb von Meran thronte –, die frühlingshaften Sonnenstrahlen auf der Haut zu spüren.

Dennoch reichte es nicht aus, um bei Steffenhagen die innere Kälte zu vertreiben. Er hatte Angst, Angst um seine finanzielle Existenz und Angst um sein Leben. Er hatte Speyer wenige Tage nach dem tragischen Tod seines Freundes Dieter Born den Rücken gekehrt. Langsam genug, um keinen Verdacht seitens der Polizei auf sich zu lenken. Schnell genug, um nicht in den Krater gezogen zu werden, der mit jedem Tag tiefer klaffte und die Pfalz-Bau GmbH und Borns Erbe quasi verschluckte.

Am Anfang hatte er sich vorgenommen, von den Erlebnissen in Speyer und dem grausigen Tod Borns Abstand zu gewinnen. Er wollte die Welt durch die Brille eines gewöhnlichen Urlaubers betrachten, der sich eine wohlverdiente Auszeit gönnte. Er hatte das verschwenderische Angebot des mondänen Hotelkomplexes intensiv genutzt. Hatte die vom Inhaber moderierte kurzweilige Weinprobe genossen, in kulinarischen Beglückungen der kreativen Italienisch-

Tiroler Küche des Hauses geschwelgt. Nach ein paar Tagen hatte er gar die Bekanntschaft einer attraktiven alleinreisenden Mittdreißigerin gemacht, die sich zu einer kurzen, heftigen Affäre auswuchs. Doch nach dem Anruf dieses Kommissars – mit dem er als Zeuge im Fall Born in Kontakt bleiben musste – hier im Hotel erstarb das alles. Die Furcht siegte über die Libido. Was blieb, war nur die peinliche Erinnerung an angstgetriebene Impotenz und Blamage, die er allabendlich mit einer Flasche des hauseigenen Lagreiner einsam auf seiner Suite ertränkte.

Nach anfänglichen Zweifeln war die Gewissheit in ihm gereift, dass der Kommissar am anderen Ende der Leitung mit dem Verdacht, dass es dieser Drago Adamovic, Miteigentümer der Installationsfirma Fischer & Adamovic, gewesen war, recht hatte. Er hatte ein Motiv und das Gewaltpotenzial, es zu tun. Schließlich hatte er in seiner Jugend unter serbischer Flagge im jugoslawischen Bürgerkrieg gekämpft. Dass er seit dieser Nacht untergetaucht war, erhärtete nur diese schreckliche Vermutung. Mittlerweile war sich Steffenhagen sicher, dass Adamovic die damals bei einem ihrer Treffen ausgesprochene Drohung, dass Born und er nie mehr eine ruhige Minute haben würden, nun wahrmachte. Warum sonst hatte dieser Kommissar den Anruf mit den Worten »Passen Sie auf sich auf!« beendet.

*

Zeitgleich rumpelte André über das bucklige Kopfsteinpflaster der Lauergasse. Er hatte vor, für Irina und sich ein halbes Dutzend der original Speyerer Brezeln zu kaufen. Und das natürlich just von jener traditionsreichen Brezelbäckerei Berzel, die unter anderem auch die typischen Brezelhäuschen in der Innenstadt versorgte. Für viele Ortsansässige waren sie die einzigen Brezeln, die dem Speyerer Gaumen zuzumuten waren. Dünn, kompakt, gut durchgebacken und nicht so hefig-fluffig, wie sie die meisten anderen Vertreter der Bäckerzunft buken.

Gerade hatte er die hier ansässige Pferdemetzgerei passiert und eine Nase voll von dem süßlichen Geruch eingeatmet, der von ihr ausging.

Er trat kräftig in die Pedale, da er vor Schließung der Bäckerei dort sein wollte. Die Vibrationen, die vom holprigen Pflaster in den Stahlrahmen übergingen, ließen jedes Teil an seinem in die Jahre gekommenen Herrenrad klappern. Er stellte sein Rad in die schmale Sackgasse, die kurz vor dem Bäckereianwesen abzweigte, und lief eiligen Schrittes zum Tor. Es gab hier keinen Bäckerladen im klassischen Sinne. Es gab weder ein Ladengeschäft noch Auslagen oder weißbeschürzte Bäckereifachverkäuferinnen, sondern nur eine Backstube. André trat durch das Hoftor, das eher zu einem bäuerlichen Anwesen gepasst hätte, und marschierte durch einen engen Hof, der an den Seiten mit Backkörben, Kartons und Salzsäcken zugestellt war. Links befand sich die Eingangstür zum Backhaus, die selbst im Winter offen stand. Der Luftzug, der durch sie in den Backraum zog, vermochte es kaum, die Hitze darin zu lindern. Im Hintergrund lief der unaufhörliche Strom fertig gebackener Brezeln über ein Förderband aus dem zimmergroßen uralten Backofen. Im Nebenraum waren zwei Frauen dabei, aus Teigwürsten Brezelrohlinge zu schlingen und auf den Anfang des durch den Ofen laufenden Fließbandes zu legen.

Genießerisch sog André das Aroma des frischen Speyerer Traditionsgebäcks in sich auf. Wie gut, dass man trotz eines Eigentümerwechsels hier alles so belassen hatte wie früher. Er mochte die urig-traditionelle Backstubenatmosphäre, die es geschafft hatte, allen Industrialisierungstendenzen zu trotzen. Waren es doch diese kleinen Besonderheiten, die einer Stadt ihr unvergleichliches Kolorit verliehen.

»Moin Sohn hot die gonz Nacht nit schloofe känne. Die arme Feierwehrleit missen jo immer de Kopp hiehalte un alles richte, wu sich die Doktore zu feu sinn. Ich hab'm immer abgerode, zu de Feierwehr zu gehe. Zu de Stadtwerke hätt er gehe solle, dort hot ma soi Ruh un ä gutes Auskumme«, jammerte der alte gebeugte Mann, der vor André an der Reihe war. Der Bäckergeselle ihm gegenüber, der, zusätzlich zur normalen Backtätigkeit, hektisch die wenigen Kunden, die sich hierher verirrten, bediente, stöhnte unhörbar. Während er den Ausführungen dieses original »Pälzer Hewwel« – wie man solche groben Dummschwätzer hier nannte – wortlos folgte, war er gezwungen, sich mechanisch im Zwanzigsekundentakt umzudrehen, um eine Reihe fertig gebackener Brezeln vom Band zu nehmen.

Irgendwie kam André die Stimme des Alten bekannt vor. Er zuckte innerlich zusammen, als ihm gewahr wurde, dass kein anderer als Kurt Kerbel, ein Speyerer Original, das er bei seinem Einsatz rund um die Kohlbeerdigung kennengelernt hatte, leibhaftig vor ihm stand.

Er ertrug es ohnehin kaum, in einer Schlange zu stehen und tatenlos zu warten, und jetzt auch noch das. Würde ihn Kerbel erkennen, wäre ihm ein weitschweifiger Vortrag über die eben geschilderten Erlebnisse seines Sohnes zweifellos sicher. Er hasste alles, was langsam und umständlich vonstattenging. Aber mehr noch nervte ihn, zuschauen zu müssen, wie dieser Schwätzer den armen Bäcker von der Arbeit abhielt und in Hektik versetzte.

Ungerührt fuhr der Alte mit brummeliger Stimme fort: »Als de Maddin mit soine Kollesche om Baugrundstick okumme isch, hot der Typ schunn mausedot uffg'spießt uff ähm Montiereise g'honge.«

»Moniereisen«, entfuhr es André reflexartig.

Kerbel überging den Kommentar und plapperte weiter: »Moin Sohn mähnt, dass denn bestimmt jemond vumm Balkon g'schmisse hot. Recht geschieht's ähm, dem profitgierische Baubonze. Der hot doch de Hals nedd vollkriescht. Moi Schweschter saacht, dass der etliche gute Speyerer Hondwerker aus roiner Habgier in de Bankrott getriwwe hot.«

André war mittlerweile in eine Art Trance gefallen und fixierte wehleidig die einige Meter entfernt an ihm vorbeiziehenden Backwaren. Es war seine Art, aus Situationen, die ihn provozierten, zu entkommen. Doch ein Wort aus dem unsäglichen Monolog Kerbels verfing sich in seinen Synapsen. »Habgier, Habgier«, sagte er stimmlos vor sich hin. Wo hatte er dieses altmodische Wort in den letzten Wochen schon einmal gehört? Plötzlich gesellte sich ein weiteres Wort, das er im Zusammenhang mit den Steinreliefs der sieben Todsünden gehört hatte, wie ein verirrtes Puzzleteil hinzu. »Unzucht«, hörte er sich leise sagen.

Erschrocken drehte sich Kerbel vor ihm um. »Wie bidde, was mänen Se?«, krächzte er und starrte ihn fragend an.

»Äh, nichts, es war nur, ach, egal«, stammelte André und wollte nur noch weg.

Doch Kerbel ließ nicht locker. »Sie – kenne ma uns nedd irschendwoher?«

André musste wie immer, wenn er Kerbel sah, unablässig auf dessen an eine reife Erdbeere erinnernde Nase starren, die seit ihrem letzten Treffen weiter gewachsen schien.

»Nein, ich denke nicht, da müssen Sie mich verwechseln«, sagte er entschlossen und wandte sich dem Bäckergesellen zu, um endlich in den Besitz einiger Brezeln zu kommen.

NACHDENKLICHKEIT

Sonntag, 25. Februar 2018, 4.30 Uhr

»Leidest du an seniler Bettflucht, alter Mann?«, fragte Irina belustigt, als sie André tief in der Nacht vor seinem PC vorfand.

»Wer? Ich? Ich muss nur etwas nachschauen«, antwortete er unwirsch.

»Das muss dich aber sehr fesseln, so durcheinander, wie du gerade bist.« Sie trat hinter ihn.

André reagierte nicht und klickte weiter.

»Wow. Der Herr befasst sich mit Unzucht. Wem willst du denn auf deine alten Tage an die Wäsche gehen?«

»Niemandem, es ist nur auffällig ...«

Irina lachte. »Geht's auch so, dass man versteht, was du sagen willst?«

»Erst wird Swetlana wegen *Unzucht* fast getötet, und dann wird so ein *habgieriger* Baulöwe auf einem Moniereisen aufgespießt.« Dabei legte er die Betonung auf die Worte »Unzucht« und »Habgier«.

Wieder lachte Irina. »Möchte der Herr das nun noch in einen für den Außenstehenden konsistenten Kontext rücken?«

»Ich fürchte, wir haben es mit einer Mordserie zu tun«, erwiderte er und drehte sich endlich zu ihr um.

»Aha, eine Serie, die aus einem Mord besteht«, konterte Irina und schüttelte den Kopf. »Das sieht mir eher nach seniler Bettflucht, kombiniert mit einer Episode spontan auftretender präseniler Demenz, aus.«

»Macht es dich nicht nachdenklich, dass der Täter bei Swetlana mit diesem Zettel die Tat in den Zusammenhang mit einer Sünde rückt. Dann knapp einen Monat später passiert wieder etwas, was auch eine Bestrafung für eine Todsünde sein könnte.«

»Du hast wohl gestern Abend zu viel Fernsehen geschaut. Die sieben Todsünden werden nur in amerikanischen Horrorreißern bestraft und nicht in Speyer. Und übrigens, ich dachte, wir waren uns einig, dass die Sache mit Swetlana ein für alle Mal erledigt ist. Sie will nicht, dass weiter darin rumgebohrt wird. Sie hat ihre Narben so oder so, ob man den Penner, der den Stein geworfen hat, nun erwischt oder nicht. Nur mit dem Unterschied, dass du ihre Existenz vernichtest, wenn du weiterhin in ihren Angelegenheiten rumwühlst!«

»Du hast ja recht«, sagte André gedankenverloren und strich sich übers Kinn.

»Wow, der Herr verleiht dir gerade die Gabe der Selbsterkenntnis, und ich darf dabei sein.«

»Was meinst du?«, brummte er abwesend.

Sie stöhnte. »Ich sage, du spinnst, und du gibst mir recht. Ich sollte es in meinen Kalender eintragen.«

»Lass das, mir ist es ernst. Ich glaube wirklich, wir haben es mit was Größerem zu tun. Denk doch an den Zettel in Swetlanas Auto! Gesetzt den Fall, ich liege richtig, dann haben wir noch fünf Gewalttaten vor uns. Dagegen müssen wir doch was tun.«

Irina schüttelte ungläubig den Kopf. »Findest du nicht, dass das alles ein bisschen weit hergeholt ist? Und selbst wenn, wer sagt dir, dass das mit Swetlana und dem Baufuzzi Tat eins und zwei sind?«

»Was willst du damit ausdrücken?«, fragte er verwirrt.

»Na ja, vielleicht sind die Todsünden nummeriert und

Unzucht und Habgier sind Nummer eins und zwei, oder könnten sie nicht auch Nummer sechs und sieben sein und alles ist schon vorbei?«

André starrte sie entgeistert an. »Hmm, darauf habe ich bis jetzt nicht geachtet. Ich muss nachschauen, ob es eine feste Reihenfolge gibt«, brummelte er und wandte sich erneut dem PC zu.

Kopfschüttelnd drehte sie sich um und ging in ihr Zimmer.

Andrés Finger flogen wie wild über die Tastatur. In Momenten wie diesen dachte er schneller, als die Finger zu tippen vermochten. Tippfehler aller Art waren die Folge. Mehrfach musste er zurücksetzen und das Geschriebene ausbessern.

Zu den sieben Todsünden gab es ganze 318.000 Einträge in der Suchmaschine. Er verfeinerte auf »Reihenfolge sieben Todsünden«. Immer noch 16.100 Einträge. Er klickte sich durch die ersten. Neben dem, was er bereits wusste, nämlich dass Gregor I. letztlich die heute bekannten Todsünden systematisiert hatte, schien sich eine bestimmte Reihenfolge durchzusetzen: als Erste der Hochmut, gefolgt von Habgier, Unzucht, Zorn, Völlerei, Neid und schließlich der Faulheit.

Je mehr Websites er durchklickte, desto häufiger änderte sich allerdings die Abfolge. Er ging zum Bücherschrank und zog einen Domführer heraus, der sich unter anderem mit den Reliefs der sieben Todsünden in der Vorhalle befasste. Hier war die Reihung: Trägheit, Hochmut, Zorn, Habgier, Neid, Völlerei und Unzucht.

Wie er es auch drehte und wendete, die Abfolge wollte nun gar nicht zu den beiden Taten passen.

Hatte Irina etwa recht und er lag mit seinen wirren Gedanken völlig daneben?

Er lehnte sich zurück und grübelte.

Fakt war, dass es keine feste Ordnung gab. Insofern konnte man daraus auch nicht auf eine Chronologie etwaiger Morde schließen. Im Übrigen war, wie Irina zu Recht kritisiert hatte, der Steinwurf auf Swetlana nicht zweifelsfrei als Mordversuch einzustufen.

Es war vertrackt. Andrés Mut sank. Er hasste es, sich und vor allem Irina gegenüber eingestehen zu müssen, dass er falschlag.

Er wollte der vagen These eine letzte Chance geben. Da er ohnehin wusste, dass er in dieser Nacht keinen Schlaf mehr finden würde, beschloss er, sich im Online-Archiv der »Rheinpost« umzuschauen. War es so, wie Irina gemutmaßt hatte, dass sie sich nicht am Anfang, sondern möglicherweise in der Mitte oder am Ende einer Serie befanden, musste es weitere, unaufgeklärte Todesfälle in der jüngeren Vergangenheit geben.

Er tippte die Begriffe: Mord, Totschlag, Tötung, Todesfall und Unfall in die Suchmaske der Archivseite ein und hoffte, auf etwas Passendes zu stoßen. Dabei entschied er sich zunächst für den Zeitraum ab dem Steinwurf auf Swetlana bis zum heutigen Datum. Er klickte auf »Suchen« und beobachtete gespannt das sich kreisförmig bewegende Wartesymbol auf dem Display. Zu seinem Erstaunen gab es 231 Treffer.

Das bedeutete, er hatte 231 Artikel zu checken.

Nach zweieinhalb Stunden war er fertig und ließ sich ermattet an die Lehne des Bürostuhls zurücksinken.

Neben einigen eher harmlosen Verkehrsunfällen und einem Betrunkenen, der nach einem Kneipenbummel vom Randstein gekippt war und sich ein schweres Hirntrauma zugezogen hatte, gab es nichts, was sein Interesse geweckt hatte. An der getroffenen Einschränkung auf den Lokalteil konnte es nicht liegen, über Todesfälle im näheren Umland wurde ebenfalls im Regionalteil Speyer berichtet. Er war auf dem Holzweg. Die Erkenntnis ernüchterte ihn. Es ärgerte ihn, vor Irina den Mund allzu voll genommen zu haben. Nun war er todmüde, die Augen brannten, und ihn reute die entgangene Bettruhe. Am liebsten hätte er sich noch einmal hingelegt. Aber ausgerechnet heute hatte er schon um 9.00 Uhr eine Gruppe zu führen. Es blieb ihm keine andere Wahl, als sich zu duschen und anzuziehen. Da Irina sonntags ihren Schlaf meist bis in die späten Morgenstunden ausdehnte, würde ihm ihre Häme wenigstens vorerst erspart bleiben.

ANGST

Montag, 26. Februar 2018, 21.45 Uhr

Steffenhagen hatte sich entschieden, dem Komfort des Hotels und den achtsamen Augen des Personals für ein paar Stunden zu entfliehen. Sein aktueller Zustand war ihm peinlich. Jahrzehntelang hatte er im Windschatten Borns an den attraktivsten Flecken der Welt Urlaub gemacht. Stets war er umgeben von den Schönen und Reichen, war immer dabei, wenn es galt, den ultimativen Kick zu erleben und die rauschendste Party in Begleitung der hübschesten Frauen zu besuchen. Nun saß er verlassen und perspektivlos in diesem Hotel. Das Geld zum Verleben hatte er noch immer, nur mangelte es ihm an den Groupies und Claqueuren. Allmählich war ihm klar geworden, dass Born der Fixstern in seinem Leben gewesen war, um den sich alles drehte. Wo Born gewesen war, war vorne und pulsierte das Leben. Er hatte ihm in einer Person die fehlende Familie und den Freundeskreis ersetzt. Auch wenn er es gewesen war, der Born so manchen Weg frei gehauen hatte, so war er ohne ihn ein Nichts. Born war stets die treibende Kraft gewesen. Ohne ihn war er wie ein Schaf, dem der Schäfer fehlte.

Heute hatte er sich vorgenommen auszubrechen. Er hatte keine Lust, wieder alleine im stylisch eingerichteten Hotelrestaurant zu sitzen und das Gefühl nicht loszuwerden, wegen seiner Einsamkeit bemitleidet zu werden. Er hatte sich für den Abend einen Tisch in einem Meraner Restaurant reservieren lassen. Nachdem er dort lustlos mit einem Grimmen im Magen gegessen hatte, wollte er sich jetzt in eine der zahlreichen Weinstuben treiben lassen und seine Unsicherheit und Angst im Alkohol ertränken.

Es regnete leicht. Von den nassen, durch Abertausende Schuhsohlen glatt gewetzten Pflastersteinen wurde das gelbliche Licht der spärlichen Straßenbeleuchtung unregelmäßig reflektiert. Die sonst so pittoreske mittelalterliche Laubengasse mit ihren fast einen halben Kilometer langen Bogengängen, die sich rechts und links über die Schaufenster der zahllosen Läden wölbten, wirkte verlassen und bedrohlich. Außer den von Erkern und Gesimsen herunterfallenden Tropfen war es still. Plötzlich glaubte er, Schritte hinter sich zu vernehmen. Gummisohlen, die ein leichtes Quietschen auf dem glitschigen Pflaster verursachten. Täuschte er sich, oder kamen sie rasch näher? Er wandte sich um. Jäh erstarb das Quietschen. Er sah niemanden. Die Schatten der unzähligen Säulen und Mauervorsprünge schienen alles zu verschlingen.

Er tat so, als würde er die vom dürftigen Schein einer Straßenlampe beleuchteten Auslagen in einem Ladenfenster betrachten. Außer dem Geräusch der fallenden Wassertropfen war nichts zu hören. Er setzte den Spaziergang fort. Doch fortan schlich er eher, als zu gehen. Wieder realisierte er das Auftreten feuchter Sohlen. Sie kamen näher. Er drehte sich um. Nichts. Er beschleunigte das Tempo. Auch die Abstände zwischen dem quietschenden Tapsen der Gummisohlen wurden kürzer. Nun war er sich gewiss, dass sein Verfolger es auf ihn abgesehen hatte. Jetzt bekam er die Strafe für all das, was er den vielen kleinen Handwerkern und ihren Arbeitern angetan hatte. Deren einsamer Rächer war so dicht hinter ihm, dass er dessen keuchenden Atem hörte. Er würde Borns Schicksal teilen. Er wagte es nicht, sich noch einmal umzudrehen. Er begann zu rennen, hatte das Gefühl, nicht vorwärtszukommen, als klebten ihm die Füße auf dem nassen Altstadtpflaster. Er rutschte aus, fing sich mit den Händen an einer Sandsteinsäule ab. Rannte, fiel erneut, bis er die Besinnung verlor.

STURHEIT

Aufzugeben entsprach in keiner Weise Andrés Wesen. Im Gegenteil, seine Schwäche bestand eher darin, sich zu lange und zu tief mit dem Unlösbaren zu befassen und dabei Zeit zu verschwenden. Würde man Irina nach seinen hervorstechendsten Eigenschaften fragen, so würde sie wohl neben Pedanterie auch die Sturheit aufzählen. Er hatte nun gut zwei Tage herumgegrübelt und war zu dem Ergebnis gelangt, dass er nur zu kurz gegriffen hatte. Der Steinwurf auf Swetlanas Wagen war vor rund zwei Monaten, am 26. Dezember, erfolgt. Rund einen Monat später, am 22. Januar, war dieser Baulöwe ums Leben gekommen.

Was hatte er eigentlich erwartet, als er die Zeitungen vom 27.12. bis zum letzten Samstag durchstöbert hatte? Mord ließ sich nicht in Akkordarbeit erledigen. In eine dermaßen symbolträchtige Vorgehensweise musste sich der Täter hineindenken. Er hatte geeignete »Schuldige« zu finden, musste Sicherheit über deren Sündhaftigkeit erlangen, dazu bedurfte es Recherchen. Die Morde mussten minutiös geplant und vorbereitet werden. All das brauchte Zeit, viel Zeit. Dieser Kerl tat alles mit Bedacht und keinesfalls aus einer Laune oder einem Affekt heraus. Und dass er planvoll vorging, ergab sich schon aus der Geschichte mit der Botschaft in Swetlanas Auto. Zu gerne hätte er sich am frischen Tatort des Mordes an diesem Born umgesehen. Ob es auch da ein Papier mit der Aufschrift »peccato« gab? Und was, wenn die Polizei dieses wieder übersehen hatte?

Waren vier Wochen Abstand zwischen den beiden Ereignissen nicht extrem knapp bemessen, wenn man eine Tat systematisch plante?

Endlich war Irina in die Uni aufgebrochen. Nun hatte er Zeit, um zu recherchieren und ungestört nachzudenken.

Er würde die Zeitungen des kompletten Jahres 2017 durchstöbern. Fände er nichts, könnte er mit ruhigem Gewissen die Sache auf sich beruhen lassen und Irina mit einer Kapitulation gegenübertreten. Noch immer hatte er nicht gewagt, ihr seine Zweifel zuzugeben. Zu sehr hasste er es, ihre Häme ertragen zu müssen.

Wieder gab er die Begriffe »Mord«, »Totschlag«, »Tötung«, »Todesfall« und »Unfall« in die Suchmaske des elektronischen Zeitungsarchivs der »Rheinpost« ein.

Wieder starrte er minutenlang auf das sich drehende Wartesymbol. Er wollte es gerade aufgeben, weil er fürchtete, die Suchfunktion hätte sich aufgehängt, als die Ergebnisliste vor ihm erschien. Die vor ihm prangende Zahl der Fundstellen entlockte ihm ein leises Stöhnen: 1.345 Ergebnisse.

So ungeduldig André auch war, so ungemein stark war sein Durchhaltevermögen ausgeprägt. Scheinbar erdrückende Herausforderungen zogen ihn magisch an, ja sie entfachten seinen Ehrgeiz nur noch mehr. Ohne zu zögern, begann er. Er hatte beschlossen, rückwärts vorzugehen, das hieß, am Jahresende 2017 zu beginnen und sich zum Jahresanfang hin durchzuarbeiten.

Am 26.11.17 wurde er zum ersten Mal fündig. Ein schwerer Verkehrsunfall auf der B 9 mit Todesfolge. Der Täter hatte Fahrerflucht begangen und konnte, wie André eine schnelle Recherche zeigte, bisher nicht gefunden werden. Er suchte weiter.

Am 12.10.17 war ein Dachdecker vom Gerüst gefallen und wenige Tage später seinen Verletzungen erlegen. Auch diese Sache checkte er kurz ab. Es waren mehrere Arbeitskollegen auf der Baustelle gewesen. Die Ursache war wohl eine morsche Dachlatte, die unter den Füßen des Mannes nachgegeben hatte. Er untersuchte, ob das Bauvorhaben etwas mit dem toten Baulöwen zu tun hatte, stieß aber auf keinerlei Zusammenhang. Er verwarf kurzerhand den Fall, alles schien zu schlüssig, und die zahlreichen Zeugen ließen kaum Spielraum für eine Straftat.

Am 22.09.17 war etwas weit Spektakuläreres passiert. Augenblicklich erinnerte er sich daran, damals die Zeitungsberichte über einige Tage hinweg verfolgt zu haben. Ein Mann hatte sich beim Holzfällen extrem schwer verletzt. Er war mit der Kettensäge abgerutscht und das Schwert der Säge war ihm in den Schritt gefahren. Obwohl das Opfer sich fast entzweigesägt hatte, war er mit letzter Kraft über die Landstraße zwischen Speyer und Iggelheim gekrochen und wurde schließlich tot vor einem Ausflugslokal aufgefunden.

André recherchierte kurz und druckte sich die betreffenden Artikel aus.

Er fuhr fort. Ein Selbstmord einer Jugendlichen, so wie zu lesen war, aufgrund von Schulängsten und einem zerrütteten Elternhaus. Auch dieses tragische Ereignis übersprang er.

Am 7.8.2017 stieß er auf einen Wohnhausbrand, bei dem der Hauseigentümer, ein renommierter Wissenschaftler am Krebsforschungszentrum in Heidelberg, ums Leben gekommen war. Die Polizei ging von einer undichten Gasleitung im Keller des Hauses aus. Dies klang ihm zu sehr nach Feuerwehrroutine, und mit Sicherheit war alles intensiv durch Sachverständige untersucht worden.

Es folgte am 1.8.2017 ein alleinstehender Rentner, der erst Wochen nach seinem Tod in der Wohnung gefunden worden war. André schnürte es die Kehle zu. Er hoffte inständig, dass es ihm nie so ergehen würde.

Dieses Mal kam er schneller voran. Eisern beschränkte er sich auf Überschriften. Hier war oft schon zu lesen, worum es ging. Die meisten infrage kommenden Artikel entstammten überdies dem überregionalen Teil der Zeitung. Da er sich entschieden hatte, sein Suchfeld auf lokale und regionale Todesfälle zu beschränken, konnte er vieles bereits nach Sekunden ausschließen.

Trotzdem brannten ihm die Augen, als er die Arbeit gegen 14.00 Uhr unterbrach, um eine Kleinigkeit zu essen.

Nur eine halbe Stunde später fuhr er fort, so stark war sein Jagdinstinkt mittlerweile erwacht.

Im Juli gab es einen Badeunfall im Angelhofer Altrhein. Ein junger Mann war tagelang nicht auffindbar, bis schließlich eine Taucherstaffel mit Suchhunden, die die vom Seegrund aufsteigenden Körperpartikel gewittert hatten, die Leiche lokalisierte. Erstaunlich, was Polizeihunde zu leisten im Stande waren. Auch hier recherchierte er eine Weile. Der Todeszeitpunkt war nicht mehr exakt feststellbar, die Todesursache, so mutmaßte man, sei ein Herzinfarkt gewesen. André beschloss, sich den Fall auszudrucken. Ein Herzversagen war bei einem ansonsten kerngesunden 22-Jährigen, der, wie es hieß, ein robuster Biker war, nicht gerade alltäglich.

Dann gab es einen 50-Jährigen, der auf der Strecke zwischen Schifferstadt und Speyer im Wald unter einen Zug geraten war. Die Polizei ging zuletzt von einem Selbstmord aus, obwohl nie ein Abschiedsbrief oder Ähnliches gefunden worden war. Auch diesen Fall druckte er sich aus.

Zu guter Letzt stieß er auf eine merkwürdige Sache, die sich am 3. Mai 2017 ereignet hatte. Ein 32-Jähriger hatte sich unter Einfluss einer extrem hohen Drogendosis zu Tode gestürzt. Zunächst war daran noch nichts außergewöhnlich. Einzig der Aspekt, dass der Junkie ausgerechnet vom Speyerer Heidentürmchen, einem Stadtmauerfragment in unmittelbarer Nähe des Doms, gesprungen war, weckte Andrés Interesse. Pikant war ebenso die Tatsache, dass der Tote wohl dick im Drogengeschäft gewesen war. Man hatte bei ihm 500 Gramm reinstes Heroin gefunden.

Die ersten vier Monate im Jahr 2017 waren vergleichsweise ruhig verlaufen. Außer einem Rentner, der unglücklich vom Fahrrad gefallen und danach seinen Verletzungen erlegen war, gab es keine unnatürlichen Todesfälle.

André ordnete die Ausdrucke und blätterte sie durch. Es waren insgesamt fünf Menschen, die auf für ihn auffällige Weise ihr Leben gelassen hatten und seine Aufmerksamkeit auf sich zogen: der Verkehrstote mit Fahrerflucht auf der B 9, der Hobbyholzfäller, der sich fast entzweigesägt hatte, der ertrunkene Biker, der 50-Jährige, der unter den Zug geraten war, und der Dealer, der vom Heidentürmchen gestürzt war.

Er wusste nicht so recht, wie er die Ergebnisse einschätzen sollte. Der große Durchbruch schien ihm jedenfalls nicht gelungen zu sein. Aber was hatte er erwartet? Er war müde, seine Augen brannten, und Kopf und Rücken schmerzten. War das die Anstrengung wert gewesen oder hatte er nur Zeit verschwendet? Für den Moment konnte er sich diese Frage nicht beantworten. Er kam sich vor wie durch die Mangel gedreht, mit jedem weiteren Gedanken nahm das Pulsieren in seinem Schädel zu.

VERSAGEN

Donnerstag, 1. März 2018, 7.55 Uhr

»O Herr, ich bin nicht würdig,
zu deinem Tisch zu gehn.
Du aber mach mich würdig,
du aber mach mich würdig,
erhör mein kindlich Flehn!
O stille mein Verlangen,
du Frucht vom Kreuzesstamm,
dich würdig zu empfangen,
dich würdig zu empfangen,
dich wahres Osterlamm!«

Leise, aber voller Inbrunst, betete er den Liedtext eines selten gesungenen Kirchenlieds in der menschenleeren Afrakapelle – einer den Betenden vorbehaltenen Seitenkapelle des Doms. Er war bei der Frühmesse im Dom nicht wie üblich nach vorne gegangen, um die heilige Kommunion zu empfangen. Zu unwürdig war er. Zwar lehrte die Heilige Schrift, dass Jesus auch diejenigen, die versagten, in die Arme geschlossen hatte. Hatte er nicht auch Petrus verziehen, als er ihn dreimal verleugnet hatte? Doch es dürstete ihn danach, anders zu sein. Nicht erbärmlich und minderwertig, sondern machtvoll und ein Vorbild für alle Gläubigen. Er verzehrte sich danach, das flammende Schwert des Herrn zu sein, das sich unbarmherzig in die teigigen Leiber derer bohrte, die ihre Verfehlungen nicht bereuten und nach Buße suchten. Ihm fiel es zu, die Ordnung, die verloren gegangen war, wiederherzustellen. Doch er war noch immer nicht stark genug. Unfähig, es der Welt zu zeigen, wie Gott durch seine Hand über die Sündigen urteilte. Alles, was er heute empfand, war die eigene Unvollkommenheit. Die Weichlichkeit des Körpers, die ihn hinderte, gottgefällige Bußübungen zu leisten. Den Bußgürtel hatte er, um sein schwärendes Bein zu retten, zu früh entfernen müssen. Trotz der Antibiotika fühlte er sich hinfällig und siech. Er war zu schwach im Glauben, um über dem irdischen Schmerz zu stehen. Zu armselig, um das zu tun, was getan werden musste. Er hasste sich dafür abgrundtief.

*

Etwa zur gleichen Zeit saß André am Schreibtisch. Mit beiden Händen raufte er sich die Haare. Am Anfang war er noch voller Tatendrang gewesen und hatte die ausgesuchten Fälle sorgfältig auf der großen Pinnwand im Arbeitszimmer angeordnet. Selbst Irina schien beeindruckt. Wobei er sich zunehmend unsicher war, ob sie ihn und seine Obsession nicht heimlich belächelte und nur darauf wartete, dass er angekrochen kam und sein Versagen zugab. Er war keinen Schritt weitergekommen.

Zu dem Verkehrstoten auf der B 9 hatte er nichts weiter finden können. Es gab außer dem Unfallbericht in den Medien keinen Interneteintrag zu ihm. Wie es aussah, war er ein braver Familienvater, der bei den Stadtwerken arbeitete. Kein Hinweis, der auf einen Mord als Sühne für eine Todsünde deutete. Er hatte schließlich die Unterlagen von der Pinnwand wieder entfernt.

Ähnlich war es bei dem verunglückten Schwimmer. Hier gab es zahlreiche Internetfundstellen zu seiner Person. Allesamt stellten sie ihn als aktiven und beliebten Vereinssportler dar. Er war gleich in mehreren Vereinen aktiv und unzählige Male zwischen Vereinsfreunden in geselligen Runden abgebildet. Schwer zu glauben, dass sich hinter ihm ein verdorbener Sünder verbergen sollte. Auch dessen Fundstücke legte André beiseite.

Zu dem vom Zug Überrollten hatte er nichts gefunden. Es gab rein gar nichts über ihn im Netz. Er ließ den Zettel noch hängen. Wenn überhaupt, konnte er wohl nur durch Befragungen in dessen Umfeld an Informationen gelangen.

Dann blieben der von der Kettensäge tödlich verletzte Hobbyholzfäller und der vom Heidentürmchen gefallene Dealer.

Hier war es umgekehrt. Beide hatten keine besonders gute Presse. Beim Dealer war es offensichtlich, dass er ein schwerer Junge war, dem allerdings die Polizei nicht beigekommen war. Mehrfach war er aus Mangel an Beweisen freigesprochen worden, trotzdem schien der Verdacht, dass er in Bezug auf den Drogenhandel einiges auf dem Kerbholz hatte, erdrückend.

Etwas subtiler war die Angelegenheit beim Hobbyholzfäller gelagert. Vordergründig war er ein erfolgreicher Manager. Es fanden sich diverse Interneteinträge zu Studium und kleinere Veröffentlichungen im Fachbereich Verfahrenstechnik. Dann folgten zahlreiche Einträge im Zusammenhang mit seiner Tätigkeit bei der Pfalztech AG. Bei diesem in Speyer ansässigen Technikunternehmen war vor ein paar Jahren unter seiner Verantwortung eine größere Menge einer hochgiftigen Substanz ausgetreten, die das Grundwasser in einigen Stadtteilen noch immer schwer belastete. Dafür musste er in den Medien heftige Prügel einstecken, und es war zu einer juristischen Aufarbeitung des Falles gekommen.

Obwohl bei den beiden Letzteren durchaus Rachemotive denkbar gewesen wären, passten sie nicht zu den sieben Todsünden: Hochmut, Habgier, Unzucht, Zorn, Völlerei, Neid und Faulheit. Je mehr er sich die Todsünden vergegenwärtigte, desto mehr wurde ihm bewusst, mit welchem Unsinn er sich gerade beschäftigte. Kein Wunder, dass Irina nur ein Kopfschütteln für ihn übrig gehabt hatte, als er vor ihr die Verbindung zu den Todsünden hergestellt hatte. Während Habgier und Unzucht durchaus nachvollziehbare Motive für einen Mord hergaben, war die Vorstellung geradezu lächerlich, dass jemand wegen Faulheit oder Fresssucht hingerichtet werden sollte.

André schämte sich. Er hatte versagt und sich vor Irina bis in die Fußspitzen blamiert.

EINLADUNG

Mittwoch, 14. März 2018, 17.45 Uhr

Die Todsündenhypothese – wie Irina sie nannte – war zwischen ihnen in den vergangenen 14 Tagen mehr und mehr zum Tabuthema geworden. Er hasste es, wenn sie ihn damit aufzog, obwohl er ihr aus der Distanz recht geben musste, dass er tüchtig danebengelegen hatte.

Allmählich schien sich auch der Winter zu verziehen und dem Frühling Platz zu machen. Die heutige Stadtführung zur Mittagszeit fand bei strahlendem Sonnenschein und 13 Grad statt. Er achtete bei der Auswahl der Stationen, an denen er kleine Vorträge über die Stadtgeschichte hielt, darauf, dass die Teilnehmer stets an sonnigen Flecken Aufstellung beziehen konnten. Es war interessant zu beobachten, wie die Sonne die Laune der Touristen hob.

Nach getaner Arbeit saß er nun in Ginas Eiscafé und löffelte genießerisch einen Affogato al Caffè – eine, wie es wörtlich hieß, in einem Espresso ertrunkene Vanilleeiskugel. Gina war gelöster Stimmung, sie wandte sich zu Marco um, der im Innern des Cafés an einem Bistrotisch saß und seine Hausaufgaben erledigte. Als sich Andrés und ihr Blick kreuzten, zwinkerte er ihr zu, um ihre Erleichterung wissend.

In diesem Augenblick spürte er eine Vibration, begleitet von einem leisen Summen, in der Brusttasche seines Jacketts. Er nestelte sein Smartphone heraus und nahm das Gespräch an. Am anderen Ende meldete sich sein Freund Frank Achill.

»Hast du heute Abend schon was vor? Ich würde mich gerne für deine Einladung vor sechs Wochen revanchieren«, platzte Achill ohne Begrüßung raus.

»Für so was hab ich immer Zeit«, witzelte André. »Im Übrigen haben wir uns schon viel zu lange nicht gesehen.«

»Wenn es dir recht ist, reserviere ich uns wieder einen Tisch im ›Alten Engel‹. Passt es dir um 19.00 Uhr?«, fragte Achill mit jener geschäftigen Zielstrebigkeit, die er immer an den Tag legte, wenn er während der Arbeit telefonierte.

»Ja, passt«, erwiderte André und hörte nur noch ein eiliges »Bis dann, freu mich«.

André schmunzelte. Er wusste um Achills schlechtes Gewissen, während des Dienstes privat zu telefonieren. So war er eben, ein Staatsdiener von der guten Sorte, der Skrupel hatte, seinen Arbeitgeber zu betrügen, wenn auch nur um fünf Minuten Arbeitszeit. Dabei leistete er häufig genug unbezahlte Überstunden.

*

Als André kurz nach 19.00 Uhr das Kellergewölbe des »Alten Engel« betrat, musste er zunächst suchen, bevor er Achill fand.

»Grüß dich, Frank! Schon wieder der hinterste Tisch? Bist du es, der heute die Diskretion sucht?«, fragte André lachend und nahm ihm gegenüber Platz.

Achill blieb ernst. »Wenn ich ehrlich bin, ja.«

»Du wirkst bedrückt. Was ist passiert?«

»Ärger auf dem Präsidium. Oder sagen wir besser, ich stecke in einem Fall fest und hab keine Ahnung, wie ich weiterkommen soll.«

André nickte, unsicher, ob sein Freund erwartete, dass er ihn nach dem Grund fragte, oder ob es unziemlich war, ihn zu seiner Polizeiarbeit auszuquetschen. Er wusste, dass Frank empfindlich reagierte, wenn er das Gefühl hatte, ausgefragt zu werden.

Achill kam ihm zuvor und wechselte das Thema. »Lass uns einen gescheiten Roten trinken, dann geht es mir sicherlich gleich besser.«

Der Eigentümer des Restaurants kam an den Tisch und begrüßte sie freundlich. Nach einem kurzen Small Talk orderte Achill eine Flasche »Ursprung«, wieder vom Pfälzer Weingut Markus Schneider. Dieser Cuvée aus Dornfelder, Portugieser, Cabernet Sauvignon und Syrah schmeckte rund und ausgewogen und war ganz nach ihrer beider Geschmack.

Sie genossen den Wein, plauderten und bestellten ein kleines leichtes Abendessen – Achill ein Lachstatar und André einen Käsesalat.

Achill kam ihm das ganze Essen über abwesend vor. Alles, was er sagte, war auffallend oberflächlich, und alles, was André in die Unterhaltung einbrachte, schien ihn nicht zu interessieren.

»Nun rück endlich damit raus! In deinen Gedanken scheint es sich eh um etwas anderes zu drehen als das, worüber wir die ganze Zeit sprechen.«

Achill wirkte ertappt. André glaubte, sogar eine dezente Rötung auf den Wangen zu erkennen.

»Du weißt, dass es mir nicht leichtfällt, Dinge aus dem Präsidium zu tragen, aber ich komme einfach nicht weiter.«

»Du musst dich nicht entschuldigen. Ich werde alles, was du mir erzählst, für mich behalten. Im Übrigen hast du mich im letzten Sommer sogar mal für ein paar Tage offiziell angestellt.« André spielte damit auf eine unterstützende Tätigkeit bei den Trauerfeierlichkeiten rund um das Begräbnis des Altbundeskanzlers Helmut Kohl an.

»Du hast doch sicherlich was über den Tod des Bauunternehmers Born vor sechs Wochen gelesen?«, begann Achill zögerlich.

André schluckte. »Ja, das habe ich natürlich verfolgt.«

»Wir haben damals aus ermittlungstaktischen Gründen der Presse erzählt, es wäre ein Unfall gewesen.«

André schluckte erneut.

»Ich bin mir mittlerweile sicher, dass da jemand nachgeholfen hat.«

»Verstehe.« André tat gespielt gleichmütig, doch sein Gehirn arbeitete auf Hochtouren. Was war das nun? Bis vor zwei Wochen war er selbst davon ausgegangen, dass mehr dahinterstecken könnte.

»Darf ich dir was zeigen, es ist nichts für Zartbesaitete. Um ehrlich zu sein, es ist in höchstem Maße bizarr.«

»Kein Problem, ich werde es überleben.«

Achill hob eine Aktentasche vom Boden auf und nestelte darin herum. Er blickte sich kurz nach den Gästen an den Nachbartischen um, es waren heute nur wenige, und die nahmen keine Notiz von ihnen. »Hier«, sagte er, zog ein Foto heraus und reichte es André.

Was sich ihm nun darbot, raubte ihm für einen Augenblick den Atem. »Das ist …, das ist in der Tat bizarr«, stammelte er.

Auf dem Foto war ein Mann, wahrscheinlich dieser Born, zu sehen, wie er in aufrechter Körperhaltung auf jenem nach oben stehenden Moniereisen steckte. Er war darauf wie ein Stück Grillfleisch aufgespießt. Was die Situation noch grotesker machte, war der Umstand, dass er dabei in einer perfekten, kerzengerade aufgerichteten Stellung war. Der Eisenstab war wohl im hinteren Unterleib in den Körper eingedrungen und neben dem Kopf im Bereich des Schlüsselbeins wieder ausgetreten.

»Ich muss gestehen, so etwas habe ich bisher noch nicht gesehen«, stellte André heiser fest und bemühte sich, nicht zu würgen.

»Entschuldige, ich hätte dir das nicht zeigen sollen.«

»Keine Sorge, es war nur so überraschend. Es geht gleich wieder«, erwiderte André und atmete dabei hörbar aus.

Achill nickte und nahm einen Schluck Wein, um André Zeit zu geben, sich zu erholen.

»Und worauf gründet sich dein Verdacht, dass ein Dritter mitgewirkt hat? Wenn er unglücklich gefallen ist, könnte es doch auch so zu dieser merkwürdigen Position kommen?«

»Das stimmt, aber er hätte seine Haltung wohl kaum korrigiert.«

»Korrigiert?«, platzte André heraus.

Achill wedelte erschreckt mit den Armen und bedeutete ihm, die Stimme zu dämpfen, bevor er fortfuhr.

»Ja, ursprünglich war das Eisen am Rücken ausgetreten, und er steckte in einer Art Embryonalhaltung darauf.«

»Hat er vielleicht versucht, sich zu befreien?«, fragte André mit zusammengezogenen Brauen.

»Wohl kaum, die meisten Gepfählten fallen eher in eine Art Schockstarre, als sich zu befreien. So ein Baustahl ist im Übrigen sehr rau. Für einen Schwerverletzten wäre der Widerstand viel zu groß, um sich herauszuwinden; auch die Schmerzen hätten keine Bewegung zugelassen.«

»Mmh«, bestätigte André grüblerisch. »Wie grausam muss es für Born gewesen sein, sich nach dem Sturz in einer solch verzweifelten Position wiederzufinden und zu versuchen, sich unter Höllenqualen zu entwinden.«

»Ich kann dich beruhigen. Gelitten hat er dabei nicht.«

»Wieso das?«

»Dem Rechtsmediziner ist bei der Leichenschau direkt etwas ins Auge gesprungen. Born hatte einen frischen Einstich auf der Rückseite des Oberschenkels. Bei der Laboruntersuchung sind dem Kollegen Rückstände eines Narkotikums aufgefallen. ›Ketanest‹ heißt das Zeug und schickt dich innerhalb von Sekunden in die wildesten Träume. Es ist mir das letzte Mal bei ein paar fixenden Kids untergekommen. Die nennen es ›Special-K‹. Ist eine beliebte Partydroge und in Mannheim in den richtigen Ecken leicht aufzutreiben. Insofern lässt es kaum einen Rückschluss auf den Täter zu.«

André vergrub sein Gesicht in den Händen und grübelte eine Weile. »Dass die Lage korrigiert wurde, lässt mir keine Ruhe, ob er dabei Schmerzen hatte oder nicht. Du meinst, jemand hat ihn angehoben und in der neuen Position wieder in das Eisen gedrückt.«

»Ja, eine andere Erklärung haben wir nicht.«

»Aber warum sollte das jemand tun?«

»Vielleicht, damit er sicher sein konnte, dass er wirklich tot ist, oder weil es besser aussieht?«, erwiderte Achill. »Ich habe zunehmend das Gefühl, dass hier draußen nur noch Perverse herumlaufen«, schloss er resigniert.

»Warum macht sich der Mörder solche Mühe? Um sicher zu sein, dass er stirbt, hätte es doch gereicht, ihm irgendeinen Stein oder Balken, der da auf der Baustelle herumgelegen hat, überzuziehen. Wollte ihn nur jemand aus dem Weg räumen, weil er mit seiner Habgier diesem Jemand die Existenz vernichtet hat, dann …«

»Wie kommst du gerade auf *Habgier*?«, unterbrach ihn Achill.

»Na ja, man hat ihm doch nachgesagt, dass er ein skrupelloser Geschäftsmann war, oder?«

»Ja, hat man. Zunächst haben meine Kollegen auch geglaubt, dass ihm einer der Handwerker das angetan hat, weil er ihn um seinen Lohn geprellt hat. Wir haben da einen Serben, der auch schon einiges im jugoslawischen Bürgerkrieg erlebt hat, im Visier.«

»Hat er denn keine Kollegen oder so, die einen Verdacht haben?«

»Er hat einen Rechtsanwalt, Steffenhagen heißt er. Er brachte uns erst auf die Sache mit dem Serben. Er hat sich gleich darauf in ein Grandhotel in Schenna, einem Vorort von Meran, verzogen. Er hat wohl befürchtet, der Nächste zu sein. Zugegeben, die meisten meiner Kollegen haben das angenommen.«

»Und wieso glaubst du nicht daran, dass es dieser Serbe war?«

»Wegen dem hier.« Dabei griff Achill wieder in die Aktentasche und zog eine Klarsichthülle heraus, die er vor André auf den Tisch legte.

Dem verschlug es erneut den Atem. Es war die Fotokopie eines auf ein weißes Blatt Papier aufgeklebten Zeitungsschnipsels mit dem Wort »sociale«.

»Was ist? Was denkst du?«, fragte Achill erstaunt, weil ihm Andrés Aufwallung nicht entgangen war.

»Ach nichts, es war nur … Ach, ich hatte etwas anderes erwartet«, stammelte er unbeholfen.

Verdammt, dieser Zettel glich eins zu eins dem, den Swetlana in ihrem Auto gefunden hatte, nur dass statt »peccato« das Wort »sociale« zu lesen war.

André nahm die Hülle in die Hand und betrachtete die Kopie eingehend. Unterhalb des aufgeklebten Schnipsels schien das Trägerpapier durchlöchert gewesen zu sein. »Und was ist das?«, fragte er und deutete auf die mitkopierten Einrissstellen in der Mitte des Blattes.

»An der Stelle war er auf den Spieß gesteckt, direkt neben Borns Gesicht.«

»Okay, jetzt glaube ich auch nicht mehr an einen Unfall.« André schüttelte den Kopf.

»Ja, hier hat wohl jemand Spaß an bizarren Spielchen.«

André fasste sich an die Stirn und wiegte den Kopf hin und her. Musste er nicht jetzt auch mit der Geschichte um den Zettel bei Swetlana herausrücken? Schließlich war der Zusammenhang offensichtlich. Auf der anderen Seite drängte es nicht. Er hatte genügend Zeit, alles zu durchdenken und mit Irina reinen Tisch zu machen, bevor er Achill gestand, dass eine zweite Botschaft existierte.

»Du darfst dir gerne auch noch die Rückseite des aufgeklebten Zeitungsausschnitts anschauen.« Achill reichte ihm eine zweite Fotokopie.

André griff nach dem Papier und starrte, immer noch in Gedanken, darauf.

»Was ist?«, fragte Achill nach einer halben Minute.

»Ich … es war nur … einen Moment noch.«

Achill schüttelte den Kopf. »Wenn du in deiner Welt bist, kommst du mir vor, als wärst du hinter Glas.«

»Wie?«, erwiderte André, ohne sich davon abbringen zu lassen, weiter auf das Blatt zu stieren.

»Man kann noch nicht einmal die Sprache zweifelsfrei erkennen. Es ist nur Buchstabensalat. Das einzige Wort, das vollständig ist, ist ›Congo‹ mit ›C‹ vorne. Das ›Il‹ oben könnte, sofern es nicht nur ein Fragment ist, der männliche italienische Artikel sein. Dazu passt das Wortfragment ›…rere‹. Zusammen mit dem ›sociale‹ auf der Vorderseite ist die Wahrscheinlichkeit sehr hoch, dass er aus einer Italienischen Zeitung ausgeschnitten wurde.«

»So weit waren unsere Kriminaltechniker auch. Aber dann hörte es auf. Sie kommen partout nicht drauf, aus welcher Zeitung das stammen könnte. Sie haben alle gängigen italienischen Tageszeitungen, die man hier so am Kiosk kriegt, nach der verwendeten Schriftart und der Papiersorte überprüft.«

»Mmh, sociale, sociale«, brummelte André gedankenverloren vor sich hin.

Achill lachte. »Und wie das Wort ›sozial‹ zu unserem Toten passen soll, bleibt mir auch ein Rätsel.«

André nickte stumm. Zu viel ging ihm gerade durch den Kopf, als dass er etwas Vernünftiges hätte äußern können. In Momenten wie diesem war er – wie Irina immer sagte – im *Autistenmodus* und schien sich gegenüber jeglichen Störungen aus seiner Umwelt förmlich zu verschließen.

Wieder trank Achill etwas Wein und ließ André die Zeit, sich zu sammeln.

»Es ist in der Tat ein spannendes Rätsel«, setzte André ihre Unterhaltung fort, während er sich noch immer etwas benommen das Kinn rieb.

»Und deshalb habe ich dich ins Vertrauen gezogen. Ich bin nämlich am Ende mit meinem Latein. Ich komme nicht weiter. Dir, mit deiner speziellen Art zu denken, traue ich es am ehesten zu, es zu lösen. So, wie du es letztes Jahr bei den Vorgängen um die Kanzlerbeerdigung getan hast.«

André winkte ab. »Das war etwas anderes. Da ging es nur um reine Ortskenntnis, aber hier … Hier wird es nicht reichen, sich nur besser als der Durchschnitt in der Stadt auszukennen.«

»Ich weiß, dass du Zeit zum Nachdenken brauchst. Nimm die Kopien und das Foto ruhig mit. Aber bitte zeig das Foto niemandem, auch nicht Irina. Ich möchte auf keinen Fall, dass die Presse Wind davon kriegt. Das würde uns extrem unter Druck setzen.«

»Keine Sorge, das ist Ehrensache. Aber bitte versprich dir nicht zu viel, du setzt mich gerade gewaltig unter Erfolgsdruck.«

Achill lachte. »Wo ist der Unterschied, ob wir ohne dich oder mit dir nicht weiterkommen?«

»So kann man es natürlich auch sehen«, sagte André und nahm einen großen Schluck Rotwein, ohne allerdings das Geringste davon zu schmecken, so sehr war er in Gedanken versunken.

RÄTSELRATEN

Donnerstag, 15. März 2018, 7.05 Uhr

André hatte Achills Angebot, ihn nach Hause zu fahren, abgelehnt. Er wollte zu Fuß gehen. Noch etwas durch die nächtlichen Straßen Speyers schlendern und nachdenken – endlich den Gedanken freien Lauf lassen. Es hatte ihn große Mühe gekostet, seinem Freund nicht von dem ersten Zeitungsschnipsel aus Swetlanas Auto zu erzählen, aber er stand bei Irina im Wort.

Gleichwohl hatte er sofort, als ihm Achill den Schnipsel gezeigt hatte, die beiden Worte verbunden: »peccato sociale« – »soziale Sünde«. Es brauchte nicht viele Sprachkenntnisse, um die Botschaft zu entschlüsseln. Hier ging es nicht um die sieben Todsünden, sondern um soziale Sünden. Auch wenn er nicht wusste, was genau dazu zählte, war sicherlich die von Born an den Tag gelegte Habgier eine davon. Und mit großer Wahrscheinlichkeit gehörte auch Prostitution dazu, sonst wäre nicht Swetlana beinahe Opfer dieses Verrückten geworden. Zweimal hatte sich André ums Haar verlaufen. Das Grübeln hatte seine komplette Aufmerksamkeit in Beschlag genommen. Ein ums andere Mal hatte er fast Bordsteinkanten oder Begrenzungspfosten übersehen.

Nach einer schlaflosen Nacht saß er im Arbeitszimmer und hatte die Kopien vor sich liegen.

Zuerst hatte er geprüft, ob es noch andere Sprachen als Italienisch gab, in denen es den Ausdruck »peccato sociale« gab. Für das Adjektiv »sociale« wurde er fündig. Auch im

Dänischen gab es diese Vokabel, nicht aber das Wort »peccato«. Insofern war wenigstens eines klar: Bei »peccato sociale« handelte es sich eindeutig um eine Wortgruppe aus dem Italienischen.

Aber wie sollte man auf die Zeitung kommen, aus der die Schnipsel stammten? Vielleicht bot ja der Zeitungsbericht, zu dem dieser Titel gehörte, weitere Hinweise. Möglicherweise war dort mehr über diese sozialen Sünden zu lesen. Bestimmt waren sie dort explizit aufgezählt und man konnte sie dann zweifelsfrei den beiden Taten zuordnen oder auf bereits zurückliegende Verbrechen schließen.

Wenn er sich recht erinnerte, begann im ersten Schnipsel das Wort »peccato« ebenfalls mit einem Kleinbuchstaben. Das ließ darauf schließen, dass die zwei Worte lediglich das Fragment einer Überschrift darstellten. Das machte es nochmals schwerer, den Artikel zu finden. Im schlimmsten Fall waren sie aus verschiedenen Headlines entnommen, dann wäre es unmöglich, die Zeitungsbeiträge zu identifizieren. Höchstwahrscheinlich würden sie dann keine weiteren Rückschlüsse zulassen.

Er musste unbedingt an Swetlanas Originalschnipsel herankommen. Mit dem Text auf der Rückseite wäre zu belegen, ob die Worte ursprünglich nebeneinandergestanden hatten.

André rieb sich mit den Händen übers Gesicht. Wenn Swetlana den Zettel überhaupt noch hatte, führte der einzige Weg dorthin über Irina. Dazu musste er ihr alles erzählen, sonst würde sie ihn eiskalt abblitzen lassen.

Wollte oder besser durfte er das? Achill hatte ihm genau genommen nur verboten, das Foto jemandem zu zeigen.

Zwei Stunden später saß er mit Irina am Frühstückstisch. Er hatte beschlossen, die Sache direkt ohne jegliche Manöver anzugehen.

»Irina, ich möchte, dass du dir das anschaust!« Er reichte ihr die Fotokopien.

»Muss ich mir Sorgen machen? Du schaust so ernst.«

»Lies und entscheide selbst.«

Irina nahm die Blätter und studierte sie eingehend. »Wow, der alte Mann hatte doch recht. Swetlana ist nicht die Einzige.«

»Es wäre besser gewesen, nicht richtigzuliegen. Aber es scheint wirklich so etwas wie eine Serie zu geben.«

Irinas Gesicht wurde todernst. »Muss ich mir nun Vorwürfe machen, weil ich darauf bestanden habe, die Polizei rauszuhalten?«

»Ich denke, das musst du nicht. Allein mit dem Zettel wäre die Polizei auch nicht weitergekommen. Im Übrigen wurde mir auch erst klar, dass es sich um eine Serie handelt, nachdem das mit diesem Baulöwen passiert ist.«

»Demnach hat man den Zettel bei diesem Immobilienfuzzi gefunden?«

»Ja, so ist es.«

Irina schüttelte den Kopf. Ihre Wangen waren gerötet, offensichtlich übermannten sie gerade Schuldgefühle. Wortlos stand sie auf und ging nach oben.

André blieb erstaunt zurück. Er konnte sich keinen Reim auf ihr Verhalten machen.

Nach wenigen Minuten kam sie die Treppe herunter und legte ihm Swetlanas Zeitungsschnipsel, noch immer in derselben Zipptüte, in die er ihn gepackte hatte, vor.

»Swetlana wollte ihn nicht wiederhaben, und da dachte ich, ich heb ihn mal auf, falls der alte Mann doch recht haben sollte.«

»Wow, du bist die ganze Zeit davon ausgegangen, dass ich doch richtigliegen könnte?«

»Why not? Immerhin bist du der Klugscheißer von uns beiden.«

»Ich würde zu gern wissen, ob uns die Rückseite dieses Zettels mehr verrät als die von Borns Exemplar. Ich werde es mal mit einer Rasierklinge versuchen.«

»Wie, du gehst damit nicht zur Polizei?«, erkundigte sie sich überrascht.

»Nein, zunächst können die auch nicht mehr tun, und wegen der Fingerabdrücke passe ich auf, zudem hat Frank gesagt, dass auf Borns Zettel keine waren. Typen, die so planvoll vorgehen wie er, hinterlassen nicht einfach Fingerabdrücke oder einen genetischen Code.«

Irina nickte noch immer etwas verwundert.

André lächelte. »Du kannst wohl nicht fassen, dass ich mich nicht vorschriftsmäßig verhalte und ihn bei der Polizei abgebe.«

»So ist es. Wow, der alte Mann wird immer mehr zum krassen Gangster.«

»Soll ich das nun als Lob oder als Tadel auffassen?«

Irina lachte. »Danke, dass du das für Swetlana tust.«

Er kniff nur kurz die Augen zusammen und stand auf, um eine Rasierklinge zu holen.

»Hör mit der Klinge auf, du machst ihn nur kaputt. Euch Männern muss man aber auch alles erst beibringen. Hol mal zwei Pinzetten und komm an den Herd.«

»Den Herd? Wozu?«, fragte er verwirrt.

»Wirst du schon sehen.«

Während er nach oben ging, um die Pinzetten zu suchen, stellte Irina einen Topf auf das Kochfeld, füllte ihn mit heißem Wasser und schaltete die Platte an.

Als er endlich kam, kochte das Wasser und hatte eine kleine Dampfwolke gebildet.

»Klebestift ist wasserlöslich und lässt sich ohne Probleme mit Dampf entfernen. Jedenfalls funktioniert das so mit Briefumschlägen«, dozierte Irina.

André lachte. »Da kommt mal wieder deine gute Beziehung zum KGB ans Tageslicht. Hoffentlich machst du das mit meinen Briefen nicht auch so.«

Irina lachte. »Soll ich etwa deine Rechnungen öffnen und heimlich bezahlen? Interessante Briefe, zum Beispiel von Frauen, kriegst *du* ja keine.«

»Danke für das subtile Kompliment«, erwiderte André gespielt beleidigt.

»Du hältst den Bogen mit deiner Pinzette über dem Wasserdampf fest, und ich löse den Schnipsel mit meiner ab«, wies sie ihn an und griff nach einer der Pinzetten.

Nach nicht einmal fünf Minuten war das Problem gelöst. Triumphierend hielt ihm Irina den Zeitungsschnipsel entgegen, den sie völlig unversehrt von dem Papierbogen darunter gelöst hatte.

»Wow, man spürt eben gleich deine geheimdienstliche Vergangenheit.«

»Wer sagt hier Vergangenheit. Wir Russen sind stets bereit.«

»Komm, lass uns lesen, was auf der Rückseite steht.« André legte das noch feuchte Zettelchen sorgfältig auf ein ausgebreitetes Stück Küchenpapier.

Zwei Dinge sprangen ihm sofort ins Auge: Erstens war der Text zweifelsfrei in italienischer Sprache verfasst, und zweitens handelte es sich um den Anfang eines Zeitungsartikels, dem Beitrag war: »Beirut, 8.« vorangestellt. Der Sachverhalt, über den darin berichtet wurde, hatte sich demnach an einem Achten zugetragen.

»Das bedeutet, es spricht einiges dafür, dass die Zeitungsausgabe an einem Neunten erschienen ist«, verkündete er triumphierend.

»Aha. Und was nützt dir diese Erkenntnis?«

»Na ja, sie hilft uns vielleicht dabei, die betreffende Ausgabe zu finden und etwas über die sozialen Sünden, zu denen die Überschrift auf der Vorderseite gehört, zu erfahren. Möglicherweise gibt es eine Aufzählung und eine feste Reihenfolge, an der sich der Täter entlanghangelt. Dann könnte sie uns im besten Fall helfen, den nächsten Mord zu verhindern.«

»Dir ist aber schon klar, dass du gerade durch eine rosarote Brille schaust. Zu dem, was du dir da ausmalst, ist der Weg aber noch extrem lang.«

»Manchmal wächst man auch an der Herausforderung. Sollte es uns damit gelingen, ein Menschenleben zu retten, wäre es den Aufwand wert.«

André nahm mit der Pinzette den Schnipsel vom Küchenpapier und drapierte ihn exakt neben dem auf Franks Fotokopie. »Passt«, sagte er und versuchte, sich in dem Wort- und Buchstabensalat zu orientieren.

»Auf der Rückseite sind Fragmente von zwei verschiedenen Artikeln, die nebeneinanderstehen. Zu dem linken gehört die Überschrift mit dem Wort ›Congo‹ und zu dem rechten dieser Satzanfang mit ›Beirut‹. Leider gibt es zu diesem Kongo-Artikel keinen weiteren Text. Nur vom anderen existieren ein paar Worte. Und leider reicht mein Italienisch nicht aus, um irgendwas zu verstehen«, führte André aus.

Irina nickte nur. Offensichtlich konnte sie mit dem Text genauso wenig anfangen wie er.

»Lass es uns in eine Übersetzer-App eingeben«, sagte sie und griff nach ihrem Smartphone.

»Das Ende eines Albtraums: In der Lage zu sein, frei Arbeit zu suchen oder im Bedarfsfall auf die Pflege der …«, las er aus dem Ausgabefeld die deutsche Übersetzung vor.

»Wow, das nenne ich einen Durchbruch«, bemerkte sie grinsend.

André grinste schief und rieb sich das Kinn. »Ich fürchte, so kommen wir nicht weiter.«

»Na ja, dein Höhenflug zur Blitzaufklärung zog aber recht rasch eine Bruchlandung nach sich.«

»Mmh«, brummte André trotzig. »Du kennst mich schlecht, wenn du glaubst, ich lasse mich so schnell entmutigen.«

RECHERCHEN

Freitag, 16. März 2018, 9.05 Uhr

Er hatte über Nacht alles genauestens durchdacht, war für seine Verhältnisse früh aufgestanden und betrat kurz nach 9.00 Uhr die Bibliothek Sankt German.

Sie diente dem Bistum als Diözesanbibliothek, war aber im Wesentlichen die Bibliothek des bischöflichen Priesterseminars St. German in Speyer – einer Bildungsstätte für angehende Priester. Obwohl sie von außen eher bescheiden daherkam, hatte sie es durchaus in sich. Sie war in einem lang gestreckten Bau an der Nordseite des eigentlichen Seminargeländes untergebracht, der eher einem Wohnhaus als einem öffentlichen Gebäude ähnelte. Kaum bekannt in Speyer, verfügte sie über einen riesigen Bestand von circa 250.000 Büchern zu theologischen Themen und war damit fast viermal so groß wie die Stadtbücherei.

Wenn er hier nichts über die sozialen Sünden fände, wusste er nicht, wo er noch suchen sollte.

Zudem war er nicht zum ersten Mal hier und wusste, dass die Bibliothekare sehr kompetent und hilfsbereit waren.

Er trat in den lang gezogenen Hauptraum und sondierte die Lage. Wie außen schmückte sich auch innen die Einrichtung mit einer wohltuenden Bescheidenheit. Alles war überschaubar und wirkte eher so, als befände man sich in einer unscheinbaren Gemeindebücherei. Außer ihm befand sich nur ein Angestellter im Raum, der hinter einer Holztheke an einem Schreibtisch saß.

Er ging langsam auf ihn zu. Obwohl die Sammlung für jedermann frei zugänglich und nutzbar war, überfielen ihn Skrupel, den Bibliothekar mit seinen eher weltlichen Problemen zu belasten.

André räusperte sich. »Guten Tag, verzeihen Sie, wenn ich störe …«, begann er umständlich.

»Grüß Gott, aber gerne doch, dafür bin ich da«, erwiderte der etwa 50-jährige grauhaarige Herr hinter der Theke.

»Ich interessiere mich für die sogenannten sozialen Sünden«, begann André etwas beklommen.

»Hmm, das ist ein weites Feld …«, begann der Bibliotheksangestellte. »Seit sich Euagrios Pontikos Ende des vierten Jahrhunderts erstmals mit der Kategorisierung von menschlichen Lastern befasst hat und Papst Gregor I. den Katalog der sieben Todsünden aufstellte, haben sich unzählige Theologen damit beschäftigt. Sie versuchten, sie immer wieder zu ergänzen, zu interpretieren oder weiterzuentwickeln. Selbst Papst Johannes Paul II. konkretisierte den Begriff ›Todsünde‹ in einem apostolischen Schreiben.«

André schluckte. Ihn überfiel das entmutigende Gefühl, dass er gerade nach der Stecknadel im Heuhaufen suchte.

»Die ›sozialen Sünden‹ sind nichts anderes als eine Weiterentwicklung der Todsünden.«

André verspürte den Wunsch zu gehen. Er hatte das Gefühl, den hochkompetenten Mann vor ihm unnötig zu belästigen. Es entsprach ganz und gar nicht seiner Art, Leuten, die Besseres zu tun hatten, die Zeit zu stehlen. Spätestens, wenn der Bibliothekar ihn fragen würde, für was und warum er sich dafür interessierte, würde er sich unsterblich blamieren.

»… machen wir's so, ich hole Ihnen die zwei oder drei aktuellsten Veröffentlichungen zu diesem Thema.«

»Oh, danke, das ist sehr nett«, beeilte sich André. Offensichtlich hatte ihm der Bibliothekar die Ahnungslosigkeit bezüglich theologischer Themen angesehen und darauf verzichtet, weiter nachzufragen. Er bot ihm Platz an einer kleinen, für die Besucher bestimmten Tischgruppe an und verschwand in einem der Nebenräume.

Nach etwa zehn Minuten kehrte er mit fünf Büchern unterm Arm zurück. »Es sind ein paar mehr geworden. Ich denke, Sie müssten darin alles finden, was Sie suchen.«

André bedankte sich und baute die Bände vor sich auf dem Lesetisch auf. Der Bibliotheksangestellte zog sich wieder hinter die Theke zurück, und André schlug ein dünnes Taschenbuch mit dem Titel »Was macht die Sünde zur Todsünde?« auf.

Neugierig schaute er ins Inhaltsverzeichnis. Hier war schon mal nichts von sozialen Sünden zu lesen. Offensichtlich handelte es sich um eine Ausarbeitung, die sich mit der Definition des Sündenbegriffs befasste. André entschied nach wenigen Minuten, sich dem nächsten Werk zuzuwenden.

Der Autor des folgenden Paperbacks bearbeitete, wie der Titel verriet, die sogenannten modernen Sünden. André blätterte. Im Innern widmete man sich nahezu allen denkbaren Übeln der Zivilisation. Von Kunststoff in den Weltmeeren, Massentierhaltung, Krieg und Terror über allgegenwärtige Pornografie bis hin zur Verletzung der Frauenrechte in vom Islam geprägten Kulturen. Er war sich sicher, beim Durchlesen mindestens auf 50 moderne Sünden zu stoßen. Doch das schien ihm nicht weiterzuhelfen.

Sein darauffolgender Versuch endete ähnlich. Fast alles wurde zur Sünde erklärt und weitschweifig umschrieben. Wieder nichts, dachte André niedergeschlagen und überlegte sich schon, die Suche abzubrechen.

Nun nahm er sich ein dünnes Heftchen vor, das mehr wie eine Broschüre als wie ein ausgewachsenes Buch wirkte. »Die Todsünde im Wandel der Zeit« war der Titel. Das Buchinnere war nichts anderes als eine Chronologie. Beginnend mit einer Jahreszahl, war jeweils immer ein Absatz einem Theologen und seinen Betrachtungen zu den Todsünden gewidmet. Wie schon vorhin der Bibliothekar dargestellt hatte, begann die Zeittafel mit Euagrios Pontikos. Danach folgten weitere Päpste, Theologen, aber auch weltliche Philosophen fanden darin ihren Platz. Jeweils unter den Texten befanden sich Fußnoten, die auf die Originalveröffentlichungen der jeweiligen Inhalte hinwiesen. Vorne ging es seitenweise nur um die Todsünden. Einmal waren es acht, dann wieder sieben. Es wurden welche hinzugefügt, welche gestrichen, andere herausgehoben oder verfeinert.

André war entmutigt. Schon wieder ein Schlag ins Wasser, dachte er, übersprang etwa 50 Seiten und landete schließlich in den 2000er-Jahren.

Im Jahre 2008 stieß er auf einen Monsignore Gianfranco Girotti, der sich tatsächlich mit den sozialen Sünden beschäftigt hatte. André erwachte aus der Lethargie, in die er mittlerweile gefallen war. Hektisch las er den kurzen Text darunter. Von den von Girotti gebrandmarkten sozialen Sünden wurden darin beispielhaft »Profitgier, die andere Menschen in die Armut treibt« und »Handel und Konsum von Drogen« aufgegriffen. Andrés Interesse wuchs. Er schaute auf die Fußnote. Sie bezog sich auf eine Veröffentlichung im »L'Osservatore Romano« mit dem Titel »Le nuove forme del peccato sociale«.

»Bingo, ›peccato sociale‹!«, hörte er sich sagen.

»Wie bitte?«, brummte der Bibliothekar hinter der Theke hervor.

»Entschuldigung! Ich habe nur mit mir selbst gesprochen«, erwiderte André, dem gerade nicht bewusst war, dass er im Begriff war, sich lächerlich zu machen.

Sollte er wirklich gefunden haben, was er suchte? Sein Blick bohrte sich erneut in die Fußnote. Mit einem Mal war er sich absolut sicher. Das Veröffentlichungsdatum im »L'Osservatore Romano« war der 9. März 2008 gewesen. Sofort erschien die Rückseite des Textschnipsels vor seinen Augen. »Beirut, 8.« hatte er dort gelesen. Ein Ereignis in Beirut, über das am Neunten berichtet wurde. Am 9. März genau in dieser Ausgabe, in der auch der Artikel dieses Girotti erschienen war. Über Andrés Gesicht huschte ein Lächeln – Euphorie breitete sich in ihm aus. Er hatte zum ersten Mal eine Spur. Er musste nur noch den freundlichen Bibliothekar bitten, ihm jene Ausgabe des »L'Osservatore Romano« herauszusuchen, und er würde alles finden, was er suchte.

Er nahm das Büchlein und marschierte zur Theke. Mittlerweile hatten sich zwei junge Männer eingefunden, die

André für Studenten hielt und die den Bibliothekar belagerten.

André trat von einem Fuß auf den anderen. Ausgerechnet jetzt, dachte er.

Umständlich erklärte der Student, zu welchem Thema er etwas suchte. Der andere unterbrach ihn allenthalben und ergänzte das, was sein Kommilitone sagte. Dem Bibliothekar fiel es zunehmend schwer, aus dem Stimmengewirr der beiden schlau zu werden.

André fluchte innerlich. Er hasste es, wenn Menschen ihr Anliegen nicht auf den Punkt bringen konnten. Umstand und Langsamkeit waren für ihn unerträglich. Er verstand nicht, warum sich seine Zeitgenossen nicht vorher darüber klar werden konnten, was sie sagen wollten und warum sie stets andere in ihre ineffizienten Denkprozesse hineinziehen mussten.

Der Bibliotheksangestellte verschwand schließlich und kam nach fünf Minuten mit einem Folianten, wahrscheinlich gebundene Zeitungen, zurück. André war erleichtert, einerseits, weil das Warten womöglich nun ein Ende hatte, und andererseits, weil er daraus schloss, dass die Bibliothek auch tatsächlich Tageszeitungen wie den »L'Osservatore Romano« im Bestand hatte.

»Was kann ich noch für Sie tun?«, unterbrach ihn der Bibliothekar.

»Haben Sie den ›L'Osservatore Romano‹ vom 9. März 2008 im Bestand?«

»Ja, einen Moment bitte, ich werde ihn holen.«

Nach kurzer Zeit tauchte er, mit einem Folianten in Zeitungsformat bewaffnet, wieder auf.

»Hier drin sind alle Ausgaben von 2007 bis 2009.«

André bedankte sich und kehrte an den Lesetisch zurück.

Zunächst musste er sich zurechtfinden. Zum Glück gab es vorne jeweils einen Jahresüberblick. Die Zeitungen waren chronologisch gebunden, nach kurzer Suche fand er die gesuchte Ausgabe. Glücklicherweise waren die Einzelzeitungen recht kurz. Er blätterte die knapp zehn Seiten der Ausgabe vom 9.3.2008 durch und überflog alle Überschriften. Nichts! Er wiederholte die Prozedur. Nichts! Er bezog die Ausgabe vorher und nachher mit ein. Nichts! Verdammt, was war das? War die Quellenangabe in diesem Büchlein etwa fehlerhaft gewesen?

Mit dem dünnen Buch in der Hand wankte er gedankenverloren zur Theke. Was machte er falsch? Wo lag der Fehler?

»In der Zeitung fehlt der Artikel, den ich suche«, sagte er vorwurfsvoll.

Der Bibliothekar lächelte nachsichtig. »Und wer da sucht, der findet; und wer da anklopft, dem wird aufgetan, Matthäus, Kapitel 7, Vers 8. Also sagen Sie mir, was Sie suchen. Ich helfe Ihnen gerne.«

André schluckte. Es war ihm peinlich, dass er so fordernd aufgetreten war.

Er legte das Büchlein auf die Theke und zeigte seinem Gegenüber die Fußnote.

Wieder lächelte dieser nur milde. »Sie haben in der deutschen Ausgabe des ›L'Osservatore Romano‹ gesucht, das, worauf sich die Quelle bezieht, ist die italienische.«

André schluckte. Wie dämlich er doch war. Wie sollte ein Artikel mit einer italienischen Überschrift in einer deutschsprachigen Zeitung erscheinen?

Er räusperte sich. »Mmh, das hätte ich merken müssen.«

»Kein Problem, Sie sind nicht der Erste, dem das passiert. Trotzdem kann ich Ihnen in der Sache nicht helfen.«

»Wieso?«, fragte André verwirrt.

»Weil wir den ›L'Osservatore‹ nur in deutscher Sprache führen.«

André schluckte.

»Wissen Sie, wo ich ihn sonst finden kann?«

»Da wir sowohl die Bibliothek des Bistums als auch die des Seminars sind, gibt es sonst keine offizielle Bibliothek in Speyer, die ihn führen könnte. Es kann höchstens sein, dass ihn ein Mitglied des Domkapitels privat abonniert hat.«

»Aber wieso sollte einer der Domkapitulare eine italienischsprachige Zeitung abonnieren?«

Der Bibliothekar lächelte. »Na ja, mindestens die Hälfte der Domherren hat in Rom studiert und spricht daher fließend Italienisch. Zum anderen ist der ›L'Osservatore Romano‹ das Organ des Papstes und für viele hochgestellte Kleriker eine Pflichtlektüre.«

»Danke«, sagte André etwas enttäuscht. Das war natürlich keine befriedigende Antwort. Erstens konnte er schlecht beim Bischof aufschlagen und ihn nach der Zeitung fragen, und zweitens würde wohl kein normaler Leser eine Ausgabe von vor zehn Jahren aufbewahren. In Gedanken wandte er sich um, um die restlichen Bücher zu holen und sie abzugeben.

»Sie können natürlich eine Bibliothek in Italien bemühen. Möglicherweise kann man Ihnen über die Fernleihe weiterhelfen«, rief ihm der Bibliotheksangestellte hinterher.

L'OSSERVATORE ROMANO

Samstag, 17. März 2018, 9.05 Uhr

Irina saß, die aus dem Nachthemd ragenden nackten Beine lässig vor sich auf den Stuhl gestellt und mit den dürren Armen umschlungen, am gedeckten Küchentisch, als André herunterkam. Er war müde, zu viel Zeit hatte er die Nacht über mit Grübeln zugebracht und zu wenig mit Schlafen. Darüber hinaus machten sich die Anzeichen einer Erkältung bei ihm bemerkbar.

»Treibt dich die Neugier, oder willst du heute gar rechtzeitig zur Vorlesung?«, brummte er mit heiserer Stimme.

Irina stöhnte. »Was soll das denn werden? Eine Louis-Armstrong–Imitation, oder ist der Herr erkältet?«

»Eine Grippe, mir geht es gar nicht gut«, klagte André niedergeschlagen.

»Wow, ein heimtückischer Männerschnupfen streckt seine gierigen Finger nach dir aus.«

»Haha, das ist nicht lustig.«

»Wow, ich darf Zeugin eines Nahtoderlebnisses werden.«

»Du bist doof«, maulte er kraftlos zurück.

Als er den Tisch passierte, um zur Espressomaschine zu schlurfen, blieb er an einem Stuhlbein hängen und konnte sich nur mit Mühe abfangen, ohne zu stürzen.

»Instant Karma!«, flötete Irina hämisch.

»Was für ein Ding?«

»Retros wie du sagen wohl eher: ›Kleine Sünden bestraft der Herr sofort‹.«

»Aha, und jetzt?«, brummte er mürrisch.

»Jetzt machst du mir brav einen Cappu und erzählst, was deine Spurensuche gestern ergeben hat.«

Wortlos ging André an die italienische Siebträgermaschine und bereitete meditativ zwei Cappuccino zu.

Irina beobachtete ihn und musste schmunzeln. Es war immer dasselbe. Kaum hatte er diese jeden Tag gleiche Zeremonie beendet und der Kaffee troff braun und dickflüssig in die Tassen und verbreitete seinen unwiderstehlichen Duft, lockerten sich unversehens Andrés Züge.

Er trug die Cappuccinotassen zum Tisch und stellte ihr eine hin.

»Danke, alter Mann. Du siehst so aus, als wäre dein heutiger Resozialisierungsprozess erfolgreich verlaufen. Würde der Herr mir nun endlich einen umfassenden Bericht über den Stand seiner Recherchen geben?«

»Ich hätte dir gar nichts davon verraten dürfen. Jetzt nervst du mich wieder tagelang damit.«

»Komm schon, ohne die Intuition deiner klugen Mitbewohnerin wirst du eh nicht weiterkommen.«

»An Minderwertigkeitskomplexen scheinst du heute nicht zu leiden.«

»Ekel, rück endlich damit raus!«

André erzählte ihr ausführlich über die gestrigen Erkenntnisse. »Zunächst habe ich versucht, nach den sozialen Sünden zu googeln. Aber das hat nichts gebracht. Es wirkt so, als hätte sich jeder Theologieprofessor, der etwas auf sich hält, schon mit modernen Todsünden befasst. Fast auf jeder Seite waren andere Sünden aufgelistet. Es hat absolute Priorität, an die Ausgabe des ›L'Osservatore Romano‹ vom 9.3.2008 zu kommen. Erst dann wird es mir möglich sein, eine Liste der sozialen Sünden aufzustellen und sie mit den Todesfällen, die ich aus dem elektronischen

Archiv der Rheinpost gefiltert habe, abzugleichen«, beendete er den Bericht.

»Stimmt. Und wie willst du da drankommen?«, fragte Irina, die bisher stumm zugehört hatte.

»Ich werde erst mal im Netz suchen, ob es beim ›L'Osservatore‹ ein Online-Archiv gibt wie bei der ›Rheinpost‹. Die Fernleihe mit italienischen Bibliotheken scheint mir eine wesentlich zeitraubendere Variante zu sein.«

»Wobei es natürlich einen gewissen Reiz hätte, den hiesigen Abonnenten auf den Zahn zu fühlen. Irgendwo muss der Täter ja die Zeitung herhaben. Bestimmt hat er ein Abo und sammelt die Ausgaben. Wie sollte er sonst Zugriff auf so ein altes Ding haben?«, mutmaßte Irina.

André schluckte. »Wenn das stimmt, was du sagst, und der Bibliothekar recht hat, dass möglicherweise ein oder mehrere Mitglieder des Domkapitels die Zeitschrift regelmäßig beziehen, dann ...«

Er wollte nicht aussprechen, was er gerade dachte, so ungeheuerlich war für ihn die Vorstellung, dass einer der Domherren der Täter sein könnte. Er kannte verschiedene Domkapitulare persönlich, samt und sonders waren es honorige Leute, die alles andere als fanatische Spinner waren.

Eine Stunde später saß André mit Irina im Nacken im Arbeitszimmer am PC. Ihre Neugier hatte sie dazu bewegt, ihre heutige Vorlesung sausen zu lassen.

»Ich garantiere dir, es wird langweilig werden. Glaub nur nicht, dass wir schnell zu einem Ergebnis kommen«, versuchte er, ihre Erwartungen zu dämpfen.

»Wow«, stieß Irina hervor, als sich die Webseite des »L'Osservatore Romano« öffnete. Gleich oben prangte das Papstwappen, gefolgt vom Sinnspruch: »Unicuique suum – Jedem das Seine«. Darunter war ein großes Foto des Papstes zu sehen.

»Nicht schlecht, der alte Mann in Dan Browns Fußstapfen.«

André lachte. »Wahrlich, ich kann die Stimme des Vatikans förmlich hören.«

Irina schmunzelte. »Und was sagt sie dir?«

»Dass wir da oben den Link zum Archiv anklicken müssen«, erwiderte er trocken.

»Dann klick schon!«

Er klickte den Link an. Auf der sich nun öffnenden Seite war zu lesen, dass man Ausgaben, die älter als fünf Jahre waren, nur in elektronischer Form, als PDF-Ausgabe, über eine dort angegebene E-Mail-Adresse beim Verlag beziehen konnte.

»Na, dann kram mal schön dein Italienisch raus und bestell das Ding.«

»Du bist lustig, das reichte bisher nur für Cappu, Pizza und Co. und mein Schullatein ist auch nicht mehr ganz frisch.«

Nach ein paar Klicks, ein paar Eingaben in Irinas Übersetzungs-App und der Eingabe seiner Kreditkartennummer waren sie am Ziel. Die Übersendung der PDF-Ausgabe der Zeitung vom 9.3.2008 war beantragt und würde innerhalb von drei Werktagen erfolgen.

DURCHBRUCH I

Endlich. Zwischen den E-Mails in Andrés Eingangspostfach sprang ihn sofort eine mit dem Absender »L'Osservatore Romano« förmlich an. Hektisch klickte er darauf. Tatsächlich, im Mailanhang befanden sich gleich neun PDFs. Es schien funktioniert zu haben. In der Begleitmail erläuterte ihm eine Francesca Sylvestrini freundlich, dass er nur noch das angehängte PDF mit den Zahlungsbedingungen auszufüllen hätte, damit man ihm die 15 Euro Gebühren belasten könne. Ansonsten enthielten die PDFs je eine Seite der Ausgabe vom 9.3.2008.

André spürte ein Kribbeln in seinem Inneren. In Momenten wie diesem fühlte er sich wie ein Kind, das an Heiligabend auf die Bescherung wartete. Er musste nun unbedingt Fortschritte machen. Zu viel wertvolle Zeit war vergangen. Was, wenn der Mörder bald wieder zuschlug und die Polizei nur wegen ihm nicht in der Lage war, etwas dagegen zu unternehmen? Wie lange konnte er es noch gegenüber Achill verantworten, das Ganze auf eigene Faust zu bearbeiten? Musste er ihn nicht über seine Schritte informieren? Wäre die Polizei vielleicht in allem viel schneller gewesen?

Er klickte auf den ersten PDF-Anhang – überflog die Seite. Er tat es in einer Geschwindigkeit, als wäre es entscheidend, 20 oder 30 Sekunden einzusparen. Er fand keine Überschrift, die die Worte »peccato sociale« enthielt. Eilig klickte er weiter auf Seite zwei. Wieder ohne Erfolg, Seite drei – nichts. Auf Seite sieben wurde er endlich fündig. »Le nuove forme del peccato sociale«, prangte da in großen schwarzen Lettern über einem fünfspaltigen Artikel, der mehr als die halbe Zeitungsseite füllte.

Hektisch versuchte er, sich einen Überblick zu verschaffen.

Autor des Artikels war ein Nicola Gori. Er war es auch, der Gianfranco Girotti in dem in Dialogform gehaltenen Beitrag interviewte. André huschte eilig über die Zeilen hinweg. Er fand auf den ersten Blick nicht das, was er suchte. Es gab keine Übersicht oder Auflistung der sozialen Sünden. Sein Italienisch reichte bei Weitem nicht aus, um aus dem nur so von theologischen Fachbegriffen strotzenden Interview schlau zu werden. Das war eben weit mehr als die Speisekarte beim Lieblingsitaliener oder ein Hinweisschild auf dem Mailänder Flughafen. Um das zu verstehen, musste man der italienischen Sprache voll und ganz mächtig sein und nicht wie er nur über ein paar Brocken Urlaubsitalienisch verfügen.

Kaum 30 Minuten später saß er mit einem heißen Cappuccino vor sich im »Mediterraneo«. Wobei für ihn heute das Frühstück Nebensache war. Als ihm Camilla unaufgefordert das übliche Cornetto servierte, konnte er sich nicht länger zurückhalten. »Camilla, hast du heute viel zu tun?«, fragte er scheinheilig.

Sie grinste. »Wieso, willst du mir beim Servieren helfen oder brauchst du ein Rezept?«

»Nein, äh«, erwiderte André verlegen und noch etwas unsicher darüber, wie er ihr erklären sollte, warum er sich plötzlich mit theologischen Texten befasste.

»Ich habe da eine Nuss, die ich nicht selbst knacken kann. Und ich dachte, du könntest vielleicht ...«

Camilla lachte. »Das scheint ja eine sehr harte Nuss zu sein, so wie du dich anstellst.«

»Ja, das ist sie – fürchte ich. Ich brauche für eine Führung mit italienischen Theologen eine kleine Übersetzung«, log André.

Sogleich bedauerte er, was er da gerade gesagt hatte. Was für ein Unsinn. Wie sollte er eine Gruppe Italiener führen, wenn er im gleichen Kontext ihr gegenüber eingestand, kein Italienisch zu können.

Camilla schüttelte grinsend den Kopf. »Du schreckst aber auch vor gar nichts zurück – Geistliche führen.«

Umständlich nestelte André den gefalteten Ausdruck des Zeitungsartikels aus der Innentasche seines Sakkos.

»Könntest du mir die in diesem Artikel genannten sozialen Sünden übersetzen und herausschreiben?«, kam er direkt auf den Punkt.

»Ich will sie in Beziehung zu den am Domportal eingemeißelten Abbildungen der Todsünden setzen.«

»Aha, klingt unglaublich spannend. Aber nur, wenn ich zur Führung mitdarf.«

»Äh, ja, natürlich, aber …«

Camilla lachte laut auf. »Mach dir keine Mühe, das war ein Scherz, oder glaubst du etwa, ich hab Zeit für so was Langweiliges?«

»Oh, entschuldige, du musst es ja nicht jetzt übersetzen.«

Wieder lachte Camilla. »Keine Sorge, ich meinte doch nur deine komische Führung. Gib schon her.«

André reichte ihr den Ausdruck, und Camilla beugte sich darüber.

»Wow, das ist ja hartes Brot.«

»Ja, das ist es bestimmt«, brummte André verlegen.

»Das muss ich oben in Ruhe machen.« Camilla schnappte

sich das Blatt und ging, ohne auf Andrés Mitleidsbekundungen zu hören, die Treppe hinauf.

Nach einer knappen Viertelstunde kam sie zurück. Sie rieb sich die Augen und setzte sich neben ihn.

»Mann, wie kann man so schreiben. Das ist ja selbst für einen Italiener kaum zu kapieren. Hier ist wohl das, was du suchst«, sagte sie und reichte ihm ein kleines längliches Gastro-Blöckchen.

André beugte sich vor und las das, was Camilla in ihrer schwungvollen, von weit ausgeholten Bögen und Schnörkeln nur so strotzenden Handschrift auf mehreren Seiten aufgeschrieben hatte:

1. Handel mit und Konsum von Drogen
2. Missbrauch von Kindern und Jugendlichen
3. Umweltverschmutzung
4. Abtreibung
5. Genmanipulation
6. Profitgier
7. Exzessiver Reichtum

»Das ... das ist genau das, was ich wollte ...«, stammelte André.

»So sind wir eben, wir erfüllen unseren Gästen immer jeden Wunsch – also fast jeden«, erwiderte Camilla verschmitzt grinsend.

»Ich bin dir unendlich dankbar, das hätte ich mit der Übersetzer-App nicht hingekriegt.«

»Wow, was für ein Lob. Dann muss ich ja keine Angst haben, dass man mich mal durch eine App oder einen Kellnerroboter ersetzt.«

»So ist es«, sagte André lachend.

Eine tonnenschwere Last war von ihm abgefallen. Nun

konnte er weitermachen, Achill unterstützen und vielleicht ein weiteres Verbrechen verhindern.

Eine halbe Stunde später saß er vorm PC und tippte Camillas Übersetzung in eine Tabelle. Hinter die sechste Sünde, Profitgier, notierte er in einer zusätzlichen Spalte »Dieter Born«. In einer weiteren Kolonne dahinter setzte er das Datum der Tat, den 22. Januar 2018, ein.

»Wow, der alte Mann hat erste Erkenntnisse«, platzte es aus Irina heraus.

André schreckte zusammen. »Ich – ich hatte dich gar nicht bemerkt.«

Irina lachte. »Kunststück, du bist ja mal wieder im Autistenmodus. Du würdest es wahrscheinlich nicht mal merken, wenn ich dir den Stuhl unterm Hintern wegziehen würde.«

»Mmh, ja, schon, ich bin endlich weitergekommen, aber irgendwas passt trotzdem nicht.«

»Es wäre ja auch eine absolute Seltenheit, wenn du mal kein Haar in der Suppe finden würdest – alter Pedant.«

»Es ist wegen Swetlana, sie passt nicht in diese Reihe«, erwiderte er und rückte etwas zur Seite, um Irina den Blick auf die Tabelle freizugeben.

Sie las die Eintragungen und schwieg nachdenklich.

»Bei diesen sozialen Sünden fehlt dummerweise die Unzucht. Ich denke, mit ihr bin ich auf dem Holzweg. Vielleicht konsumiert oder handelt sie ja mit Drogen«, sinnierte André halblaut.

»Nein, tut sie nicht!«, entgegnete Irina streng. »Swetlana passt nicht in dein albernes Nutten-Klischee!«

»Entschuldige, das wollte ich damit nicht ausdrücken. Ich weiß, dass sie da nicht wirklich hingehört und sie ihre besonderen Lebensumstände dorthin getrieben haben. Ich versuche doch nur zu verstehen, was hier vor sich geht.«

»Swetlana ist ein Opfer. Ein Opfer von Krieg, Armut, Perspektivlosigkeit und skrupellosen Männern. Sie macht das, was sie tut, nicht, weil sie Lust dazu hat oder weil sie verdorben ist, sondern weil sie schlicht und ergreifend keine andere Wahl hat!«, wies ihn Irina zurecht.

»Ich weiß«, erwiderte er kleinlaut.

»Ich würde ihren Namen hinter das hier schreiben«, sagte sie und tippte klackernd mit ihrem lackierten Nagel auf den Bildschirm – just an die Stelle, wo das Wort »Abtreibung« prangte, drehte sich auf dem Absatz um und ging.

KASSENSTURZ

Mittwoch, 21. März 2018, 11.55 Uhr

Er wollte mit seiner Mission die dumpfe, breite Masse aus ihrer Lethargie reißen. Den Menschen klarmachen, wie vor Gottes Augen über die unverbesserlichen Sünder zu richten war. Waren die Spuren, die er gelegt hatte, nicht deutlich genug? Oder warum erkannte niemand die Botschaft? Anscheinend war es bis dato keinem gelungen. Zu faul und feist waren sie, die Leute von der Polizei. Zu beamtisch gingen sie an alles heran, zu schnell waren sie mit ihren kläglichen Ergebnissen zufrieden, zu wenig achteten sie auf Details und die wahren Hintergründe. Sie saßen ihren Dienst ab und hatten die Lust verloren, nach Tätern zu suchen, die sowieso wieder freigesprochen wurden. Das ganze System von müden Staatsanwälten und oberflächlichen, ängstlichen, mit Skrupeln behafteten Richtern, eingezwängt in kleinliche Verordnungen und Gesetze, kapitulierte regelmäßig vor dem Bösen. Der ganze Apparat war von der Pestilenz der Bürokratie und falsch verstandener Rücksichtnahme befallen und ließ es zu, dass am Ende die von Satan Fehlgeleiteten über die göttlichen Gebote triumphierten. Sie verdienten es, dass man sie bloßstellte und den Menschen da draußen zeigte, wie an den biblischen Gesetzen ausgerichtete Urteile aussahen.

Er hatte gehofft, sie würden erkennen, wie simpel es war, sich von diesem kriminellen Ungeziefer zu befreien und die Welt zu einem gottgefälligen, besseren Ort zu machen. Nur wenn sie seine Botschaft begriffen und zur Erkenntnis gelangten, dass man in diesem Land etwas ändern musste, war sein Werk erfolgreich. Sie würden aufstehen, protestieren und Druck auf die Regierung ausüben, die sich christlich nannte, aber im Innern längst anderen Götzen diente. Das Bewusstsein, dass die Schuld für das drohende Scheitern seiner Mission bei ihm selbst lag, hatte sich in den schlaflosen Stunden der Nacht wie eine Infektion in ihm ausgebreitet und raubte ihm die Kraft. Es war sein Fehler. Er hatte bei diesen vom Glauben Abgefallenen zu viel vorausgesetzt. Er hätte es wissen müssen.

In dieser Gesellschaft vereinten sich Gleichgültigkeit und moralisches Vergehen längst zu einer unseligen Symbiose. Sie wucherten wie ein Flechtenteppich über den Staat und die Bürger, über alle Bevölkerungsschichten hinweg. Ja sogar seine Kirche hatte sich mehr und mehr von der wahren Lehre entfernt. Statt sich an der Heiligen Schrift oder dem Werk der Heiligen zu orientieren, buhlten Gitarre spielende Pastoralreferentinnen und hilflose Katechetinnen um die Gunst der wenigen Kinder derer, die überhaupt noch einen Funken Glauben aufwiesen und ihre Sprösslinge zum Kommunionsunterricht schickten. Die Priester selbst waren zu einer aussterbenden Spezies geworden, die mit der Verwaltung des drohenden geistigen wie finanziellen Bankrotts ihrer Gemeinden beschäftigt waren. Und die wenigen verbliebenen Gläubigen zerstreuten sich lieber mit billigen Fernsehserien und Handyspielchen oder mit umweltzerstörenden dicken Autos und teuren Fernreisen. Alles war wichtiger und kurzweiliger, als sich dem Wort Gottes zu widmen. Selbst die Pfaffen sammelten lieber Madonnenfiguren und frömmlerische Gemälde, als für ihren Erlöser aufzustehen. Der ganze Luxus, die Zerstreuung und die Gier nach irdischem Besitz waren die wahren Machenschaften des Teufels. Sie lullten ein, verblendeten, machten faul und bequem. Niemand war mehr achtsam genug, um der Sünde gewahr zu werden oder sie auch nur zu erahnen.

Wen von diesem heuchlerischen Volk kümmerte es schon, ob eine kleine Nutte ihr ungeborenes Kind abtrieb. Im Gegenteil, es gab auch noch genügend scheinheilige Ärzte, die es in ihrem Auftrag erledigten. Einfach auf Bestellung, als würde sie einen Auftragskiller engagieren. Er hätte ihnen seine Mission besser verdeutlichen, ihnen durch sein Werk die Augen öffnen müssen. Das, was sie brauchten, um zu erwachen, war ein Fanal, und er würde es ihnen bieten. Eindrucksvoll, einmalig, grausig und abschreckend.

*

André brütete über der Tabelle. Zwei der Fälle, die er herausgearbeitet hatte, passten perfekt ins Bild. Davon war er überzeugt. Nach allem, was er jetzt wusste, sprach vieles dafür, dass es kein gewöhnlicher Unfall gewesen war, als der Dealer ausgerechnet vom unmittelbar hinter dem Dom gelegenen Heidentürmchen stürzte. Hier fügte sich alles optimal ineinander: die Sündhaftigkeit des Opfers, gegen die die Polizei machtlos erschien, und ein Tatort mit Bezug zur Kirche. In die Spalte hinter der sozialen Sünde »Handel und Konsum von Drogen« trug er den Namen des Toten und das Datum der Tat ein.

Auch die Sache mit dem Hobbyholzfäller, der für eine Umweltsünde verantwortlich gemacht wurde, gliederte sich perfekt in die Serie ein. Im Übrigen wirkten die tödlichen Verletzungen, die er davongetragen hatte, überdimensioniert. Ein paar Finger, ein Fuß, das war glaubwürdig für einen Unfall bei der Waldarbeit. Aber sich vom Schritt her in den Rumpf zu sägen, sah nach mehr aus. Zu gerne hätte er diesbezüglich den Polizeibericht eingesehen.

Dazu kamen Born und Swetlana.

»Vier von sieben«, schnaubte er. Es gab noch eine Menge für ihn zu tun oder aber – was noch schlimmer wäre – es konnte ihnen einiges bevorstehen.

Wie sollte er weiter vorgehen? Naheliegend war es zunächst, die selektierten Todesfälle danach abzuchecken, ob es im persönlichen Hintergrund der Opfer Sachverhalte gab, die die Passfähigkeit zu den aufgelisteten Sünden untermauerten oder Rückschlüsse auf den Täter zuließen.

Dazu war es nötig, ihr privates Umfeld zu durchleuchten. Da, wo – wie bei diesem Drogendealer – die Medien genug hergaben, war das einfach. Demgegenüber musste er dort, wo die Motive im Unklaren lagen, in die Tiefe bohren. Aber wie würde es ihm gelingen, an die Hinterbliebenen heranzukommen? Was legitimierte ihn, bei ihnen aufzukreuzen und Fragen zu stellen? Das konnte kompliziert werden und im übelsten Fall viel Staub aufwirbeln.

André vergrub erschöpft sein Gesicht in den Händen.

Eine zusätzliche Stoßrichtung war es, erneut das Zeitungsarchiv der »Rheinpost« zu durchstöbern. Jetzt, wo er wusste, wonach er suchte, war es einfacher, fündig zu werden. All das brauchte Zeit. Zeit, in der womöglich weitere Morde geschahen.

Er war müde, innerlich zerrissen und kein bisschen stolz auf das, was er bisher herausgefunden hatte. Seine Beine fühlten sich an, als würden sie von Myriaden von Ameisen bevölkert. Er erhob sich und lief ans Fenster, starrte in den tristen Tag. Das alles schien eine Nummer zu groß für ihn und drohte ihm über den Kopf zu wachsen. Wer war er schon, dass er sich anmaßte, den Fall zu lösen?

Er schlurfte nach unten und beschloss, einige Schritte im Garten umherzugehen. Er warf sich ein altes Tweedsakko über und trat in den trüben Tag. Die Kälte der letzten Tage hatte sich verzogen. Trotzdem zierte sich der Frühling, endgültig in die Pfalz vorzudringen.

Doch nicht nur die Angst zu versagen bedrückte ihn, auch die offene Frage, wie er mit Achill umgehen sollte, lag ihm wie ein Felsbrocken im Magen und raubte ihm sämtlichen Tatendrang.

Konnte er es verantworten, sein Wissen für sich zu behalten? Einerseits waren da seine Geradlinigkeit und Integrität, die ihm geboten, Achill gegenüber reinen Tisch zu machen. Andererseits sah er das Risiko, nicht ernst genommen zu werden. Seine Hypothesen waren gewagt; in den Ohren anderer mochten sie gar sonderbar verschroben wirken. Es war eine Gratwanderung. Wartete er, riskierte er vielleicht weitere Menschenleben. Ging er zu hastig – ohne überzeugende Beweise – auf ihn zu, würde man ihn für verrückt erklären. Nicht auszudenken, wenn Achill seinen Mutmaßungen und Spekulationen nicht folgte und ihm gar jegliche künftigen Ermittlungen untersagte. Er lief Gefahr, untätig zusehen zu müssen, wie der Täter ungehindert weitermordete.

Fröstelnd zog er die ausgebeulte Jacke vorne zusammen und schlich mit gesenktem Kopf zwischen den Beeten umher. Gedankenverloren strich er über die Zweige der Rosmarinbüsche, die mit ihren zart hellblauen winzigen Lippenblüten den Vorfrühling ankündigten. In der ereignislosen Stille umschmeichelte der stark würzige ätherische Duft seine Nase. Er mochte dieses Aroma, das ihn an zahllose Urlaube am Mittelmeer erinnerte. Was für andere die Geschmackseindrücke waren, waren für ihn olfaktorische Reize. Sie gaben ihm Vitalität und schenkten ihm positive Gefühle. Und letztlich regten sie sein Denken an.

In ihm reifte der Entschluss, alleine weiterzumachen. Er würde sich beeilen, rastlos Tag und Nacht arbeiten, damit er sich nicht vorzuwerfen hatte, dass er die Lösung des Falls verzögerte. Es galt, die Theorie abzusichern. Sie musste stichhaltiger werden. Die haltlosen Hypothesen waren mit Beweisen zu unterlegen. Es führte kein Weg daran vorbei, bei den Hinterbliebenen der Opfer anzuklopfen.

Er sah sich gezwungen, um der guten Sache willen zu wagen, Achill außen vor zu lassen, auch wenn das ihre Freundschaft gefährdete. Das war der Einsatz in diesem Spiel mit verdeckten Karten. Er tröstete sich damit, dass sie beide gewinnen würden, wenn er so weit war, die Trümpfe offen auf den Tisch zu legen und ihn von seinem Gedankengebäude in Gänze zu überzeugen.

HAUSBESUCH

Donnerstag, 22. März 2018, 9.45 Uhr

André hatte nach dem kleinen Gartenspaziergang den ganzen Mittwochnachmittag genutzt, das Online-Archiv der »Rheinpost« erneut zu durchstöbern.

Die Fälle mit dem Verkehrstoten mit Fahrerflucht auf der B 9, dem Biker mit dem Badeunfall und dem 50-Jährigen, der unter den Zug geraten war, hatte er endgültig zur Seite gelegt. Intuitiv schienen ihm die Umstände zu harmlos und zu wenig martialisch. Er wusste nicht genau, woran er es festmachen sollte, aber er war sich sicher, die Handschrift des Täters mittlerweile zu kennen.

Im gleichen Zuge war ein anderer Todesfall, den er bereits aussortiert hatte, wieder in den Fokus gerückt.

Da war dieser Wissenschaftler, der bei einem Wohnungsbrand ums Leben gekommen war. Die Polizei hatte die Untersuchungen zwar abgeschlossen und das Ganze als einen Unfall klassifiziert, trotzdem glaubte er, dass dieser Feuertod ins Schema passte. Schrieb man nicht dem Feuer eine reinigende Wirkung zu?

Es erschien ihm unsinnig, Zeit und Energie auf das Umfeld des Drogendealers zu verschwenden. Er war ledig gewesen, und André konnte kaum die Erwartung haben, dass ein Drogenfreund oder eine Exmuse bei ihm auspackten. Auch bei diesem Born würde es schwierig werden. Er hatte weder Familie in Speyer noch wusste André, wo sonst Angehörige zu finden waren. Allenfalls dieser Rechtsanwalt, der, wie man sich erzählte, wie eine

Klette an Born gehangen hatte, war ein Bezugspunkt. Aber auch von ihm hatte er, außer dem Namen Steffenhagen, bisher keine Details in Erfahrung bringen können. Lediglich, dass er sich momentan in ein Grandhotel in einem Vorort von Meran abgesetzt hatte, war ihm vom letzten Treffen mit Achill im Gedächtnis. Aber wie sollte er in diesem Grandhotel, von dem er nicht einmal den Namen kannte, an ihn herankommen.

Daher entschied er, noch heute die Witwe des verstorbenen Hobbyholzfällers aufzusuchen. Dieser Fall mit all der inflationären Schaurigkeit schien ihm am aussichtsreichsten, um ein Stück weiterzukommen.

Doch vorher galt es, eine Touristengruppe am Dom in Empfang zu nehmen und durch die Stadt zu führen. Es erfüllte ihn mit Unzufriedenheit, nicht bei einer Sache bleiben zu können. Sein Gehirn arbeitete nun mal monokausal, und alles, was ihn davon abhielt, ein gestecktes Ziel auf direktem Wege zu erreichen, strapazierte seine Geduld aufs Äußerste und ließ ihn unleidlich werden.

Ziellos tigerte er durchs Haus, unfähig, einen weiteren Gedanken zu fassen. Er musste raus, etwas tun. Er beschloss, ein schnelles Frühstück im »Mediterraneo« einzunehmen. Doch auch hier fand er nicht in die morgendliche Gemütlichkeit, die er sonst so genoss. Die »Rheinpost«, die ihm Camilla brachte, schob er zur Seite, stürzte den Cappuccino herunter, legte fünf Euro auf den Tisch und verschwand grußlos mit dem angebissenen Cornetto in der Hand. Er war viel zu früh zum Dom aufgebrochen.

Ausgerechnet heute stand die Führung eines Kegelclubs aus Köln an. Solche Gruppen waren mehr an Entertainment als an einer seriösen Stadtbesichtigung interessiert. Doch dazu brauchte man die richtige Laune. Eine Laune, die ganz und gar nicht zu seiner Grundstimmung passte.

Er hatte entschieden, sich in der Viertelstunde, die ihm blieb, in die Stille der Afrakapelle zurückzuziehen.

Die Kapelle, die der heiligen Afra geweiht war, schmiegte sich wie eine kleine Schwester eng an die Nordseite des Hauptschiffs und war den Betenden vorbehalten und für die fotowütigen Touristen tabu. Es war ein geeigneter Ort zum Nachdenken, zum inneren Zwiegespräch und um runterzukommen. Er mochte den schlichten, länglichen Raum unter den vier durch Gurtbögen aus abwechselnd gelben und roten Sandsteinen abgetrennten Gewölbefeldern. Außer den figürlich gestalteten Kapitellen und einer hölzernen Kreuzigungsgruppe auf dem Altar fehlte jedwedes Zierwerk. Hier war nichts, was den Geist ablenkte oder die puristisch archaische Struktur des romanischen Baustils abschwächte.

Glücklicherweise war er alleine. Er nahm in der zweiten Reihe Platz und versuchte, sich zu entspannen.

Es waren keine drei Minuten vergangen, als sich die schwere Holztür zum Dominneren mit einem Schnarren öffnete.

Warum konnte man ihm nicht wenigstens zehn Minuten der Ruhe und Sammlung gönnen, durchzuckte es ihn verärgert.

Zwei ältere Damen betraten den Raum. Die Tatsache, dass die eine ihr Handy wie eine Monstranz, einsatzbereit gezückt, vor sich hielt, wies sie als Touristinnen aus. Sie hatten sich wohl naseweis über das Hinweisschild an der Außenseite der Tür mit der Aufschrift »Ort des Gebets und der Stille. Besichtigung nicht möglich« hinweggesetzt.

»Kuck mal, Gerti, da is ja noch 'ne Kürche«, flötete eine der beiden in breitestem Kölner Dialekt.

André stöhnte innerlich. Ihnen auf dem Fuß folgte ein aufgeregt hüstelndes dürres Männlein. Er drängte sich umständlich an ihnen vorbei und baute sich mit seiner zwergenhaften Gestalt vor den beiden auf.

»Sie, Sie dürfen hier nicht rein, dieser Raum ist ein Ort der Einkehr und des Gebetes«, stammelte er atemlos mit einer eunuchenhaft hellen, brüchigen Stimme. »Sicher möchte der Herr nicht gestört werden«, fügte er hinzu, als die beiden Frauen ungeniert weiterliefen.

»Schon gut, Pater Gruber, ich war sowieso gerade fertig«, versuchte André, die Situation zu klären. Wenn er nun schon aus den Gedanken gerissen war, hatte er erst recht keine Lust, auch noch in einen wortreichen Konflikt hineingezogen zu werden.

Gruber nickte entschuldigend. André wusste, dass Gruber ein emeritierter Pater des Spiritanerordens war. Dieser Orden hatte in Speyer viele Jahrzehnte das Missionskonvikt Sankt Guido geleitet und Generationen von Missionaren ausgebildet. Gruber war schon zu Beginn der 70er-Jahre vom Mutterhaus in Knechtsteden bei Dormagen nach Speyer gekommen. Dieser Herkunft verdankte er den leichten rheinischen Dialekt. Seit dem Rückzug aus dem aktiven Dienst verbrachte Gruber den größten Teil des Tages im Dom, ohne dass es dafür eine besondere Regelung oder Vereinbarung gab. Er kümmerte sich ehrenamtlich um die Besucher und sorgte für Ordnung. Man beschäftigte ihn hier nicht, er gehörte wie Altar und Chorgestühl zum Inventar. Er tat, was er für richtig hielt, und ließ sich nicht in die hochreglementierte Organisation der Domtouristik pressen. Trotz des hohen Alters von weit jenseits der 80 war er sich nicht zu fein, um sich nach weggeworfenen Bonbonpapierchen zu bücken oder verlorene Touristenkinder wieder ihren hektisch suchenden Eltern zuzuführen.

André mochte Käuze wie ihn, die nach ihren eigenen

unverrückbaren Prinzipien lebten und sich nicht verbiegen ließen.

»Sie werden entschuldigen, wir ham wohl dat Schild übersehen«, sagte nun eine der Touristinnen, an André gewandt.

»Wat is dat denn hier überhaupt für 'n Raum?«, setzte die andere der beiden nach.

»Das kann Ihnen Pater Gruber bestimmt viel besser erklären als ich«, versuchte André, den Geistlichen wieder miteinzubeziehen.

»Das ist die Afrakapelle«, antwortete Gruber mit einem Aufleuchten in den Augen.

»Wer oder wat is denn dat Afra?«, fragte die andere.

André wusste, was nun passieren würde. Zu oft hatte er es bereits beobachtet. Bot man Gruber die Gelegenheit, sein wahrlich enzyklopädisches Wissen der Kirchengeschichte zu präsentieren, war er kaum zu bändigen.

»Diese Kapelle ist der Märtyrerin und Heiligen Afra von Augsburg geweiht. Wir verwahren hier im Dom auch eine Reliquie dieser bemerkenswerten Kirchenfrau – ein Zehenknöchelchen.«

André musste angesichts des Stolzes, der in Grubers Zügen lag, unwillkürlich schmunzeln. Es rührte ihn an, wie sich der greise Ordensmann mit dem Dom und allen Schätzen darin identifizierte.

»Und wo kann man dat besichtigen, dat Knöchelchen?«

»Es wird hier im Domschatz verwahrt.« Gruber unterstrich das Wort »Domschatz« mit einem ehrfurchtsvollen Timbre in der Stimme.

»Wat, ihr habt 'nen Schatz hier? Wie muss man sich den denn vorstelle? Inner alten Holztruh mit Eisenbeschläjen?«

»Nein, in der Sakristei gibt es einen großen Tresor«, antwortete Gruber eilig. Gleich darauf färbten sich seine fahlen Wangen leicht rosa und er legte verstohlen die Hand auf seinen Mund. Offensichtlich war er sich nicht sicher, ob er gerade etwas ausgeplaudert hatte, was nicht für das gewöhnliche Publikum bestimmt war.

»Im Tresor, da simmer aber beruischt, nidd dat noch einer den olle Zeh von de Afra mitnehme dut.«

Offensichtlich bereitete es ihr Vergnügen, den Alten zu foppen.

Doch Gruber vermied es stoisch, auf ihre hämische Bemerkung einzugehen, und fuhr mit seinen Erläuterungen fort.

»Wir gedenken der heiligen Afra an jedem 7. August. Vieles im Dom ist mit diesem Tag verbunden. Am 7.8.1106 starb Heinrich der IV. Sein Sarg musste wegen des über ihn verhängten Kirchenbanns genau fünf Jahre lang in dieser damals noch ungeweihten Kapelle abgestellt werden. Nach seiner Rehabilitation durch Papst Paschalis II. wurde er am 7.8.1111 hier in unserer Krypta beigesetzt. Just an diesem Tag verlieh sein Nachfolger Heinrich der V. – der übrigens am 7.8.1081 geboren wurde – der Stadt Speyer umfassende Privilegien.«

»Und wat hat se denn jemacht dafür, Ihre heilige Afra, dat man ihr am 7. August jedenkt?«, bohrte eine der Touristinnen neugierig weiter.

André war sich nicht sicher, ob sie das wirklich wissen oder nur den Alten testen wollte.

»Man gedenkt ihres Märtyrertodes – ihrer Verbrennung auf dem Lechfeld bei Augsburg am 7.8.304 im Zuge der Christenverfolgung unter Kaiser Diokletian«, führte Gruber unbeirrt aus.

»Ja leck mich in de Täsch, Sie sinn ja würklich jut beschlachen auf dem Jebiet. Dat muss ich inne schon losse.«

Dabei nickte ihm die Fragerin anerkennend zu.

André hatte Mühe, ein Schmunzeln zu unterdrücken. Kontrastreicher konnte ein Gespräch wohl kaum ablaufen. Dennoch war auch er vom tiefen Wissen des Paters beeindruckt, das er trotz des fortgeschrittenen Alters unglaublich schnell und flüssig zu reproduzieren vermochte. Auch er, dem diese Details bisher nicht bekannt gewesen waren, bedachte den Geistlichen mit einem bewundernden Blick.

»Isch könnt Ihne noch stundenlang zuhöre, aber wir müssen jetzt los«, sagte die eine der beiden und wandte sich zur Tür.

»Mal sehe, ob der Jeck, der uns jetzt durch de Stadt föhre will, jenau so vill Ohnung hat wie Sie«, fügte die andere hinzu und folgte ihrer Freundin.

André stöhnte innerlich auf und lief ihnen mit einigem Abstand und einem gewissen Verdacht hinterher.

✳

Seine Mutmaßung war berechtigt gewesen. Natürlich gehörten die zwei seiner Gruppe an. Und was noch schlimmer war, alle in diesem Kegelclub waren vom gleichen Kaliber: schwatzhaft, neugierig und mit beispiellosem universellen Dilettantismus gesegnet.

Doch irgendwie war das alles an ihm abgeprallt. Er hatte die Führung stoisch und professionell absolviert und nur eines im Kopf gehabt: den Hausbesuch bei der Witwe des Hobbyholzfällers.

Er hatte sich gut darauf vorbereitet. Er war im Netz auf einer jener Webseiten, auf der man Schulfreunde wiederfinden konnte, fündig geworden. Bernhard Blechberger, wie das Opfer hieß, hatte zwei Klassen unter ihm das Friedrich-Magnus-Schwerd-Gymnasium in Speyer besucht. Damit hatte er den Anknüpfungspunkt, den er brauchte, um den

Besuch zu rechtfertigen. Zum Glück gab es im Telefonbuch nur einen Anschluss, der zum Opfer passte: Bernhard und Ute Blechberger. Da der angebliche Unfall erst vor einem halben Jahr stattgefunden hatte, war die Wahrscheinlichkeit groß, die Witwe noch unter der angegebenen Telefonnummer und Adresse zu finden. Heute Morgen, bevor er aus dem Haus gegangen war, hatte er mit ihr telefoniert und einen verspäteten Kondolenzbesuch angekündigt.

Nun stand er vor der Tür des Reihenhauses am Mittelsteg in der Speyerer Altstadt.

Schon von außen sah man dem Haus das Fehlen des Hausherrn an. Die Betonpalisaden vor der kleinen Terrasse am Eingang zierten Balkonkästen, aus denen in den Winternächten erfrorene Geranienreste ragten. Das Herbstlaub türmte sich noch in den Ecken des Freisitzes.

Trotz allen Tatendrangs hatte André ein flaues Gefühl im Magen. Sich bei einer trauernden Witwe unter Vorgabe falscher Tatsachen einzuschleichen, erschien ihm reichlich pietätlos. Doch es musste sein, schließlich diente es einer guten Sache. Sicherlich war es auch in ihrem Interesse, dass der mögliche Mörder ihres Mannes entlarvt wurde und seine gerechte Strafe erhielt.

»Guten Tag, mein Name ist André Sartorius, ich habe vorhin bei Ihnen angerufen«, begrüßte er Frau Blechberger.

»Ja, ganz recht, kommen Sie rein.«

André trat durch die Tür in einen schmalen Flur, der in einen offenen Wohn- und Esszimmerbereich mündete.

Sie bot ihm einen Platz an und bereitete ihnen einen Espresso zu, bevor sie sich ihm gegenübersetzte.

»Wenn ich ehrlich bin, war ich heute Morgen eher skeptisch, als Sie anriefen. Zunächst hatte ich mich entschieden, Ihnen nicht aufzumachen«, begann sie das Gespräch und lächelte gequält.

Die Trauer und das Leid der letzten Monate waren ihr förmlich ins Gesicht geschrieben. Ihr dunkel gefärbtes Haar war herausgewachsen, ihre zartblauen Augen wirkten freudlos, ihr Teint war bleich und ihr Profil auffällig spitz, als hätte sie in den letzten Monaten in einem beachtlichen Umfang Gewicht verloren. Obwohl er sie nicht kannte, rührte ihn an, was er sah.

»Ich gestehe, ich hab nach Ihnen gegoogelt. Dabei habe ich gesehen, dass Sie wirklich mit ihm aufs Gymnasium gegangen und jetzt Stadtführer sind«, nahm sie den Gesprächsfaden wieder auf.

André nickte. Das war knapp. Wie gut, dass er diesen überprüfbaren Aufhänger gewählt hatte. Auch wenn er, offen gestanden, keinerlei Erinnerung an Bernhard Blechberger aus der Schulzeit hatte, was bei einem Altersunterschied von zwei Klassenstufen nicht verwunderlich war, war es wenigstens eine halbwegs gute Eintrittskarte gewesen.

»So ist es«, erwiderte er.

»Wie kommt es, dass mir Bernd nie von Ihnen erzählt hat?«

»Na ja, es ist typisch für eine Stadt wie Speyer. Man geht zusammen zur Schule, trifft sich beim Sport oder sonstigen Aktivitäten, sieht sich regelmäßig in der Innenstadt et cetera. Und wenn dann etwas passiert wie bei Ihrem Mann, wird man sich erst bewusst, dass man einen langjährigen Weggefährten verloren hat.«

Sie nickte, und André konnte beobachten, wie ihre Augen feucht wurden.

»Leider war ich im Ausland, als es passierte. Deshalb konnte ich mich nicht angemessen von ihm verabschieden. Ich möchte, dass Sie das für die Grabpflege verwenden«, sagte er und schob ihr einen Umschlag zu.

»Danke, Bernd würde sich bestimmt darüber freuen, dass Sie an ihn denken«, hauchte sie.

André hatte das Gefühl, als würde sich ihm das schlechte Gewissen wie zwei kalte Hände auf die Schultern legen. Doch es gab kein Zurück mehr.

»Die letzten Monate müssen sehr hart für Sie gewesen sein.«

»Nicht nur die letzten Monate. Ich denke, das waren die letzten fünf Jahre schon.«

»Wieso?«, fragte er erstaunt.

»Na ja, ich meine die Sache mit dem Chemieunfall. Sie wissen schon.«

»Ja, natürlich, Bernhard hat mir davon erzählt«, log er.

Sie lachte auf. »Entschuldigung, dass ich lache, aber ich wundere mich gerade, dass Sie meinen Mann Bernhard nennen. Nur seine Eltern tun das.«

André spürte, wie sich ein Hitzeschwall in ihm ausbreitete. War er etwa gerade dabei, sich zu verraten?

»In unseren Kindertagen haben sich wohl noch seine Eltern mit dem echten Taufnamen durchgesetzt. Später waren es eher unsere Klassenkameraden, die die Kurzform ›Bernd‹ bevorzugten. Es war so was wie ein Running Gag unter uns beiden, dass ich ihn immer mit dem vollen Vornamen angesprochen habe.«

»Verstehe, da müssen Sie sich ja wirklich gut gekannt haben.«

André nickte. Es fiel ihm schwer, die arme Frau dermaßen zu belügen.

»Trotzdem war mir nicht bewusst, dass ihn die Sache mit dem Chemieunfall so belastet hat«, knüpfte er an ihre Ausführungen an.

»Er hat nicht viel darüber gesprochen. Es war sehr hart für ihn. Er hatte jahrelang von der Geschäftsführung der

Pfalztech verlangt, Geld in den aus seiner Sicht mangelnden Grundwasserschutz zu investieren. Er bekam immer nur Absagen. Man warf ihm Ängstlichkeit und den verschwenderischen Umgang mit den Mitteln der Firma vor. Dann, als es passiert war, war alles genau andersherum. Nun war es das Unternehmen, das sich von ihm distanzierte. Die gleichen Leute, die ihm vorher die nötigen Investitionen verweigert hatten, bezichtigten ihn nun des Leichtsinns und klagten gegen ihn. Das hat ihn kaputtgemacht. Er kam damit nicht zurecht. Diese vielen Lügen haben ihn das Vertrauen in seine Mitmenschen verlieren lassen.«

»Verstehe!«, brummte André.

»Auch der Richter, ein bösartiger, harter Hund, hat auf ihm herumgehackt, ihn für die Medien zum Abschuss freigegeben. Dass er in zweiter Instanz freigesprochen wurde, interessierte am Ende niemanden mehr. Er war für alle Zeit gebrandmarkt. Irgendein Spinner hat sogar ›Umweltsau‹ an unsere Hauswand gesprüht.«

André verzog schmerzvoll das Gesicht. Die Geschichte der Frau ging ihm nahe.

»Wissen Sie, so schön unser Speyer auch ist, es ist zu klein, um unterzutauchen. Jeder kennt jeden, und mein Mann war gesellschaftlich erledigt. Selbst aus dem Lions-Club musste er sich zurückziehen.«

»Das alles war mir nicht bewusst.«

»Zuletzt war er ein gebrochener Mann – arbeitslos, ohne Hoffnung und völlig verbittert. Nur noch einsam im Wald beim Holzschlagen fühlte er sich wohl. Er hat die ganze Reihenhausanlage mit Brennholz versorgt.«

»Dann war er wohl auch sehr versiert darin, mit der Säge umzugehen?«

»Ja, das war er. Ich verstehe bis heute nicht, wie das passieren konnte. Er war ein Mensch, bei dem es Spaß machte, ihm beim Arbeiten zuzusehen. Alles, was er tat, führte er mit Hingabe und Überlegung aus. Er war durch und durch ein Ingenieur. Manchmal frage ich mich, ob er sich absichtlich ein Ende gesetzt hat. Aber dann denke ich mir, dass er das doch bestimmt anders angestellt hätte. Schließlich war er Verfahrenstechniker, da hätte er doch bestimmt eine weniger schmerzhafte Art gefunden, sein Leben zu beenden, wenn Sie wissen, was ich meine.«

André nickte. »Wenn er so routiniert war, hatte er dann keine Schutzkleidung? Es gibt doch diese Sicherheitshosen für die Arbeit mit der Kettensäge?«

Frau Blechberger schluchzte laut auf. »Doch, die hatte er, aber ich …« Tränen überströmten ihr fahles Gesicht.

André wollte nicht weiter in sie dringen und schwieg.

»… ich hatte vergessen, sie nach dem Waschen in den Trockner zu tun, deshalb zog er an diesem Tag eine normale Arbeitshose an. Ich bin schuld. Ich allein trage die Verantwortung, dass es passiert ist«, platzte es hemmungslos aus Ute Blechberger heraus. Dicke Tränentropfen rollten über ihre Wangen.

ERWACHEN

Freitag, 23. März 2018, 12.35 Uhr

Die Finger der rechten Hand, aus der ein mit Heftpflaster fixierter Infusionsschlauch ragte, bewegten sich zitternd. Sie ertasteten das steif gestärkte Laken mit dem vom vielen Waschen verblassten Aufdruck »Azienda Sanitaria dell'Alto Adige«.

Der Primar der Abteilung für Intensivmedizin und Anästhesie Professor Doktor Alfred Passeiner und der Stationsarzt Doktor Giovanni Cavaliere standen am Fußende des Bettes und blickten abwechselnd auf ihren Patienten und den Bildschirm über dem Kopfende, auf dem verschiedenfarbige rhythmisch gezackte Linien flimmerten.

Die Lider flatterten, seine Zunge vollführte hektische Bewegungen im ausgetrockneten Mund. Unaufgefordert benetzte ihm die Schwester mit einem Wattestäbchen die Lippen mit Wasser.

Sein Mund öffnete sich, als wollte er etwas sagen. Passeiner warf Cavaliere einen vielsagenden Blick zu.

Das Erste, was seine Lippen verließ, war nur ein Röcheln. Seinen Hals zierte die dick verpflasterte Wunde von der Intubation. Erst vorgestern, als er unvermittelt wieder eigenständig zu atmen begonnen hatte, hatte man den Beatmungsschlauch entfernt. Trotzdem schien ihn die malträtierte Luftröhre daran zu hindern, klare Worte zu formen.

Wieder vergingen fünf stumme Minuten. Dann plötzlich stöhnte er ein heiseres, kaum hörbares »Wo?«.

»Sie sind im Meraner Krankenhaus, es geht Ihnen besser, machen Sie sich keine Sorgen«, antwortete ihm der Primar mit sonorer Stimme und einem Anflug des charakteristisch knarzigen Südtiroler Dialekts.

*

André saß derweil mit Irina in der Küche. Er fühlte sich durch den Besuch bei Frau Blechberger bestätigt. Ein Mann, den die ganze Welt wegen eines Unfalls, den er höchstwahrscheinlich nicht zu verantworten hatte, für einen Verbrecher hielt, und ein Unglücksfall im Wald, an den nicht einmal seine Frau glaubte.

Er suchte nun nach einer weiteren Bestätigung, dann würde er Achill einweihen. Er hoffte, der würde ihm Glauben schenken. Schließlich waren die Auffälligkeiten, die er herausgearbeitet hatte, mittlerweile erdrückend.

André hatte den ganzen Vormittag mit Irina herumgerätselt, wie sie es schaffen könnten, an die Witwe des Brandopfers heranzukommen. Dummerweise würde er heute mit der gestrigen Masche nicht durchkommen. Er hatte alles gründlich im Internet recherchiert. Das Opfer war in Münster geboren, hatte dort Kindheit und Jugend verbracht und studiert. Vor rund zehn Jahren war er mit seiner Frau wegen eines beruflichen Wechsels ans Krebsforschungszentrum Heidelberg nach Speyer gezogen. Deshalb schied es aus, der Ehefrau eine Jugendbekanntschaft oder Ähnliches vorzugaukeln.

Sie waren auf eine andere Idee gekommen, die allerdings auf wackeligen Füßen stand und die sie nur zusammen bewältigen konnten.

Irina schien voll und ganz in ihrem Element. Sie liebte es, sich verschwörerisch auf eine gemeinsame Aktion vorzubereiten und ihm zu beweisen, dass sie ihm in Tatkraft und Schläue nicht nachstand.

Sie machten sich dabei die besondere Geschichte der Pfalz zunutze. Aus früheren Zeiten, in denen die Pfalz noch zu Bayern gehörte, hatte bis 1994 das Prinzip der Monopolversicherung überdauert. Das bedeutete, dass bis 1994 jede Immobilie der Stadt bei der Bayerischen Landesbrandversicherungsanstalt versichert sein musste. Danach wurden bestehende Verträge von der Bayerischen Versicherungskammer einfach weitergeführt. Obwohl ein Versicherungswechsel ab diesem Zeitpunkt möglich war, waren viele Versicherungsnehmer zu bequem dafür gewesen und ließen die Altpolicen einfach weiterlaufen. Da bei einem Immobilienverkauf die Policen zunächst automatisch auf den Käufer übergingen, erfolgte selbst dann meist keine Änderung. Insofern konnte man mit 80-prozentiger Wahrscheinlichkeit davon ausgehen, dass eine ältere Immobilie noch immer dort abgesichert war.

»Grüß Gott, Moser, Bayerische Versicherungskammer München«, flötete Irina mit angedeutetem bayerischem Dialekt ins Telefon.

André beobachtete sie grinsend.

»Guten Tag – äh – grüß Gott«, erwiderte die weibliche Stimme am anderen Ende der Leitung.

»Spreche ich mit Frau Bärbel Habermehl aus Speyer, Mausbergweg 94?«, fuhr Irina in einem etwas gehetzten geschäftsmäßigen Ton fort, so als hätte sie Hunderte solcher Telefonate an diesem Tag zu erledigen.

»Ja, um was geht es?«

»Mein Arbeitgeber, die Bayerische Versicherungskammer, hat sich entschieden, die Schadensituation an Ihrem Haus bezüglich des Brandschadens aus dem letzten Jahr einer Nachprüfung zu unterziehen.«

»Wie, das verstehe ich nicht. Es war doch alles so weit

abgeschlossen, und Ihre Versicherung hat den Schaden bereits bezahlt. Wieso …?«

»Reine Routine!«, unterbrach sie Irina.

André hob lächelnd den Daumen. Die erste Klippe schien gemeistert. Sie war tatsächlich noch bei der Bayerischen Versicherungskammer versichert.

»Es ist üblich, dass unsere hausinterne Revisionsabteilung bei jedem 20. Fall die Schadensfrage noch einmal überprüfen lässt.«

»Überprüfen lässt?«

»Ja, zum Zwecke dieses Qualitätsaudits beauftragen wir in der Regel einen unabhängigen örtlichen Schadensspezialisten.«

»Verstehe. Das heißt, ich muss im Zweifel damit rechnen, dass Sie das ausbezahlte Geld zurückfordern?«

»Nein, keine Sorge, dieses Audit erfolgt rein zur Qualitätssicherung unserer internen Abläufe und zur Prüfung, ob wir nicht einen Dritten in Regress nehmen können.«

»Aha«, schnaubte Bärbel Habermehl, die von den schnell dahingeflöteten Worten Irinas überfordert wirkte.

»Da Sie jetzt offensichtlich zu Hause anzutreffen sind, werde ich unseren Schadensauditor bitten, Sie gleich zu besuchen, dann haben Sie es hinter sich. Ich gehe davon aus, dass unser Auditor, Herr Ewald Mayer, dann bis spätestens 14.00 Uhr bei Ihnen sein kann. Er wird sich mit einem Bestallungsschreiben unseres Hauses ausweisen.«

Frau Habermehl schluckte hörbar. Noch bevor sie etwas sagen konnte, setzte Irina ihren Wortschwall fort. »Danke für Ihr Verständnis, Sie haben uns sehr geholfen.«

Sie drückte hastig den Auflegen-Knopf des kabellosen Festnetztelefons.

»Boah, das war knapp!«, stieß sie atemlos hervor und blies die Backen auf.

André lachte. »Was für ein raffiniertes Luder du doch bist: Qualitätssicherung, Schadensauditor, Bestallungsschreiben ...«

Irina lachte. »Wer kann, der kann. Dieses Bullshitbingo mit geschraubten Fachbegriffen muss ich mir jeden Tag an der Uni von den Herren Professoren anhören.«

André schüttelte den Kopf. »Ich muss gestehen, das war eine beeindruckende Vorstellung. Und wo du dir den leicht bayerischen Einschlag abgeschaut hast, weiß ich auch nicht.«

Irina lachte erneut, und ihre sonst so bleichen Wangen glühten rosig. »Ist eben gut, wenn man eine bayerische Kommilitonin hat.«

»Nicht schlecht. Ich denke, ich muss mich künftig noch mehr vor dir in Acht nehmen.« Er klopfte ihr anerkennend auf die Schulter.

»Nun bist du dran, alter Mann. Enttäusch mich nicht. Wer den Ball so auf den Elfmeterpunkt serviert kriegt, muss das Ding sicher reinmachen.«

Es war genau 14.00 Uhr, als André im seriösen dunklen Anzug und mit Aktentasche am Reihenendhaus im Speyerer Mausbergweg klingelte. Sie hatten alles minutiös vorbereitet. Frau Habermehl hatte kaum Chancen gehabt, in der halben Stunde, die ihr geblieben war und die überdies in der Mittagspause lag, tiefer zu recherchieren oder einen möglichen Ansprechpartner bei der Versicherungsgesellschaft zu erreichen. Zusätzlich hatte Irina mit Logo und weiteren graphischen Elementen, die sie von der Website der Versicherung herauskopiert hatte, ein Bestallungsschreiben zusammengezimmert, das wenigstens auf den ersten Blick glaubwürdig erschien.

Es öffnete ihm eine Frau Mitte 50. Sie war groß und schlank, mit grau meliertem Haar und markanten Gesichtszügen. Sie erinnerte ihn an die Schauspielerin Adele Neuhauser, die im Wiener »Tatort« die Kommissarin Bibi Fellner verkörperte.

Sie musterte ihn zunächst stumm von Kopf bis Fuß.

»Guten Tag, mein Name ist Ewald Mayer. Ich bin der Ihnen angekündigte Schadensauditor der Bayerischen Versicherungskammer.«

»Aha«, erwiderte sie mit skeptischem Blick.

Unaufgefordert kramte er das avisierte Schriftstück aus der Aktentasche und hielt es ihr hin.

»Ich hoffe nicht, dass Sie in der Sache rühren, um mir die Entschädigung wieder abzunehmen. Ich kann Ihnen gleich sagen: Bei mir ist nichts zu holen. Das Geld ist in die Sanierung des Hauses geflossen, in das ich gerade erst vor vier Wochen wieder einziehen konnte. Sonst hab ich nicht viel, seit mein Mann …«

»Keine Sorge. Keiner will Ihnen etwas abnehmen. Wir wollen nur untersuchen, ob wir einen möglichen Fremdverursacher in Regress nehmen können.«

»Na, dann kommen Sie mal rein und versuchen Sie das, was die Polizei nicht hingekriegt hat«, sagte sie desillusioniert mit leichtem Kopfschütteln und ging voraus ins Haus.

Sie setzten sich an den runden Esszimmertisch, und André packte einen Lageplan des Anwesens aus, den er sich vorher, um wenigstens so etwas wie eine Fallakte anzutäuschen, aus dem Online-Kataster im Internet ausgedruckt hatte.

»Mich würde zuerst Ihre Sicht auf die Angelegenheit interessieren. Wie kam es denn zu dem Brand in Ihrem Gebäude?«

Da André keinerlei Ahnung hatte, was eigentlich passiert war und wie der Hausherr konkret ums Leben gekommen war, war es unerlässlich, sich zunächst einen groben Überblick zu verschaffen.

»Meine Sicht! Wie originell. Dafür haben sich die Polizei und Ihre Versicherung bisher nicht interessiert.«

André kommentierte die kleine Spitze nicht und schaute sie erwartungsvoll an.

»Ich habe überhaupt keine Sicht. Ich war an jenem Abend nicht zu Hause. Ich habe an diesem Tag meine Schwester in Münster besucht. Mein Mann hat in seinem Arbeitszimmer im Keller gesessen und wie immer irgendwelche Unterlagen aus dem Institut studiert oder in langweiligen Fachbüchern gelesen. So wie er es fast in jeder freien Minute getan hat. Dann ist es zu dieser unseligen Verpuffung gekommen, und die Papierberge um ihn herum sind in Flammen aufgegangen. Durch die Explosion war er wohl ohnmächtig geworden. Rauchgase und Feuer haben ihm den Rest gegeben. Da die Stahltür im Raum geschlossen war, ist das Haus überwiegend verschont geblieben und Ihr Laden hat eine Menge Geld gespart. Fehlt Ihnen noch was?«

Der offen zur Schau gestellte Unmut der Frau verunsicherte André. Er musste sich vorsehen. Nur ein Fehler oder eine Taktlosigkeit und sie würde ihn hochkant rauswerfen.

»Die Brandsachverständigen der Feuerwehr haben das Unglück einer Gasexplosion zugeschrieben. Teilen Sie diese Auffassung?«

»Was spielt das für eine Rolle, ob ich das teile oder nicht. Fakt ist, dass durch den Raum an der Decke eine Gasleitung verläuft, die die Heizung im Nebenraum mit Gas versorgt. Sie war jahrelang dicht. Warum sie undicht geworden sein sollte, weiß ich nicht. Im Übrigen ist mein Mann Naturwissenschaftler. Gasgeruch hätte er eigentlich wahrnehmen müssen, wenn er nicht über den Büchern eingeschlafen ist. Was nicht selten passiert ist.«

»Aha, verstehe«, antwortete André, unsicher, wie er weiter vorgehen sollte. »War Ihr Mann beliebt oder hatte er Feinde?«

Frau Habermehl lachte laut auf und blickte dabei grimmig. Das heftige Lachen und der unpassende Gesichtsausdruck dazu verliehen ihrem Verhalten einen psychopathischen Touch.

»Er und beliebt, dass ich nicht lache. Er war ein Nerd, der nur die Arbeit kannte. Er lief der fixen Idee hinterher, ein Heilmittel gegen Krebs zu erforschen. Dieser Vision, wie er es nannte, hat er alles geopfert. Kollegialität, Freunde und auch unsere Ehe. Die Polizei hat mich gefragt, ob er ein Verhältnis gehabt hat. Der hätte es noch nicht einmal bemerkt, wenn neben ihm Marilyn Monroe und Heidi Klum gleichzeitig gesessen hätten. Trotzdem haben die Bullen am Anfang so getan, als wollten sie mir seinen Tod in die Schuhe schieben.«

»Mmh«, brummte André unschlüssig. »Wie meinen Sie das mit den Kollegen? Hat man seine Arbeit nicht anerkannt?«

Wieder wieherte die Frau vor ihm hysterisch auf. »Anerkannt, Sie sind lustig! Die Leute in seiner Abteilung haben ihn gehasst, weil er ein Streber und Einzelgänger war, der niemanden neben sich ertragen oder gar mit einbezogen hat. Und den Vorgesetzten war er unheimlich, weil er sich nicht an Regeln gehalten und sie ständig in Erklärungsnot gebracht hat.«

»Erklärungsnot? Wie meinen Sie das?«

»Er hat einzig nach dem geforscht, was ihn interessiert hat. Dabei waren ihm ihre Anweisungen und Bestimmungen egal. Grenzen hat er nie akzeptiert. Wie hat er immer gesagt: Der gute Zweck heiligt jedes Mittel.«

»Und wieso war sein Chef deshalb in Erklärungsnot?«

Frau Habermehl legte ihre Stirn in Falten und stöhnte leise auf. »Sie gefallen mir. Sie sind ganz schön begriffsstutzig für einen, wie nannten Sie sich noch, Schadensauditor. Schon mal was davon gehört, dass in Deutschland die Forschung an embryonalen Stammzellen grundsätzlich verboten ist und nur gegen strenge Auflagen im Einzelfall genehmigt wird?«

André nickte nur. Er wollte den Redefluss der Frau nicht unterbrechen.

»Seine Vorgesetzten im Institut sind gar nicht schnell genug nachgekommen, das genehmigen zu lassen, was mein Mann angestellt hat. Er hat in jedem Lebensbereich eine Horde Idioten um sich gebraucht, die hinter ihm die Trümmer beseitigt haben. Er war ein ausgesprochener Soziopath. Ihm war es völlig egal, wenn er andere in Verlegenheit gebracht hat. Lange hätten die ihn am Institut nicht mehr halten können. Alle möglichen Typen von Ethikverbänden und Kirchen waren schon auf ihn aufmerksam geworden. In ihren Kreisen galt er als amoralisch.«

André schluckte. »War er Bedrohungen ausgesetzt?«

Wieder lachte Frau Habermehl auf. »Solche Leute drohen nicht. Sie mahnen und appellieren oder klagen vor Gerichten, die Jahrzehnte brauchen, um Urteile zu sprechen.«

»Und wie sehen Sie das selbst?«, fragte André etwas abwesend.

»Sie sind mir aber ein komischer Vogel. Ich dachte, Sie wollen die Schadensregulierung überprüfen und nicht unsere Ehe. Sagen wir so, ich wusste wenigstens, warum er das tat. Seit ihm seine jüngere Schwester mit Leukämie unter den Händen weggestorben ist, hat sich bei ihm ein Schalter umgelegt. Er war nie mehr der Alte. Aus dem sanften, zärtlichen Mann war mit einem Mal ein Fanatiker geworden, der sich bis zum Exzess in seine Mission steigerte.«

»Entschuldigen Sie!«, sagte André mit ernstem Gesicht und machte eine Pause. Er war mit seinen Fragen zu weit gegangen. Sein Verhalten war unmoralisch. »Ich lasse Sie gleich in Ruhe«, versuchte er, sie zu besänftigen. »Wenn ich nur noch einen Blick in den Kellerraum werfen dürfte. Wie Sie sagten, ist er ja bereits wieder instandgesetzt.«

Frau Habermehl schürzte die Lippen und legte die Stirn in Falten. »Wenn es sein muss. Bevor mir euer Laden noch jemanden auf die Pelle hetzt.«

Wortlos erhob sie sich und ging zum Treppenabgang. Er folgte ihr schweigend, bis sie unten in einer kleinen Diele standen, von der zwei neue Brandschutztüren abzweigten.

Sie öffnete die linke davon und trat mit ihm in einen niedrigen Raum, in dem es aufdringlich nach frischer Farbe roch. Außer ein paar Putzutensilien und angebrochenen Farbeimern, die wohl die Maler zurückgelassen hatten, war er leer.

»Von den Büchern und Papieren, dem PC und der Einrichtung war nichts mehr zu gebrauchen. Aber das müssten Sie ja auch in Ihrer Akte gelesen haben.«

»Ja, ganz recht«, erwiderte André rasch und wies auf ein Rohr an der Decke, das quer durch den Raum verlief. »Und das ist das besagte Gasrohr?«

»Ja, und an der Verschraubung hier war es wohl undicht«, antwortete sie schwermütig.

André ließ den Blick durch den Raum schweifen. »Und dieses Fenster war wohl auch durch die Verpuffung herausgeflogen?«

»So ist es. Zum Glück war es nur eine leichte Verpuffung, sonst hätte Ihre Versicherung außer dem Fenster und einer nach außen gebeulten Stahltür noch das Haus darüber bezahlen müssen.«

André nickte. Er hatte genug gehört und gesehen und

wollte nur noch weg. Zu peinlich war ihm die Angelegenheit geworden.

»Okay, dann sage ich schon mal vielen Dank für Ihre Kooperation«, beendete er den Rundgang und wandte sich Richtung Tür.

Wieder lachte sie auf und schüttelte den Kopf. »Und woran sehen Sie jetzt, dass die Schadensregulierung ordnungsgemäß abgelaufen ist?«

»Na ja, ich kann das in Augenschein Genommene mit der Akte abgleichen und bestätigen, dass die Wiederherstellung in einem maßvollen Umfang erfolgt ist.«

»Na dann«, sagte sie kopfschüttelnd und begleitete ihn zur Wohnungstür.

UNVERSTÄNDNIS

Freitag, 23. März 2018, 15.15 Uhr

André hatte nicht lange gezögert. Ein Anruf bei Achill und schon saß er im Auto. Er hatte Glück. Sein Freund war gerade im Außeneinsatz und statt im Präsidium in Ludwigshafen, seinem eigentlichen Arbeitsplatz, in der Speyerer Polizeidirektion auf der Maximilianstraße anzutreffen.

Achill war über Andrés Atemlosigkeit überrascht. Als er ihm erklärt hatte, dass er hinter das Geheimnis des Zeitungsschnipsels und des Mordes an Born gekommen war, schien er sehr interessiert und hatte einem sofortigen Treffen zugestimmt.

So saßen sie sich nun in einem kargen Verhörraum, wie ihn Achill genannt hatte, an einem abgeschabten Resopaltisch gegenüber.

André hatte zunächst berichtet, wie er auf den Artikel im »L'Osservatore Romano« gestoßen war und wie er sich schließlich die Zeitungsausgabe besorgt hatte. Er verschwieg dabei, dass es einen zweiten Zettel in Swetlanas Auto gegeben hatte. Er wollte diese Karte nur ausspielen, wenn es zwingend erforderlich war. Umgekehrt hatte er sich vorgenommen, wenn er Achill erst einmal von seiner Theorie überzeugt hatte, ihn zu fragen, ob denn bei den anderen Morden auch solche mysteriösen Botschaften aufgetaucht waren.

Achill hatte zwar über die, wie er es nannte, »gewaltige Transferleistung« beim Auffinden des Zeitungsartikels gestutzt, traute aber André wohl geradezu übermenschliche Fähigkeiten bei Recherchen dieser Art zu.

»Gut, demnach könnte der Mord an Born auf das Konto eines mysteriösen, religiös angehauchten Rächers gehen. Jetzt müssen wir nur noch herausfinden, wer von den betrogenen Handwerkern eine dermaßen große Nähe zur Kirche hat.«

André schluckte. Offensichtlich schien Achill die größere Tragweite des Verbrechens noch nicht realisiert zu haben.

»Frank, ich glaube nicht, dass der Mörder im Umfeld von Born zu suchen ist. Oder sagen wir so, es wäre eher Zufall.«

Achill blickte verwirrt auf. »Wie, wo sonst? Es wird doch wohl kaum ein unbeteiligter Dritter einfach mal einen habgierigen Baulöwen vom Balkon stoßen?«

»Doch, genau das denke ich.«

»Ich kann deinen Gedankengängen gerade nicht folgen. Warum sollte eine Person, die keine Verbindung zu ihm hat, so etwas tun?«

»Weil sie davon irgendwoher gehört hat und sich als Richter oder Racheengel aufspielt.«

»Aha, und woran machst du das fest?«

»Weil der Mord an Born Teil eines großen Ganzen ist.«

»Wie? Du meinst, er wird weitere Morde begehen?«

»Ja, möglicherweise wird er die Serie fortsetzen.«

»Serie? Ich glaube, du übertreibst.«

»Wenn meine Recherchen stimmen, ist der Mord an Born bereits Nummer fünf.«

»Halt, stopp, du willst mich gerade hochnehmen, du Schurke.« Achill lachte unsicher.

»Nein, leider nicht. Es gibt vier vollendete und einen versuchten Mord, die auf sein Konto gehen.«

»Soso, es gibt also eine ganze Mordserie, von der die Trottel von der Polizei wieder mal nichts mitgekriegt haben! Und wie viele sollen es insgesamt werden?«

»Sieben!«

»Sieben?«, spie Achill förmlich aus.

»Ja, er wird nicht eher ruhen, bis er alle sieben sozialen Sünden mindestens einmal gerächt hat.«

»Mindestens – mindestens sieben? Du bist wohl heute Nacht vorm Fernseher eingeschlafen? Wir sind doch nicht in diesem amerikanischen Thriller mit den sieben Todsünden.«

»Nein, sind wir nicht. Wir sind hier in Speyer und haben es mit sieben sozialen Sünden zu tun«, erwiderte André, der gerade wenig Verständnis für die Begriffsstutzigkeit seines Freundes hatte.

»Dann schieß mal los und erzähl mir was von den Morden, von denen ich nichts weiß.«

André griff in die Brusttasche seines Sakkos und holte die Tabelle heraus, die er in den letzten Tagen immer weiter vervollständigt hatte.

Wie ein Skatspieler, der nach und nach alle Trümpfe stolz vor den Gegnern auf den Tisch blättert, trug er nun Achill seine Erkenntnisse vor.

»Erstens: soziale Sünde ›Handel und Konsum von Drogen‹: Am 3.7.2017 wird ein stadtbekannter Drogendealer, dem die Polizei bisher nichts anhaben konnte, von der Stadtmauer am Heidentürmchen gestoßen.

Zweitens: soziale Sünde ›Genmanipulation‹: Am 7.8.2017 wird ein Forscher, der an Stammzellen menschlicher Embryonen geforscht und diese genetisch verändert hat, im Keller seines Hauses verbrannt.

Drittens: soziale Sünde ›Umweltverschmutzung‹: Am 22.9.2017 wird ein Ingenieur, dem die Verantwortung für einen Chemieunfall zugerechnet wird, im Stadtwald mit einer Kettensäge fast entzweigesägt.

Viertens: soziale Sünde ›Abtreibung‹: Am 26.12.2017 wird Swetlana, die einige Monate vorher ein Kind abgetrieben hat, durch den Steinwurf von einer Brücke beinahe getötet.

Fünftens: soziale Sünde ›Profitgier‹: Am …«

Achill hatte die ganze Zeit über geschwiegen. Nur das immer heftiger werdende Trommeln seiner Fingerkuppen auf der Tischplatte und die zunehmende aufflammende Rotfärbung seiner Ohren hatten seine Erregung verraten. Nun richtete er sich auf und unterbrach André harsch.

»Ich wusste, dass du wieder mit diesem Steinwurf

anfängst. Irina steckt dahinter. Sie bringt dich auf diesen Unsinn!«, brauste er entnervt auf.

»Das ist kein Unsinn!«

»Doch, ist es. Glaubst du denn, alle außer dir sind doof? Die von dir aufgezählten angeblichen Morde sind doch alles alte Kamellen. Sie wurden eingehend von uns untersucht und haben sich ausnahmslos als Unfälle oder wie bei Swetlana als gedankenlose Spontantat erwiesen. Merkst du nicht, dass die Sache mit Born ein völlig anderes Muster aufweist? Warum gibt es nur bei Born diesen Zettel und bei den anderen Fällen nicht?«, schrie Achill erregt.

André stockte. Genau das hatte er sich auch schon gefragt. Es war aus seiner Sicht der einzige Schönheitsfehler an seiner Theorie.

»Weil … weil der Täter erst zum Ende hin will, dass die Polizei auf seine Taten aufmerksam wird, oder weil man die Zettel bisher schlichtweg übersehen hat.«

Achill schnaubte wütend. »Aha, jetzt ist es raus. Die dummen Bullen sind also zu blöd, die Tatorte ordentlich abzusuchen und die Beweise zu sichern!«

»Nein, natürlich nicht, bestimmt will er erst am Ende auf sich aufmerksam machen. Ihn verlangt es mehr und mehr nach Publizität. Er will der Öffentlichkeit zeigen, dass er das Recht selbst in die Hand genommen hat, und sich ein Denkmal setzen. Letztlich nimmt er dafür sogar in Kauf, dass er auffliegt.«

»Und warum jetzt erst?«

»Er hat die Sache von Anfang an so geplant. Zunächst musste er vorsichtig sein, damit ihm niemand in die Quere kommt. Aber nun, wo er fast fertig ist, fürchtet er, dass ihr ihm nicht auf die Schliche kommt und sein Werk unentdeckt bleibt.«

»Pass auf, was du jetzt sagst! Du weißt, dass ich keinen

Spaß verstehe, wenn jemand so tut, als liefen bei der Polizei nur Deppen rum!«

»Das behaupte ich doch gar nicht. Mir ist durchaus bewusst, dass er das alles sehr perfide anstellt.«

»Trotzdem sind all diese Fälle von den Kollegen sorgfältig analysiert worden, und es kommt nur bei Swetlana und Born ein Fremdverschulden infrage.«

»Dann muss man sie eben wieder aufrollen.«

»Wieder aufrollen, wieder aufrollen, glaubst du, ich laufe ins Präsidium und sage den Kollegen: ›Hey, ihr seid alle unfähig, und ein Stadtführer hat herausgefunden, dass all eure Ermittlungsergebnisse Bullshit sind?‹«, schrie Achill außer sich.

»Vielleicht etwas diplomatischer, aber so ähnlich«, erwiderte André kleinlaut.

»Ich glaube allmählich, du spinnst. Nimm zum Beispiel den Brand bei diesem Habermehl, mit dem Fall bin ich recht gut vertraut. Glaubst du im Ernst, da bricht jemand unbemerkt ein, präpariert das Gasrohr im Keller, und irgendwann, viele Stunden später, fliegt dem Typen sein Keller um die Ohren?«

»Nein, das glaube ich nicht.«

»Aha, und was glaubt der Herr Stadtführer?«

»Ich glaube eher, das Gas kam von außen. Nur so lässt sich steuern, dass das Opfer auch im Keller ist, wenn es passiert.«

»Wow, du hast also schon eine Theorie. Sagst du mir nun noch, wie die Gasflasche in den Keller kam und wohin sie danach verschwunden ist?«

»Ich denke, er hat das so gemacht wie diese Typen, die die Geldautomaten bei den Banken sprengen. Er hat das Gas mit einem dünnen Schlauch durch das gekippte Fenster oder ein Loch im Rahmen in den Keller geleitet.«

Achill hielt es nun nicht mehr auf dem Stuhl. Er lief mit hochrotem Kopf wie ein zorniges Raubtier im Zimmer auf und ab. »André, ich erwarte, dass du damit aufhörst! Bitte vernichte die Kopien, die ich dir gegeben habe, und vergiss die Sache! Ich bedaure zutiefst, dass ich dich da mit reingezogen habe. Polizeiarbeit ist eben nichts für Zivilisten. Man braucht bei uns Beweise und keine Spekulationen. Und halte Irina da raus! Danke für den Tipp mit Born, und jetzt lass es bitte gut sein!«

André wusste nicht, wie ihm geschah. Rein inhaltlich hatte es sein Freund nicht geschafft, sein Gedankengebäude ins Wanken zu bringen, umso mehr war er über Achills Emotionalität zerknirscht. Es reute ihn, nicht diplomatischer auf ihn zugegangen zu sein. Er hatte auf keinen Fall bei ihm das Gefühl aufkommen lassen wollen, an seiner polizeilichen Kompetenz zu zweifeln. Es war wohl die Euphorie über die eigenen Fortschritte, die ihn hatte undiplomatisch und unbescheiden werden lassen.

»Entschuldige, Frank, wenn das besserwisserisch daherkam. Ich dachte nur …«

»Du dachtest eben nur, die Bullen sind Deppen. Ich weiß, dass jeder in diesem Land denkt, dass er es besser kann als wir.«

Dieser Stachel saß tief. André hatte noch eine Weile versucht, ihn zu beruhigen, doch für heute war die Stimmung ruiniert. Ihm blieb nichts weiter, als Achill zu versprechen, die Finger von jedweden weiteren Ermittlungen zu lassen. Er hoffte inständig, ihre Freundschaft würde an diesem Zwischenfall nicht zerbrechen.

DURCHBRUCH II

Montag, 26. März 2018, 8.35 Uhr

André hatte die letzten Nächte kaum ein Auge zugemacht. Dass er durch seinen sturen Alleingang und den unbedachten Auftritt bei Achill ihre freundschaftliche Basis zerstört haben könnte, belastete ihn schwer. Warum hatte er sich ihm gegenüber nur so deplatziert verhalten und ihm das Gefühl gegeben, er würde seine Kompetenz anzweifeln? Und warum nur hatte er, ohne die Sache gründlich untersucht zu haben, diese völlig undurchdachte Theorie über die von außen herbeigeführte Gasexplosion rausgehauen? Wie schon so häufig hatte bei ihm die Ungeduld, in der Sache Fortschritte zu machen, über Takt und Diplomatie gesiegt. Er hatte sich isoliert. Eine Zusammenarbeit mit der Polizei konnte er vergessen. Trafen seine Befürchtungen zu, stand zwischen dem Mörder und dem nächsten Opfer nur er alleine. Er hatte es verpatzt. Und nun musste er dafür die Suppe auslöffeln.

Wortlos saß er, das Gesicht hinter den Händen verborgen, Irina gegenüber am Küchentisch.

»Mach dich locker, alter Mann! Schließlich bin ich mindestens genauso schuld daran wie du.«

»Du, wieso? Ich war der undiplomatische Trottel, der Frank vergrault hat.«

»Und ich hab dich daran gehindert, das mit Swetlanas Zettel weiterzuerzählen.«

»Wenn schon, ich hätte mich ja nicht dran halten müssen.«

»Dann machen wir eben zu zweit weiter«, sagte Irina trotzig.

»Zu zweit? Du spinnst wohl! Willst du wie Swetlana schwer verletzt im Krankenhaus landen? Der Typ ist brandgefährlich.«

»Chill dich, alter Mann. Wenn wir erst wissen, wie und wo er beim nächsten Mal zuschlägt, können wir immer noch Frank anrufen.«

»Du hast gut reden. Ich weiß nicht mal, wo wir weitermachen sollten. Klar, ich bin mir sicher, dass er hinter den anderen Todesfällen steckt, aber ohne die Kriminaltechniker und den restlichen Polizeiapparat können wir rein gar nichts beweisen. Ganz zu schweigen davon, einen weiteren Mord zu verhindern.«

»Na ja, wir kennen ja wenigstens die Motive für die nächsten beiden Morde.«

»Wie, Motive, wie kommst du darauf?«

»Es bleiben ja nur noch zwei soziale Sünden übrig, die er sühnen könnte.«

»Hmm«, brummte André und zog die zusammengefaltete Tabelle zu sich. »Das wären demnach: ›Missbrauch von Kindern und Jugendlichen‹ und ›exzessiver Reichtum‹.«

Irina schwieg und starrte auf die Tabelle, die sie zu sich herumgedreht hatte.

André schnaubte. »So kommen wir nicht weiter. Beides sind Tatbestände, die in der Regel unter Ausschluss der Öffentlichkeit stattfinden. Wir wissen weder, in welchem Schlafzimmer, Umkleidekabine oder sonst wo irgendein Kinderschänder sein Unwesen treibt, noch kann man in irgendeinem Register nachlesen, wer den höchsten Kontostand in der Region hat. Und selbst wenn, willst du hinfahren und sagen: ›Passen Sie auf sich auf, ein Irrer hat gerade die Jagdsaison für Superreiche eröffnet!‹?«

»Wenn wir wenigstens ein Gefühl dafür hätten, wann er wieder zuschlägt«, sinnierte Irina leise vor sich hin.

Sie nahm die Tabelle in die Hand, folgte der Spalte mit den jeweiligen Tatdaten und begann vorzulesen: »3.5.2017, Absturz, Drogendealer; 7.8.2017, Brand, Genmanipulation …«

»Halt, stopp!«, unterbrach sie André harsch.

»Entschuldigung, ich wollte ja nur …«

»Lies das Letzte noch mal vor!«

Irina lachte. »Wow, der Spürhund hat Fühlung aufgenommen. Also, ich wiederhole: 7.8.2017, Brand bei diesem Genfuzzi.«

»7.8.«, brummte André und rieb sich hektisch das Kinn. »7.8. Das Datum ist mir die letzten Tage schon mal untergekommen. War das nicht …?«

Irina schwieg und beobachtete ihn konzentriert. Sie wusste, dass sie ihn jetzt nicht stören durfte.

»Am 7.8. starb die heilige Afra auf dem Lechfeld den Feuertod.«

Irina schüttelte enttäuscht den Kopf und lachte. »Und Tante Afra Smirnova hat an diesem Tag Namenstag.«

»Verstehst du nicht? Sie verbrannte wie das Opfer am 7.8.«

»Nur mit dem Unterschied, dass es wahrscheinlich schlappe 1.000 Jahre vorher passiert ist. Ich tippe mal, es handelt sich um zwei verschiedene Täter.«

»Es war der 7.8.304, wenn du es genau wissen willst.«

»Oh danke, diese wichtige Information fehlte mir noch, um den Zusammenhang zu begreifen.«

»Ich muss zu Pater Gruber in den Dom«, sagte André abwesend und schaute auf die Armbanduhr. Er schnappte sich, ohne weiter auf Irina einzugehen, die Tabelle, knautschte sie in das Sakko, stand auf und stapfte wie in Trance zur Tür.

»Und vergiss deinen Mantel nicht, alter Mann, draußen hat's höchstens acht Grad!«, rief sie ihm hinterher und lachte kopfschüttelnd.

*

Als André den Dom betrat, war dieser nahezu menschenleer. Die Besucher der Frühmesse hatten ihn bestimmt schon seit einer guten halben Stunde verlassen.

Pater Gruber saß an dem kleinen Tisch vor der Tafel, an der die Gläubigen ihre Gebetsanliegen anheften konnten. Er schien der weinenden älteren Frau vor ihm Trost zu spenden, indem er seine knochigen Hände auf die ihren legte.

André machte kehrt, kurz bevor er in sein Gesichtsfeld kam, und schlug den Weg über den Mittelgang mit Kurs zum Altar ein.

Er setzte sich in eine der hinteren Kirchenbänke und wartete. Am liebsten hätte er sich dicht neben Gruber gepflanzt, damit ihm dieser ja nicht auskam.

Nach fünf Minuten hielt ihn nichts mehr auf der Bank. Er war viel zu aufgeregt, um in innerer Einkehr zu versinken. Rastlos lief er den Hauptgang nach vorne. Immer wieder blickte er in Grubers Richtung, um zu verhindern, dass er ihm entkam, bevor er ihn hätte ansprechen können. Vor den Treppen zum Hauptaltar bog er nach rechts ab und postierte sich nahe dem Abgang zur Krypta. Von hier starrte er ungeduldig ans andere Ende des Kirchenschiffes, wo der Pater noch immer mit der alten Dame redete.

»Kann ich Ihnen helfen?«, fragte ihn unvermittelt der hagere ältere Herr, der vor dem Abgang zur Krypta an einem Tisch saß und den Eintrittspreis für das imposante Kellergewölbe mit den Kaisergräbern kassierte.

»Nein, danke, ich warte hier nur«, stammelte André unsicher, während ihn der Kassierer mit durchdringendem Blick und strengem Gesichtsausdruck musterte.

Als sich endlich die Dame vor Gruber erhob, wendete André und marschierte eiligen Schrittes auf das Tischchen zu.

Der Pater trug ein viel zu langes, abgetragenes graues Sakko. Der kleine dürre Mann schien förmlich darin zu ertrinken.

»Grüß Gott, Herr Sartorius, Sie müssen aber eine große Last in sich tragen, so sehnsüchtig, wie Sie auf mich warten«, kam ihm Gruber schmunzelnd zuvor.

»Ja – das heißt nein. Ich möchte Sie nur um eine Auskunft bitten.«

»Nur zu, wenn ich Ihnen helfen kann, tue ich das gerne. Nehmen Sie Platz an meinem Tisch«, erwiderte er gütig lächelnd.

André setzte sich. »Mir ist noch immer im Ohr, wie Sie mich und die beiden Touristinnen am letzten Freitag über die heilige Afra und ihren Gedenktag aufgeklärt haben. Das war sehr interessant für mich. Sind Sie im Heiligenwesen durchgängig so beschlagen?«

Gruber stutzte. »Leider ist die Hagiografie, oder wie Sie es nennen: das Heiligenwesen, etwas außer Mode. Früher hielt ich dazu sogar Vorlesungen am Missionskonvikt, aber heute gilt das als schwärmerisch und veraltet, als wollte man heute noch Schulkinder mit Märchen unterhalten. Insofern kommt es nur selten vor, dass ich dazu etwas gefragt werde. Trotzdem glaube ich, dass uns die Heiligen mit ihren Werken und ihrem mutigem Eintreten für die gute Sache auch heute noch Orientierung geben können. Gerade an dieser Zivilcourage fehlt es doch in unserer Zeit allzu oft.«

André nickte, unterbrach aber den Wortschwall des Alten nicht.

»Und ob ich durchgängig so beschlagen bin? Dazu kann ich nur sagen: ›Gott behüte!‹ *Durchgängig* würde bedeuten, dass ich alle rund 7.000 Heiligen, Seligen und Märtyrer kennen müsste, die im Martyrologium Romanum verzeichnet sind. Ich denke, das würde einen Greis wie mich, dem das Gedächtnis wie das Wachs einer abbrennenden Osterkerze schwindet, überfordern.«

André nickte und ließ ihn weiterreden.

»Sicher, ich habe mich als Lehrender am damaligen Missionskonvikt Sankt Guido hier in Speyer mein ganzes Arbeitsleben mit den weltlichen Vorbildern unserer Kirche befasst und daran eine gewisse Erbauung gefunden. Vieles, was wir heute als selbstverständlich empfinden, fußt auf dem, was heilige Männer und Frauen in der Geschichte der katholischen Kirche geleistet haben.«

Während Gruber zunehmend in einen pastoralen Vortragston verfiel, ließ André die Fingerkuppen auf der Tischplatte kreisen. Er musste sich bemühen, seine Ungeduld im Zaum zu halten.

»Nehmen Sie zum Beispiel den Grundriss des Doms. Er ist, wie fast bei jeder Kirche, geostet – also nach Osten hin ausgerichtet. Aber ich frage Sie, wie konnte das den Baumeistern im Jahre 1027 gelingen? In einer Zeit, als der Kompass noch lange nicht das christliche Abendland erreicht hatte.«

André vermochte es nur knapp, ein Stöhnen zu unterdrücken. Anstatt die ihn drängenden Fragen platzieren zu können, wurde er von dem Alten gerade abgehört, als sei er ein Missionarsschüler am Konvikt.

»Äh, verzeihen Sie, ich bin gerade etwas überfragt«, antwortete André, in Gedanken versunken.

»Nicht schlimm, das wissen die wenigsten. Eine Theorie, die mir gut gefällt, ist die, dass man die Apsis und den Chor des Doms auf jenen Punkt ausgerichtet hat, an dem am Michaelistag, dem 29.9.1027, die Sonne aufgegangen ist. Sie wissen ja bestimmt, dass der Erzengel Michael auch einer der Schutzpatrone des Speyerer Domes ist.«

»Das wusste ich in der Tat nicht, dann ist also der 29.9. der Gedenktag des heiligen Michael.«

»Ja sicher, früher hat just an diesem Tag auch der Michaelismarkt in Bad Dürkheim begonnen. Heute geht man mit dem Termin etwas großzügiger um.«

André schaute ihn fragend an. Von einem Michaelismarkt in Bad Dürkheim hatte er noch nie etwas gehört.

»Sie kennen den Michaelismarkt wohl besser unter der weltlichen Bezeichnung ›Wurstmarkt‹.«

»Interessant«, brummte André und holte tief Luft, um den Dauervortrag des Paters zu unterbrechen. »Und welches Heiligen wird am 26. Dezember gedacht?«, grätschte er Gruber aus dem Zusammenhang gerissen dazwischen.

»Na, des Erzmärtyrers Stephanus, eines weiteren Schutzpatrons des Doms. Er wurde an diesem Tag zu Tode gesteinigt«, erwiderte Gruber, sichtlich stolz, dass er Andrés Frage, ohne eine Millisekunde nachzudenken, beantworten konnte.

André spürte ein Brennen in sich. Spätestens jetzt war es für ihn besiegelt, dass er mit seiner These richtiglag. Am 26. Dezember hatte der Steinewerfer Swetlanas Auto beworfen. Sein innerer Überschwang ließ jede Hemmung von ihm weichen. Er holte die Tabelle aus dem Jackett und las das nächste Datum. »Und welches Heiligen gedenkt man am 22. Januar?«

Wieder antwortete Gruber, ohne zu zögern. »Man gedenkt der Pfählung des heiligen Anastasius dem Perser, dessen Kopfreliquie wir hier in unserer Katharinenkapelle verwahren.«

André krakelte hektisch »Anastasius« hinter den Eintrag zu Dieter Born, der just an jenem Tag auf dem herausstehenden Moniereisen aufgespießt worden war.

Gruber beobachtete ihn amüsiert. »Wieder so ein Preisrätsel, nehme ich an?«

»Ja, ganz recht«, antwortete André, dankbar, nicht selbst nach einer Ausrede suchen zu müssen. »Ich hoffe, es macht Ihnen nichts aus, mich bei so etwas Profanem zu unterstützen?«

»Nein, natürlich nicht. Es schadet sicher nichts, die alten grauen Zellen etwas anzustrengen. Machen Sie ruhig weiter.«

André ließ die Fingerkuppe wieder eine Zeile nach oben gleiten. »22. September«, erwiderte er und blickte Gruber erwartungsvoll an.

Der Alte lächelte gönnerhaft. »Sankt Emmeran – ihm ist die Taufkapelle des Doms geweiht.«

André trug Sankt Emmeran eilig neben dem Namen Blechberger, dem Kettensägenopfer, ein.

»Und wie starb er?«

»Man ging sehr grausam mit ihm um und zerstückelte ihn, manche behaupten, man hätte ihn entzweigesägt.«

André schluckte. Wie perfide das doch war, was der Täter diesen Menschen angetan hatte.

»Und wessen Gedenktag ist der 3. Mai?«, fragte er unverdrossen weiter.

Wie aus der Pistole geschossen, antwortete der Pater, dem es sichtlich Vergnügen bereitete, André mit seinem Wissen zu verblüffen. »Jakobus der Jüngere – Jesus' Bruder. Ihm ist der zweite Altar von rechts in der Krypta geweiht. Er wurde übrigens von den Tempelmauern gestoßen, falls Sie das auch noch interessiert.«

André befand sich wie in einem Siegestaumel. Dass er dieses Rätsel gelöst hatte, erfüllte ihn mit ehrlichem Stolz.

Mit einem Mal hatte er das System, nach dem der Täter zu Werke ging, verstanden. Der Mörder hatte die Taten strikt nach dem Heiligenkalender der katholischen Kirche ausgerichtet. Oder besser noch, er griff nur auf jene Heiligen zurück, bei denen es Bezüge zum Speyerer Dom gab.

»Gibt es weitere Heilige, die enge Bezüge zum Speyerer Dom aufweisen?«

Pater Gruber lächelte nachsichtig. »Sicher doch. Viele der biblischen Figuren, die Ihnen geläufig sein dürften, wurden im Laufe der Jahrhunderte heiliggesprochen.«

»Hmm«, brummte André, den diese Antwort nicht befriedigte. »Aber von einigen gibt es doch recht enge Bezüge zum Dom. Zum Beispiel die Kopfreliquie von Anastasius oder die Tatsache, dass Stephanus unter anderem ein Schutzpatron des Doms ist und, wie ich weiß, am Westportal als Statue in die Domfassade eingelassen ist. Und Sankt Emmeran ist immerhin die Taufkapelle geweiht.«

»So ist es.« Gruber lächelte anerkennend. »Beschränken wir uns zunächst auf die fünf Schutzpatrone, die in der Figurenreihe über dem Hauptportal dargestellt sind. Dann wären das von links nach rechts: der vorhin schon erwähnte Erzmärtyrer Stephanus, der Erzengel Michael, die Jungfrau Maria, Johannes der Täufer und der heilige Bernhard von Clairvaux.«

André nickte. Wenn der Mörder bald wieder zuzuschlagen gedachte, wäre es unerlässlich zu wissen, wann von den genannten Heiligen der nächste Gedenktag war. Stephanus konnte man von der Liste streichen, da er schon für den Mordversuch an Swetlana herhalten musste. Ebenso den heiligen Michael, dessen Gedenktag, wie der Pater vorhin ausgeführt hatte, der 29.9. war.

»Könnten Sie mir vielleicht die Gedenktage von Maria, Bernhard und Johannes dem Täufer nennen?«

Gruber lächelte. »Sicher kann ich das. Bei der heiligen Mutter Gottes ist das der Neujahrstag, bei Sankt Bernhard der 20. August und bei Johannes dem Täufer der 24. Juni.«

André hatte fleißig notiert. Einerseits war es beruhigend, dass keiner der Erinnerungstage unmittelbar bevorstand. Das würde ihm die nötige Zeit geben, in Ruhe zu ermitteln. Andererseits war der Abstand zwischen den Todesfällen bisher maximal drei Monate gewesen. Vom Mord an Born am 22. Januar bis zum 24. Juni, dem Gedenktag von Johannes dem Täufer, wären es hingegen schlappe fünf Monate.

Dass der Täter, der offenbar höchst planvoll vorging, nun langsamer werden sollte, erschien ihm eher unwahrscheinlich.

»Danke, Sie verfügen über ein unglaubliches Gedächtnis«, sagte André anerkennend.

»Na ja, ich denke, vieles davon ist nur Allgemeinwissen. Wann wir Katholiken der Jungfrau Maria gedenken, weiß selbst heute jeder Firmling.«

André schluckte. Ihm war nicht klar, ob der Alte nur bescheiden tat oder ob er gerade eine Spitze auf André abgefeuert hatte. Weil er dumme Fragen stellte, die jeder Firmling wissen musste. Aber sei's drum, mit solchen Eitelkeiten konnte er sich jetzt nicht abgeben. Er musste das Eisen schmieden, solange es heiß war. Wer wusste schon, wann er wieder die Gelegenheit hatte, mit dem klugen Pater zu sprechen.

»Und von welchen Heiligen gibt es noch Reliquien im Dom?«

Gruber besann sich. »In der Katharinenkapelle werden die Kopfreliquien des heiligen Papstes Stephanus und des heiligen Anastasius verwahrt. Daneben Reliquien der heiligen Elisabeth von Thüringen, von Edith Stein sowie dem Heiligen Pirminius und Guido von Pomposa. Sankt Guido war übrigens auch der Namensgeber des ehemaligen Kollegiatstiftes Sankt Guido auf dem Weidenberg, auf dessen Grundmauern später unser Missionskonvikt gebaut wurde. In dem ...«

»Und wann sind deren Gedenktage?«, unterbrach ihn André, der keine Lust hatte, sich nun schon wieder einen Vortrag über die Historie des Missionskonviktes anzuhören.

»2. August, 22. Januar, 17. November, 9. August, 3. November, 31. März beziehungsweise der 4. Mai«, leierte Gruber etwas lustlos herunter. Offensichtlich hatte er André die rüde Unterbrechung nicht verziehen.

André kam ins Schwitzen, all die Namen mit den zugehörigen Daten zu notieren. Gruber musste ihm zweimal auf die Sprünge helfen.

»Aber hatten wir den heiligen Stephanus nicht vorhin schon als Schutzpatron des Doms mit einem anderen Datum?«, fragte André verwirrt, während sein Blick auf seiner Tabelle haftete.

Gruber lächelte nachsichtig. »Da gibt es schon einen Unterschied. Unser Schutzpatron Stephanus war ein Zeitgenosse von Jesus, Stephanus I. hingegen war einige Jahrhunderte später Bischof von Rom.«

»Und was war mit dem letzten Datum? Was hat das mit diesem ›31. März beziehungsweise 4. Mai‹ auf sich?«

Gruber grinste. Offensichtlich gefiel es ihm, André zappeln zu lassen. »Nun, der allgemeingültige katholische Gedenktag für Sankt Guido ist der 31. März. In den Bistümern Speyer und Worms ist es allerdings der 4. Mai.«

André schluckte. Er fühlte sich gerade von dem Alten überfordert. Mit Mühe nur hatte er alles notieren können. Um es zu ordnen und zu verstehen, würde er einige Zeit brauchen. Eines war ihm jedenfalls schon jetzt bewusst: Der nächstliegende Gedenktag war der von Sankt Guido, nämlich im schlimmsten Fall schon der 31. März. Und der stand unmittelbar bevor. Hektisch schaute er auf die Datumsanzeige seiner Armbanduhr.

»Nur noch fünf Tage, wenn es nach dem allgemeinen Heiligenkalender geht«, brummte er vor sich hin.

»Wie bitte?«, fragte Gruber und hielt jeweils eine Handfläche wie einen Schalltrichter hinter jedes Ohr.

»Ich meinte nur, dass der Gedenktag des heiligen Guido schon bald ist«, antwortete André wahrheitsgemäß.

»Wollten Sie ihn etwa aktiv begehen?«, fragte Gruber verwundert.

»Nein – äh, das heißt, ja«, stammelte André, der kaum wusste, wie er die überbordende Fragerei gegenüber Gruber rechtfertigen sollte. Schließlich hatte er die Ausrede mit dem Preisrätsel ziemlich überdehnt.

Ihm brummte der Schädel. Eine innere Unruhe breitete sich in ihm aus. Er fühlte sich wie ein Fischer, der sich zwar über die übervollen Netze freute, aber Sorge haben musste, dass ihm sein Fang entschlüpfte, wenn er ihn nicht schnell genug verstaute. Obwohl er sicher war, von Gruber noch das eine oder andere Fragment aufnehmen zu können, wollte er nach Hause, um die heutigen Erkenntnisse festzuhalten und auszuwerten.

NACH(T)ARBEIT

Montag, 26. März 2018, 22.15 Uhr

»Endlich bist du da!«, stöhnte André, als Irina sein Arbeitszimmer betrat.

»Wow, der alte Mann hatte beim Abendessen wohl zu
viel Essig am Salat. Und jetzt das Ganze noch mal höflich
und korrekt: ›Hallo, liebe Irina, schön, dass du schon von
der Uni zurück bist, ich brauche deine Hilfe!‹«

»'tschuldigung! Ach, es ist nur – ich komme so nicht weiter«, brummte André.

»Na ja, bestimmt kann dir Irina, the Brain, helfen.«

»Heute Mittag hatte ich das Gefühl, kurz vor dem Durchbruch zu stehen, aber jetzt …«

»Vielleicht hilft dir ja das«, sagte sie und legte eine Klarsichthülle mit Ausdrucken vor André auf den Schreibtisch.

»Was ist das?«, fragte er genervt.

»Nach was sieht es denn aus? Zeitungsartikel sind das –
wie man unschwer erkennen kann«, beantwortete Irina
grinsend ihre eigene Frage.

»Aha«, knurrte André gereizt.

»Nun schau sie dir schon an. Da liegt dein Mord Nummer eins. Wenn ich gewusst hätte, wie du drauf bist, hätte
ich mir nicht den ganzen Abend in der Unibibliothek um
die Ohren schlagen müssen.«

Wortlos ergriff er die Mappe und blätterte lustlos darin.

»Die sind ja von 2015«, bemerkte er verwundert.

»Ja, wenn der alte Mann zu bequem ist, so weit zurück-
zugehen, musste das wohl seine reizende Assistentin über-

nehmen. Wir Russen sind nicht umsonst für unseren Fleiß und unsere Ausdauer bekannt.«

»Der vermisste Marvin K. aus Speyer wurde heute in dem kleinen Waldstück hinter dem Tierheim, dem sogenannten Schlangenwühl, tot aufgefunden ... Die Verletzungen an seinem Körper lassen auf sexuellen Missbrauch schließen«, las er die ersten Zeilen eines ausgedruckten Artikels, der offensichtlich der »Rheinpost« entstammte, laut vor.

Irina beobachtete belustigt, wie er sich ohne weiteren Kommentar auf die anderen Ausdrucke stürzte.

»Ich will es abkürzen.« Sie wartete, bis André sich von den Ausschnitten losgerissen hatte.

»Also, im Sommer 2015 verschwindet Marvin, damals acht Jahre alt, auf dem Schulweg. Eine Woche später findet man seine Leiche in einem Graben in diesem Waldstück. Neben zahlreichen Verletzungen, die auf sexuellen Missbrauch schließen lassen, wird eine kleine Hautabschürfung an der Hand gefunden. Dort findet man DNA-Spuren seines Vaters, eines gewissen Heribert K. Unter dem Fingernagel des Vaters kommen die passenden Hautpartikel dazu zum Vorschein. Der Vater gibt zwar zu, ihn beim Fußballspielen kurz vor seinem Verschwinden dort unabsichtlich verletzt zu haben, leugnet aber jeglichen Zusammenhang mit der eigentlichen Tat. Der Vater wird unter dringendem Tatverdacht festgenommen und verbringt ein Vierteljahr im Gefängnis. Erst durch die Aussage einer Zeugin, die einen schon vorher wegen eines Sexualdelikts in Erscheinung getretenen Mann mit einem großen schwarzen Müllsack am Schlangenwühl gesehen haben will, wird der Vater entlastet. Am Ende der monatelangen Untersuchungen kann man weder dem Vater noch dem verdächtigten ehemaligen Sexualstraftäter die Tat nachweisen. Das Verfahren wird eingestellt.«

»Hmm«, brummte André und strich sich übers Kinn. »Das passt zur sozialen Sünde ›Missbrauch von Kindern und Jugendlichen‹, aber es fehlt der anschließende Racheakt unseres Fanatikers.«

»Der fehlt eben nicht!«, sagte Irina triumphierend und zog vor Andrés Augen den letzten Zeitungsausdruck aus der Klarsichthülle. »Hier in der Ausgabe vom 4.8.2016, etwa ein Jahr nach der Tat, steht: ›Gestern Abend gegen 20.00 Uhr fand ein Jogger im Schlangenwühl die Leiche des einschlägig bekannten Sexualstraftäters Anton S., der im letzten Jahr auch mit dem Fall des ermordeten Marvin K. aus Speyer in Verbindung gebracht wurde … Nach den Erkenntnissen der Polizei wurde Anton S. auf äußerst grausame Weise ermordet, indem ihm am 2.8.16 mit einem Säbel oder einer Machete der Kopf vom Rumpf abgetrennt wurde. Ein Racheakt kann zum jetzigen Zeitpunkt nicht ausgeschlossen werden.‹«

André blieb stumm, als hätte er das, was sie ihm eben vorgelesen hatte, schlichtweg überhört. Stattdessen tippte er etwas in den PC.

»Stephanus I., Bischof von Rom«, war alles, was er hervorbrachte.

Irina lachte. »Ich glaube nicht, dass er es war.«

»Nein, versteh doch. Der 2.8. ist der Gedenktag des Heiligen und Märtyrers Stephanus, der ebenfalls enthauptet wurde und dessen Kopfreliquie im Speyerer Dom steht. Es passt alles zusammen!«, schrie André euphorisch.

Irina schüttelte den Kopf. »Ich glaube, du bist der Erste, der über einen Mord jubelt.«

»Nein, tue ich nicht. Ich freue mich nur, weil wir der Aufklärung wieder ein Stück nähergekommen sind.«

Er zog die Tabelle mit den bisherigen Straftaten hervor und fügte diese handschriftlich hinzu. »Sie liegt neun

Monate vor der nächsten, diesem vom Heidentürmchen gestoßenen Drogendealer. Das und die Tatsache, dass hier sogar offiziell von einem möglichen Racheakt gesprochen wurde, könnte dafür sprechen, dass es die Nummer eins in der Reihe war.«

»Davon gehe ich auch aus. Ich habe weder danach noch in den beiden Jahren davor etwas ausfindig machen können, was zu der sozialen Sünde des exzessiven Reichtums passt«, entgegnete Irina, nicht ohne Stolz in der Stimme.

»Du hast tatsächlich die Rheinpostausgaben von 2013 bis 2016 durchgesehen?«, fragte André ungläubig.

»Was sonst, alter Mann. Wenn du schon zu bequem dazu warst, musste ich es eben tun.«

Er schluckte. Ihm war es peinlich, dass sie das getan hatte, was er eigentlich noch hätte tun wollen.

»Hat denn die Polizei einen Verdächtigen gefunden? Stand dazu was in der Zeitung?«

»Ja, hat sie. Den Vater des kleinen Marvin. Aber auch in dieser Sache mussten sie ihn laufen lassen.«

»Aua!«, stöhnte André. »Das ist ja bitter. Zuerst versuchen sie, ihm den Mord am eigenen Sohn anzuhängen, und nachdem das nicht geklappt hat, auch noch den an diesem Anton S. Das muss ja schrecklich für den Vater gewesen sein.«

Irina nickte betroffen. »Willst du ihm trotzdem auf den Zahn fühlen?«, fragte sie nach einer kurzen Pause.

»Dazu müsste man zunächst rauskriegen, wie der Junge mit Nachnamen hieß. Sonst wird es schwer sein, sein Umfeld zu beleuchten.«

»Hier.« Irina schob ihm eine Todesanzeige hin. »Die war acht Tage danach in der ›Rheinpost‹.«

André nahm den Ausdruck und las laut vor: »Opfer eines grausamen Verbrechens, wir trauern um unseren Sohn, Enkel und so weiter Marvin Kilian, die Eltern, Doktor Heribert und Heidrun Kilian … Großvater Albrecht Kilian … Wow, nicht schlecht recherchiert«, kommentierte er anerkennend.

»Vater und Großvater wohnen übrigens in Speyer in der Bahnhofstraße.«

BESUCHSZEIT

Dienstag, 27. März 2018, 10.25 Uhr

Steffenhagen erwachte aus einem oberflächlichen Schlaf, in den er sich die letzten Tage, seit er aus dem Koma aufgewacht war, nur zu gerne flüchtete. Es war wie in seinen Kindertagen. Er zog sich die Bettdecke weit übers Gesicht und tauchte in die Welt der Fantasie und des Halbschlafes. Schon waren der bohrende Kopfschmerz, der noch immer wie ein Dampfhammer unter seiner Schädeldecke wummerte, die Angst und das schlechte Gewissen, das sich wie ein bösartiger Tumor in seinen Eingeweiden ausbreitete, wie weggeblasen.

»Grüß Gott, ich hoffe, ich störe nicht?«, fragte der Besucher mit deutlichen Anklängen des typischen Südtiroler Dialekts unsicher.

Steffenhagen rieb sich verschlafen die Augen und blickte zur Tür. Der stattliche Mann war mittlerweile eingetreten. Er erkannte ihn. Obwohl er nach der Bewusstlosigkeit glücklicherweise nicht an einer Amnesie litt, fiel es ihm trotzdem schwer, sich an Personen oder Erlebnisse zu erinnern.

Der Gast, der offensichtlich seinen fragenden Blick aufgefangen hatte, kam einer Frage von ihm zuvor.

»Pöschel, Eberhard Pöschel vom Schenna-Grandhotel«, stellte er sich vor.

Jetzt lichteten sich bei Steffenhagen die Nebelschwaden des Vergessens. »Ich erinnere mich, ich war auf Ihrer Weinprobe«, erwiderte er heiser.

»Moment!«, sagte Pöschel und drückte sich kurz durch die offene Tür nach draußen. Als er zurückkam, trug er einen üppig gefüllten Geschenkkorb vor der Brust.

»Eine kleine Aufmerksamkeit unseres Hauses. Wir bedauern es sehr, wenn einem unserer Gäste so etwas zustößt wie Ihnen. Diese Diebe werden aber auch immer dreister. Ich hoffe, Sie können das Krankenhaus bald verlassen und in unser Hotel zurückkehren. Natürlich haben wir Ihnen Ihr Zimmer freigehalten.«

»Das ist sehr nett, aber ich fühle mich noch nicht gesund genug, um darüber nachzudenken, was ich tun werde, wenn ich hier raus bin.«

»Oh, verzeihen Sie, so war das nicht gemeint. Ich wollte ...«

»Schon gut«, unterbrach ihn Steffenhagen. »Ich bin nur noch etwas durcheinander, aber die Ärzte sagen, es wäre bald wieder in Ordnung.«

»Ruhen Sie sich nur aus. Wir haben auch alle Anrufer, die Sie bei uns im Hotel erreichen wollten, gebeten, es später wieder zu versuchen.«

»Anrufer?«, fragte Steffenhagen irritiert. Er konnte sich nicht erinnern, irgendjemanden über den Aufenthalt informiert zu haben.

»Ja, es waren zwei. Ein Hauptkommissar von der Polizei in Deutschland und ein anderer Herr.« Dabei nestelte Pöschel einen Zettel aus dem Trachtenjanker und reichte ihn Steffenhagen.

»Kriminalhauptkommissar Frank Achill, Polizeipräsidium Ludwigshafen«, war darauf mit einer schwungvollen Frauenhandschrift geschrieben, dahinter eine Telefonnummer.

Steffenhagen erinnerte sich dunkel, diesem Achill vom geplanten Aufenthalt hier im Hotel berichtet zu haben.

»Und der andere Mann?«, fragte er ernst.

»Er hat es immer wieder versucht, fast täglich. Er hat seine Nummer unterdrückt und uns auch seinen Namen nicht verraten. So wie er gesprochen hat, muss es ein Deutscher sein – haben jedenfalls unsere Rezeptionistinnen behauptet.«

Steffenhagen schwieg, sein schmerzgeplagtes Gehirn arbeitete auf Hochtouren. Es war also noch nicht vorbei. Der Typ, der auch Born getötet hatte, war ihm weiter auf den Fersen. Und offensichtlich wusste er, dass er den Schlag auf den Kopf überlebt hatte. Und das mit dem geklauten Portemonnaie war nur eine Finte oder das Werk eines Trittbrettfahrers, der sich schnell an einem Bewusstlosen bedient hatte.

*

Wenig später klingelte André an der Tür eines stattlichen alten Hauses in Speyer an der Bahnhofstraße. Auf dem Türschild las er auf einem mit bräunlichen Korrosionsflecken überzogenen Messingschild: ›Dr. Heribert Kilian, Facharzt für Neurologie‹. Seine Recherchen hatten ergeben, dass die Praxis seit den Schicksalsschlägen, die die Familie durchlitten hatte, geschlossen war.

Er fühlte eine tonnenschwere Last auf seiner Brust. Er musste weiterkommen, sonst würde möglicherweise schon am Gedenktag von Sankt Guido, am 31. März – in vier Tagen –, das nächste Verbrechen geschehen. Und selbst das war ungewiss. Ausgerechnet bei ihm gab es auch noch diese Alternative mit dem abweichenden Speyerer Gedenktag. Warum musste auch, wo er nur hingriff, hinter jedem Eck eine andere Schikane lauern? Doch was nutzte aller Tatendrang, wenn dahinter das Konzept fehlte. Es war ihm partout keine überzeugende Geschichte eingefallen, die eine glaubwürdige Begründung ergab, um mit dem Vater des ermordeten Jungen ins Gespräch zu kommen. Alles, was ihm einfiel, klang zu platt und profan, als dass man es nicht sofort durchschauen würde.

Er wollte es auf sich zukommen lassen und spontan entscheiden, ob er im Zweifel mit der Wahrheit herausrückte. Selbst Achill würde ihm nicht helfen können. So wie der Vater unter den Fehlern und Anschuldigungen der Polizei gelitten haben musste, war er bestimmt nicht gut auf die Ordnungshüter zu sprechen. Erst unschuldig des Missbrauchs und Mordes am eigenen Sohn und danach groteskerweise der Selbstjustiz am vermeintlichen Kinderschänder beschuldigt zu werden, war starker Tobak.

Insofern war es wahrscheinlich das Beste, sich gleich von vornherein von der Polizei zu distanzieren. Aber er musste wachsam sein. Letztlich war nicht ausgeschlossen, dass der Vater mit der aktuellen Mordserie tatsächlich in Verbindung stand. Ein Motiv, dem Recht auf die Sprünge zu helfen und selbst Richter zu spielen, hatte er jedenfalls.

Mittlerweile hatte er zum dritten Mal geläutet. Auch das noch – nicht zu Hause, dachte er resigniert. Sein Blick streifte über die rissige Fassade und den verwilderten Vorgarten des Altbaus. Bei all den Opfern, bei denen er in den letzten Tagen vor den Haustüren gestanden hatte, gab es eine Gemeinsamkeit: Die Depression hatte sich wie weicher Mörtel über ihre Seelen gelegt, sie erstarren lassen und ihnen ihre Bewegungsfreiheit geraubt.

Er wollte gerade gehen, als er das Scharren eines Schlüssels im Türschloss wahrnahm. Durch die geschlossene Tür registrierte er ein Quietschen, so als würden Gummisohlen über einen glatten Fliesenboden gezogen. Die Tür öffnete sich einen Spalt. Zu Andrés Erstaunen erschien ein Männerkopf etwa in Höhe seines Bauchnabels und blickte mit müden, glasigen Augen zu ihm empor.

»Was wollen Sie von mir?«, fragte der Mann unwirsch mit heiserer Stimme und zog die Tür etwas weiter auf, damit er André besser sehen konnte.

André hielt einen Augenblick inne, zu stark waren die Sinneseindrücke. Vor ihm saß ein völlig verwahrloster Mensch im Rollstuhl, das Haar fettig und ungepflegt. Er trug einen verwaschenen, fleckigen Jogginganzug und Badelatschen. Aus dem Haus quoll ein modriger Geruch und aus dem Mund seines Gegenübers eine unverkennbare Alkoholfahne.

»Mein Name ist André Sartorius, ich möchte zu Herrn Doktor Heribert Kilian.«

Der Angesprochene verzog das Gesicht, als hätte er an einem Stück Kernseife geleckt. »Das mit dem Doktor können Sie sich sparen. Ich bin Kilian, der Krüppel, Kinderschänder und Mörder, was kann ich für Sie tun?« Seine Stimme klang kraftlos und knarzig. Alles an ihm war hart, desillusioniert und freudlos.

»Ich wollte …«, begann André – zögerte und überlegte, ob das hier Sinn machte. Als Täter kam diese gebrochene Gestalt jedenfalls nicht infrage. So, wie er aussah, hatte er das Haus schon Wochen nicht mehr verlassen. Was nutzte es, sich mit ihm zu unterhalten?

»Was machst du schon wieder, Heribert? Ich hab dir doch schon tausendmal gesagt, du sollst nicht aufmachen, wenn es klingelt«, schnarrte aus dem Hintergrund eine leise, aber penetrante Männerstimme.

Der Rollstuhl wurde etwas zurückgerollt, und ein älterer, groß gewachsener hagerer Herr drängte sich vor Heribert Kilian in die Tür. André war, als hätte er ihn schon einmal gesehen – aber wo nur.

»Ich glaube nicht, dass Sie zu uns wollen. Hier gibt es weder was zu missionieren noch zu verkaufen, und Geld haben wir auch keines. Und wie Sie sehen, praktiziert mein Sohn seit seinem Unfall auch nicht mehr. War noch was?«

André schluckte. So eine offensive Abfuhr hatte er selten kassiert. »Ich wollte nur mit Ihnen reden«, stammelte er unsicher.

»Aha, reden wollen Sie? Worüber? Über tote Kinder, unschuldige Verdächtigte, von der Ehefrau Sitzengelassene? Oder interessieren Sie sich für Kandidaten, deren gescheiterter Selbstmordversuch im Rollstuhl geendet hat? Wir brauchen keine gottlosen Voyeure und Pressefuzzis, die am Leid anderer verdienen wollen!«

»Es ist nicht so, wie Sie denken …«

»Gehen Sie, gehen Sie sofort, ehe ich mich vergesse!«, schrie der alte Kilian und schlug die Tür zu.

VERSCHWINDEN

Dienstag, 27. März 2018, 20.25 Uhr

»Trinken Se noch ähn Forster Stift wie immer, Herr Ott?«, riss ihn Inge, die Wirtin und Eigentümerin des Speyerer Narrenstübchens, aus der Unterhaltung mit seinem Nebenmann. Inge war die Grand Dame der Speyerer Gastronomie. Mit ihren über 80 Lenzen war sie nach eigenen Worten die dienstälteste Gastronomin der Stadt. Dabei sah man das der stets sehr gepflegten Dame mit ihrer charakteristischen Frisur – die einst dem Kultdesigner Luigi Colani den Kopf verdreht hatte – kein bisschen an.

Er kam in letzter Zeit jeden Dienstag, immer nach dem Sport, hierher. Ingeborg Fleischmann oder Inge, wie sie von allen liebevoll genannt wurde, kannte seine Trinkgewohnheiten. Ein Viertel Riesling vom Forster Winzerverein zum Essen und ein Viertel danach zum Plaudern.

»Der laaft wies Lottsche!«, charakterisierte sie den eindeutigen Favoriten ihrer Gäste.

»Ja, gerne«, antwortete er, und die Wirtin entfernte sich.

Er mochte die gemütliche Weinstube, die nur wenige Hundert Meter vom Dom und von der Maximilianstraße, versteckt in einer Seitenstraße – der Grasgasse – lag. Die Wände waren übervoll mit Memorabilien der Speyerer Karnevalsgeschichte behangen, die prägend im Leben ihres schon lange verstorbenen Vaters – einem Urgestein der pfälzischen Fastnacht – gewesen waren. Die lang gezogene Gaststube bot nur wenig Platz. Man musste zusammenrücken und den Tisch mit anderen Gästen teilen, was für echte

Pfälzer kein Problem war. Ihm gefiel die Zwanglosigkeit. Man redete, scherzte, aß und trank. Hier war es egal, ob man Schreinergeselle, emeritierter Bischof, ehemaliger Ministerpräsident oder wie er pensionierter Vorstand, Gründer und Mitinhaber eines der größten Softwareunternehmen Europas, nämlich der deutschen Software AG in Mannheim, war. Bei Saumagen und Weinschorle waren alle gleich. Er hasste es, wenn man Bücklinge vor ihm machte und ihn nur wegen seines Geldes wie einen Außerirdischen behandelte. Hier jedenfalls tat das keiner. Obwohl er sich sicher war, dass wenigstens Inge, deren wachen Augen nichts entging, wusste, mit wem sie es zu tun hatte. Er fühlte sich wohl in der kleinen Gruppe um den Stammtisch, in die er, nachdem er in letzter Zeit immer öfter kam, von Inge eingeführt worden war. Aber vor allem die traditionellen Pfälzer Gerichte, die es hier gab, Saumagen, Bratwurst und Handkäse hatten es ihm angetan. Er hatte an diesem uniformen Edelfutter, das man ihm jahrzehntelang bei unzähligen Geschäftsessen vorgesetzt hatte, die Lust verloren. Jetzt waren es nur noch die einfachen, bodenständigen Speisen, die ihm schmeckten. Und seit seine Frau ihn verlassen hatte, war es mit dem Essen zu Hause ohnehin nicht mehr weit her.

Er trank, redete und scherzte noch eine halbe Stunde, ehe er zahlte und sich erhob. Inge folgte ihm in den kahlen Flur, dessen Kühle ihm nach dem Aufenthalt im warmen Gastraum angenehm erfrischend erschien.

Sie wünschte ihm gesegnete Osterfeiertage und schüttelte ihm die Hand, so wie sie es bei Stammgästen immer tat. Dann trat er hinaus in die frische Nachtluft.

Obwohl der Mond nur noch vier Tage vom Vollmond entfernt war, schaffte es sein fahles Licht kaum, den dichten Hochnebel zu durchdringen. Ihn fröstelte. Er wandte sich auf der schmalen Grasgasse nach rechts Richtung Maximilianstraße. Wie immer hatte er sein Auto auf dem Parkplatz nördlich des Doms abgestellt.

Er hatte erst wenige Meter auf den im schwachen Mondlicht feucht glänzenden Pflastersteinen zurückgelegt, als er Schritte hinter sich wahrnahm. Offensichtlich war ein Fußgänger von der Großen Pfaffengasse in die Grasgasse eingebogen. Er verweilte kurz und stellte den Mantelkragen auf. Er mochte es nicht, wenn ihm jemand folgte, daher ließ er anderen Passanten gerne den Vortritt. Plötzlich spürte er eine kalte, knochige Hand auf dem Mund, die ihm den Kopf grob nach hinten bog. Er wollte schreien. Die Pranke umfasste ihn wie ein Schraubstock. Ein stechender Schmerz im linken Oberschenkel. Er versuchte loszulaufen, doch der Angreifer hing wie ein Sandsack an ihm. Er ruderte mit den Armen, griff nach der Hand, die wie ein Fangeisen auf Lippen und Kinn gepresst wurde. Sie drohte, ihm den Kiefer auszurenken. Er trat nach hinten, machte seiner Wut über den dreisten Überfall Luft.

Er wollte davonlaufen. Bei jedem seiner Schritte ließ sich der Unbekannte einfach mitschleifen. Er ermüdete ungewohnt schnell. Seine Kräfte schwanden. Die Aggression, die ihn eben noch stark gemacht hatte, wandelte sich in Gleichgültigkeit. Er verstand nicht, wie er in diesem Augenblick, in dem höchste Wachsamkeit gefordert war, müde werden konnte. Er sehnte sich nach einem Bett. Verspürte den Wunsch, sich fallen zu lassen. Das Letzte, was er registrierte, waren ein Hauch Weihrauch und ein Gefühl von Leichtigkeit.

STRAFKATALOG

Ausgerechnet heute konnte er Pater Gruber nicht finden. Kalter Schweiß lief André über den Rücken.

Es war zum Mäusemelken. Im gleichen Umfang, wie die Sicherheit gewachsen war, tatsächlich dem Serienmörder auf der Spur zu sein, war das Gefühl der Überforderung gewachsen. Die Schuhe, in die er bei den Nachforschungen geschlüpft war, waren ihm eindeutig zu groß. Warum nur hatte er es sich mit Achill verscherzt? Ohne dessen kriminalistische Erfahrung kam er sich eigenartig nackt vor. Recherchen lagen ihm. Die Fähigkeit, Zusammenhänge zu erkennen und die nötigen Schlüsse zu ziehen, war in seinem Naturell fest verankert. Aber im entscheidenden Moment die Entschlossenheit aufzubringen, auch zuzupacken, war eher die Stärke seines Freundes.

Er wollte gerade gehen, als er – wenn auch an ungewohnter Stelle – Pater Gruber erblickte. Der kleine Greis war fast völlig hinter der Theke, die man als Kassentisch an der Treppe zur Krypta installiert hatte, verschwunden.

»Guten Tag, Pater Gruber, was hat Sie denn an diesen unüblichen Ort verschlagen?«

Der Alte lächelte nachsichtig. »In der Not frisst der Teufel Fliegen, und die Domtouristik rekrutiert alte Spiritaner wie mich.«

André lachte. »Und was bedeutet das genau?«

»Na ja, nachdem heute der hauptamtliche Kassier einfach nicht erschienen ist, hatte man keine andere Wahl, als den alten Spiritaner, der hier immer herumlungert, um Unterstützung zu bitten.« Dabei lachte der Alte und zeigte seine krummen gelblichen Schneidezähne. »Aber leicht hab ich es ihnen nicht gemacht. Ich ließ sie mindestens dreimal fragen!«

André wollte etwas erwidern, doch dann nahm er ein ungeduldiges Räuspern eines älteren Ehepaars hinter sich wahr, die sich für eine Karte angestellt hatten.

»Ich will Sie nicht länger aufhalten, aber ich müsste Sie dringend unter vier Augen sprechen«, sagte er hektisch.

»Meine Schicht endet um 13.00 Uhr. Treffen wir uns in der Katharinenkapelle. Vielleicht finden wir dort, was Sie suchen.«

André wandte sich zum Gehen und machte den beiden Kryptabesuchern Platz.

Bis zu ihrer Verabredung hatte er rund eine halbe Stunde Zeit. Er beschloss, die kurze Frist, die ihm blieb, in der Stille der Afrakapelle zu verbringen. Ein paar Minuten, um zur Ruhe zu kommen und nachzudenken, würden ihm nicht schaden.

Er setzte sich auf die hinterste Kirchenbank, lehnte sich mit dem Oberkörper weit vor und stützte sich, den Kopf zwischen den Händen, mit dem Ellbogen auf der Bank vor ihm ab.

Was für ein lausiger Hobbyschnüffler er doch war. Er hatte endlos Zeit in das Verstehen der Mordserie investiert, aber in der entscheidenden Frage, wer der Täter sein könnte, war er keinen Millimeter weitergekommen. Gerade gestern Morgen war der Einzige, der so etwas wie ein Motiv hätte haben können, mangels Bewegungsfähigkeit ausgeschieden.

Aus seiner Sicht gab es zwei Möglichkeiten, um weiterzumachen. Die Erste war, der Spur mit dem »L'Osservatore Romano« nachzugehen. So viele Bezieher konnte es in Speyer nicht geben. Aber wie sollte er an die Namen der Abonnenten kommen? Der Verlag würde ihm wohl kaum eine Abonnentenliste zur Verfügung stellen. Selbst die Polizei dürfte daran zu knobeln haben. Schließlich waren die Zugriffsmöglichkeiten auf einen ausländischen Verlag – auch noch mit Sitz im Vatikan – mit Sicherheit höchst eingeschränkt.

Die zweite Chance bestand darin, herauszukriegen, wann, wo und wie der Täter beim nächsten Mord zuschlagen würde und ihn auf frischer Tat zu ertappen. Deshalb war er heute hier. Er wollte gegenüber Pater Gruber mit offenen Karten spielen und hoffte, mit dessen Hilfe die letzten Fragen zu klären.

*

Es war kurz nach 13.00 Uhr, als er die Katharinenkapelle betrat. Seine Überlegungen hatten ihn so gefesselt, dass er die Zeit vergessen hatte.

Von Gruber gab es in dem kleinen quadratischen Raum, den man über die rechte Treppe zum etwas höher gelegenen Querschiff erreichte, keine Spur. Verdammt, warum war er nur zu spät und hatte ihn womöglich verfehlt. Mitten in der Kapelle befand sich eine achteckige Öffnung im Boden, durch die man direkt ins Taufbecken der darunterliegenden Taufkapelle blicken konnte. Vor der südlichen und westlichen Wand standen die wertvollen Reliquien in Reih und Glied. Sein Blick wurde wie immer von der gespenstisch anmutenden Kopfreliquie von Stephanus I., dem Bischof von Rom, angezogen, die ihn innerlich erschaudern ließ. Sie war in einem bronzenen Kopf untergebracht, der mit seinen leeren Augen in den Raum starrte.

Die Tatsache, von den Gebeinen einiger der größten Märtyrer der Christenheit umgeben zu sein, die auf grausige Art ums Leben gekommen waren, sorgte in ihm für eine gewisse Beklommenheit.

Plötzlich hörte er ein deutliches Knarzen in seinem Rücken. Erschreckt wandte er sich um. Nichts. Außer ihm war keine Menschenseele im Raum. Nun vernahm er ein heiseres Kichern.

»Ich bin hier und warte auf Sie«, knarzte Gruber und öffnete die mittlere Tür des Möbelstücks, das er unachtsamerweise zunächst für einen Schrank gehalten hatte.

»Kommen Sie schon rein, wenn Sie die Beichte ablegen wollen. Auch wenn man es nicht sofort erkennt, das ist ein Beichtstuhl und der diskreteste Ort im ganzen Dom.«

»Ähm, ich wollte eigentlich nur mit Ihnen reden«, stotterte André irritiert. Eine Beichte hatte er seit den Firmlingstagen nicht mehr abgelegt.

»Ach so, ich dachte schon, Sie wollten mir beichten, dass das mit dem Preisrätsel nicht ganz der Wahrheit entsprach.«

André räusperte sich. »Ja, das muss ich wohl in der Tat.«

Wieder kicherte der Alte. »Ich habe 50 Jahre mit Studenten zugebracht, da merkt man, wenn jemand einem, wie es in der Pfalz so schön heißt, ›ähn Knopp uff de Backe näht‹.«

André fühlte sich ertappt und schämte sich, den Alten belogen zu haben.

»Jetzt sind Se mal nicht so verdattert und kommen Se endlich rein.«

André öffnete die Tür und setzte sich vor den Pater in den Beichtstuhl.

»So, und nun raus damit. Worum geht es wirklich? Keine Sorge, alles, was Sie sagen, unterliegt bei mir dem Beichtgeheimnis.«

André begann, die ganze Geschichte zu erzählen. Von Swetlanas Unfall, dem Fragment des »L'Osservatore Romano« in ihrem Auto und den weiteren Fällen.

Gruber hörte aufmerksam zu und fragte hie und da nach. »Nicht schlecht recherchiert für einen Laien. Das hätten viele meiner Priesterkollegen nicht hingekriegt.«

Zuletzt schob ihm André einen Ausdruck durch das hölzerne Trenngitter.

Auf ihm waren in chronologischer Reihenfolge alle bisherigen Taten des Fanatikers aufgelistet.

1. Kindesmissbrauch, 2.8.16, Enthauptung, Stephanus I.
2. Drogenhandel, 3.5.17, Hinabstürzen, Jakobus d. Jüngere
3. Genmanipulation, 7.8.17, Verbrennung, Hl. Afra
4. Umweltverschmutzung, 22.9.17, Zersägen, St. Emmeran
5. Abtreibung, 26.12.17, Steinigung, Erzmärtyrer Stephanus
6. Profitgier, 22.1.18, Pfählung, St. Anastasius
7. Exzessiver Reichtum, ...

»Das ist wirklich beachtlich«, sagte Gruber, nachdem er das Papier eine Weile studiert hatte.

»Ja, aber all das nützt nichts, wenn ...«

»... wenn Sie den letzten Mord nicht verhindern können«, fiel ihm Gruber ins Wort.

»So ist es. Und ich habe das Gefühl, er wird bald passieren.«

»Verstehe«, brummte der Alte. »Sie interessierten sich letztes Mal deshalb besonders für Sankt Guido, weil sein Gedenktag schon der 31. März beziehungsweise am 4. Mai ist?«

»Ja, er ist der nächste der Heiligen, von denen hier Reliquien aufbewahrt werden.«

Gruber brummte etwas Unverständliches vor sich hin und ließ den dürren Finger langsam von oben nach unten über die Namen der Heiligen gleiten. »Ich glaube, ich kann Sie beruhigen, Sankt Guido passt nicht ins System.«

»Wieso?«, erkundigte sich André erstaunt.

»Sehen Sie, all die Heiligen auf Ihrem Zettel haben zwei Gemeinsamkeiten. Die erste ist ihre enge Beziehung zum Speyerer Dom. Es gibt aber noch eine Besonderheit. Sie sind alles Märtyrer – also Frauen und Männer, die für ihren Glauben ein Martyrium durchlitten haben und daran zu Tode gekommen sind. Das heißt, sie wurden allesamt auf grausame Weise ermordet. Sankt Guido aber starb auf dem Krankenbett. Er war kein Märtyrer.«

André nickte bedrückt. Mit diesem Hinweis war die einzige Idee, die er noch hatte, ad absurdum geführt worden.

»Wie schon Tertullian sagte: ›Sanguis martyrum semen christianorum‹, was so viel heißt wie: ›Das Blut der Märtyrer sei der Same der Christen‹«, dozierte Gruber scheinbar gelassen.

»Warum tut er das?«, fragte André verzweifelt.

Gruber lachte. »Er sieht wohl in den Morden so etwas wie Sühneopfer. Durch die von ihm initiierten Sührituale – die Sie als Morde bezeichnen – soll den Menschen, die sich einer schweren Verfehlung schuldig gemacht haben, eine Begegnung mit Gott ermöglicht werden. Eigentlich ein gnädiger Akt von ihm, der ihnen posthum den Seelenfrieden sichert. Das ist zwar krude und hat mit moderner Theologie nichts zu tun, aber das Märtyrertum scheint zurzeit gerade in Mode zu sein. Jeder, der einen Ungläubigen oder vom Glauben Abgefallenen richtet, meint, dadurch selbst zum Märtyrer zu werden und dereinst neben Gott zu sitzen. Und wie man täglich in der Presse lesen kann, ist das in anderen Glaubensrichtungen nicht anders.«

»Und was sagt das über unseren Täter aus?«

»So tief, wie er sich in das alles hineingearbeitet hat, scheint er über eine theologische Ausbildung zu verfügen. Ich tippe darauf, dass er nicht mehr der Jüngste ist, denn das Heiligenwesen ist bei jüngeren Theologen nicht besonders populär.«

»Und haben Sie auch eine These, wem er die Sühne für die siebte Sünde widmen wird? Wann und wie es geschehen wird?«, fragte André eindringlich.

»Ja, die habe ich.«

»Und welche?«, brach es aus André förmlich heraus.

»Ich bin mir nicht sicher, ob ich Ihnen wirklich helfe, wenn ich Sie bei Ihrem waghalsigen Unterfangen unterstütze. Sie sollten das Ganze in die Hände der Polizei legen. Der, der das alles getan hat, wird vor einem Kollateralschaden nicht zurückschrecken. Und ich scheue die Verantwortung, Sie diesem Risiko auszusetzen, wenn ich ehrlich bin.«

»Aber wollen Sie einfach zuschauen, wie er weitermordet?«, insistierte André fassungslos.

»Nun gut, aber ich möchte, dass Sie mir versprechen, die Polizei hinzuzuziehen.«

André nickte – unsicher, wie er das bewerkstelligen sollte.

»Der Täter hat, wie ich vorhin gesagt habe, wohl ein Theologiestudium absolviert. Für ihn soll das, was er tut, gottgefällig sein und ihm zu Anerkennung bei unserem Herrn gereichen. Er ist ein Eiferer. Er hat sein Tun den strikten Regeln des Alten Testaments unterworfen. So auch die Art, wie er tötet. Ausnahmslos hat er bis jetzt die klassischen biblischen Strafen über seine Opfer verhängt. Wenn ich mich recht erinnere, finden Sie im 5. Buch Moses unter Kapitel 13, Vers 8 Hinweise zur Steinigung und in Kapitel 21, Vers 22 etwas zum Pfählen, das man früher als Hängen bezeichnete, weil die Delinquenten aufgespießt auf einem Pfahl hingen. Im zweiten Buch Moses 32,27 ist vom Tod durch das Schwert und im dritten Buch Moses in 20,14 vom Verbrennen die Rede. Ich hoffe nur, dass ich mich an die korrekten Fundstellen erinnere«, brummte Gruber.

André fühlte sich gehetzt, eilig hatte er versucht mitzuschreiben.

»Dann wird noch im zweiten Buch der Chronik 25,12 das Hinabstürzen und im zweiten Buch Samuel – wenn ich nicht irre, war es in Kapitel 12, Vers 31 – die Strafe des Entzweisägens erwähnt.«

»Wie können Sie das alles wissen?«, stöhnte André, der kaum dem Redefluss des Paters folgen konnte.

Gruber lachte. »Das macht alles nur die jahrzehntelange Beschäftigung mit der Heiligen Schrift.«

»Wenn ich mich nicht irre, waren das alle sechs bisher vollstreckten Strafen.«

»So ist es. Man spricht aber von sieben biblischen Todesstrafen. Wobei es mit der siebten eine Besonderheit hat. Sie ist eigentlich keine alttestamentarische Strafe, sondern kommt erst später im Neuen Testament hinzu. Sie ist quasi die letzte der Bestrafungen und wurde durch die Römer ausgeführt.«

»Sie meinen … Sie meinen, die Kreuzigung wird die nächste Todesart sein?«, entfuhr es André.

»Ja, so ist es. Ich denke, unser Eiferer hat sie sich chronologisch korrekt bis zum Ende aufgehoben. Sieben biblische Strafen für sieben Sünden. Er ist ein Perfektionist, das muss man ihm lassen.«

»Und der Märtyrer dazu ist Jesus.«

»So ist es, Herr Sartorius. Und der Tag, an dem man seines Martyriums gedenkt, ist der Karfreitag. Das heißt, Sie haben ab jetzt gerechnet nicht mal 36 Stunden Zeit.«

André fühlte sich, als hätte man ihm einen Schlag versetzt. Nur 36 Stunden, um einen Täter zu stoppen, von dem man nicht wusste, wer er war, wo er zuschlagen würde und wer das Opfer sein würde.

Er raufte sich die Haare und verbarg sein Gesicht in den Händen. »Wie sollen wir ihn nur stoppen?«

»Das ist die Aufgabe der Polizei. Sie erinnern sich doch noch an meine Bedingung. Ich kann Ihnen nur so viel sagen: Wenn ich den Menschen, der hinter diesen Taten steht, richtig verstehe, wird er diese letzte Tat perfekt inszenieren. Er wird sie an einem Kreuz vollstrecken. Das ist sicher.«

André nickte. Der Alte wusste, wovon er sprach. Seine Charakterisierung des Fanatikers traf voll ins Schwarze.

»So, ich bin nun am Ende mit meinem Latein und zu alt, um mit gewagten Thesen Verbrecher zu jagen. Sie sollten zu klug sein, um es selbst zu versuchen. Ich bitte Sie nochmals, das Ganze in die Hände der Polizei zu legen. Der, der das Bisherige getan hat, wird nicht davor zurückschrecken, auch Ihnen das Leben zu nehmen, um das hier zu Ende zu bringen.«

»Ich denke, Sie haben recht«, brummte André mit Resignation in der Stimme. »Wir werden diesen Wettlauf mit der Zeit verlieren.«

»So, unsere kleine Beichte ist nun zu Ende. Ich bedauere, dass ich Ihnen, außer für Sie zu beten, weiter nicht helfen kann. Gott sei mit Ihnen und beschütze Sie!«, sagte Gruber, bekreuzigte sich, stand auf und verließ den Beichtstuhl.

BESINNUNG

Mittwoch, 28. März 2018, 13.15 Uhr

»Ey, alter Mann. Sitzt du auf deinen Ohren oder hast du dein Handy verloren?«, blökte ihn auf dem Domplatz Irina, nach Atem ringend, an. Sie saß dabei auf ihrem klapprigen Secondhand-Fahrrad und stützte sich mit einem Fuß auf dem Boden ab. Ihr Smartphone ragte gefährlich weit aus der Gesäßtasche ihrer engen Jeans.

»Wie, was? Was machst *du* denn hier?«

»Dich suchen, was sonst?«

»Ich war im Dom und hatte es beim Reingehen ausgeschaltet.«

»Ausgeschaltet? Du bist nicht nur retro, du bist jurassic, aber so was von!«

»Was bitte bin ich?«

»Hmm, für dich übersetzt heißt das, dass du noch in grauer Vorzeit lebst.«

»Danke für deine schmeichelhaften biografischen Einsichten. Und wo genau liegt das Problem?«

»Während du hier gemütlich um den Dom spazierst, schreibt dich dein Freund Frank fast zur Fahndung aus.«

»Hmm – Achill. Ist er etwa zur Vernunft gekommen?«

»Das weiß ich doch nicht. Der erzählt mir ja eh nie was. Jedenfalls war er hektisch drauf und sagte, ich soll dir sagen, du müsstest dich unbedingt sofort bei ihm melden.«

André zog vielsagend die Augenbrauen hoch und griff nach dem Mobiltelefon, um ihn anzurufen.

*

Keine zehn Minuten später saßen sie zu viert – Achill, seine engste Kollegin Verena Bertling, Irina und André – an einem etwas abgelegeneren Tisch im Domhof.

»Cooler Auftritt, hier mit Blaulicht auf den Parkplatz zu brettern. Du musst aber Durst haben«, frotzelte Irina.

»Und mich hält jetzt jeder für einen Verbrecher«, brummte André.

Nachdem sie drei Domhof hell und für André sein geliebtes Dunkles bestellt hatten, ergriff Achill das Wort.

»Zunächst, lieber André, muss ich mich bei dir entschuldigen. Mittlerweile glaube ich, dass du mit deinen vier Morden und dem Mordversuch recht hast. Jedenfalls stimmt deine Theorie mit dem Brandanschlag auf diesen Gentechniker, wie hieß er doch gleich – Habermehl.«

»Aha, und wieso bist du dir da so sicher?«, fragte André.

»Wir haben Bohrstaub und winzige Latexpartikel auf der Erde vor dem Kellerfenster gefunden. Der Täter hat wirklich ein Loch in den Holzrahmen gebohrt und einen Gummischlauch durchgesteckt. Das Gas wurde, wie du vermutet hast, von außen eingeleitet. Ein kaum nachweisbarer Butanrest wurde in einer Bodenvase gefunden, die Frau Habermehl aus dem verwüsteten Keller gerettet hat.«

André nickte stumm. Dass er mit der damals völlig spontan hingeworfenen Hypothese richtiggelegen hatte, überraschte ihn selbst.

»Und bei dem Hobbyholzfäller ergab die Rekonstruktion, dass es für jemanden, der einigermaßen erfahren zu Werke geht, fast unmöglich ist, sich in dieser Form mit der Kettensäge zu verletzen.«

Wieder nickte André nur wortlos. »Und warum hattest du es so eilig? Doch wohl nicht nur, um mir das mitzuteilen?«, brummte André und nippte am Bier.

»Nun, es ist ... Diethard Ott ist verschwunden«, erwiderte Achill zögerlich. »Zunächst wurde er von der Haushälterin vermisst gemeldet. Sie wusste, dass er abends im ›Narrenstübchen‹ zum Abendessen war. Die Inhaberin kann sich genau an ihn erinnern. Er verließ das Restaurant alleine. Vor der Gaststätte auf der Grasgasse fand man seine Brille. Die Spuren – Sohlenabrieb – deuten darauf hin, dass er bewusstlos in aufrechter Haltung weggeschleift wurde. Wahrscheinlich wurde er in einen Transporter oder Kombi, der in der gegenüberliegenden Einfahrt parkte, geladen. Insofern gehen wir mit großer Sicherheit von einer Entführung aus. Der Kidnapper hat sich bisher nicht mit uns in Verbindung gesetzt«, führte Verena Bertling aus.

»Wow. Dieser Software-Mogul. Wir sprachen erst letztens in der Uni von ihm. Er gilt als der Bill Gates Deutschlands und ist viele Milliarden schwer«, flötete Irina dazwischen.

»Irina, bitte etwas leiser, eigentlich darf ich das gar nicht weitererzählen«, mahnte Achill mit gerunzelter Stirn.

André rieb sich derweil das Kinn und knurrte halblaut vor sich hin: »Exzessiver Reichtum – da ist er also, der siebte Sünder.«

»Siebter?«, gab Achill erstaunt zurück.

»Ja, mein Lieber, während du darüber gebrütet hast, ob du mir glauben sollst oder nicht, haben Irina und ich einen weiteren Mord ausgemacht, der die Nummer eins in der Reihe ist.«

»Na ja, wenn die deutsche Polizei schon nichts tut, müssen eben russische Hilfskräfte ran«, frotzelte Irina lachend.

Achill reichte ihr wortlos den auf dem Tisch stehenden Salzstreuer.

»Was soll ich damit?«, fragte Irina erstaunt.

»Das ist zum Nachstreuen, wenn du mit dem Bohren in meinen Wunden fertig bist, du bösartiges Luder.«

»Spaß beiseite«, kam André zum Thema zurück. »Wir sollten uns auf den Fall konzentrieren. Wenn ich richtigliege, bleiben uns gerade mal 36 Stunden. Ich denke, dass der Mörder am Karfreitag zuschlagen wird. Und da er das, was ich befürchte, nur im Schutz der Dunkelheit bewerkstelligen kann, wird es wohl in der Nacht davor passieren.«

Achill schüttelte den Kopf. »Bei dir wundere ich mich über gar nichts mehr. Weißt du auch schon, wo und wie der Täter ihn zur Strecke bringt?«

»Ja, das ›Wie‹ weiß ich leider, aber du wirst es mir eh nicht glauben.«

»Seit ich mit eigenen Augen den Bohrstaub gesehen habe, glaube ich dir fast alles. Los, lass dich nicht bitten.«

»Er wird ihn kreuzigen. Wo, kann ich nicht sagen. Da ich mir sicher bin, dass er es als großes Finale in Szene setzen wird, wird es nicht auf einem Dachboden geschehen. Er wird sich ein imposantes, weithin gut sichtbares Kreuz im Stadtgebiet aussuchen.«

Andrés drei Zuhörer schluckten synchron. »Ist das dein Ernst?«, fragte Irina kleinlaut.

»Ja, ist es.«

Achill blies Luft durch die Lippen. »Harter Tobak. Wenn ihm das gelingt, wird es wohl für den kompletten Polizeiapparat so was wie ein Erdbeben geben. Und das alles nur, weil ich dir nicht geglaubt habe.«

»Hör auf damit!«, beruhigte André. »Wir haben noch einige Eisen im Feuer.«

»Okay, du sagst uns Namen und Adresse, und wir verhaften ihn«, knurrte Achill mit Bitterkeit in der Stimme.

»So einfach ist es leider nicht. Wir müssen vorher noch ein paar Problemchen lösen, für die ich bis jetzt keine Lösung habe.«

»Das ist ja was ganz Neues. Ich wusste nicht, dass du so was wie Grenzen hast.«

»Hör auf, die beleidigte Leberwurst zu spielen. Ich bin ja selbst erst vor einer halben Stunde durch einen Tipp draufgekommen, wie die Tat Numero sieben ablaufen wird.«

André erzählte von der Begegnung mit Pater Gruber im Beichtstuhl. Während Bertling angeregt zuhörte und Irina immer wieder auflachte, schüttelte Achill nahezu durchgängig den Kopf. »Also, du gründest deinen Verdacht nur darauf, dass es sieben biblische Todesstrafen gibt und nur noch eine übrig ist, die der Täter bisher nicht verhängt hat?«, fragte er bissig.

»Ja, so ist es. Und es passt perfekt zu meinem Bild vom Täter, dass er sich für sein grausiges Finale den Erlöser selbst ausgesucht hat.«

Achill lief puterrot an und rollte mit den Augen. »Verzeih, wenn mir gerade der Glaube an deine Erlösertheorie fehlt. Vielleicht hat mich die Gnade der Frömmigkeit noch nicht erfasst.«

»Aber Frank, was haben wir denn zu verlieren?«, versuchte Verena Bertling ihn zu besänftigen.

»Da fallen mir einige Dinge ein. Zum Beispiel meinen guten Ruf, wenn ich eine Hundertschaft Bereitschaftspolizei anfordere, um Speyers Kreuze zu bewachen.«

»Ich bin überzeugt, das können wir noch einengen«, fuhr Bertling fort.

»Aha, und wie?«, brummte Achill.

»Wir müssen nur die mannshohen, öffentlich zugänglichen ...«, antwortete André.

»Ach so, nur *die* ... In einer Stadt wie Speyer, bei der es an jedem Eck einen Friedhof, eine Kirche oder sonstigen Sakralbau gibt, sind das ja auch nur 50 oder 100«, zischte Achill.

»Ich denke, wir müssen auch Stellen wie etwa den Flaggenmast am Rheinufer einbeziehen, an denen es kreuzförmige Strukturen gibt.«

»Was es natürlich vereinfacht«, fügte Achill kopfschüttelnd hinzu.

»Ich werde bis morgen dazu eine Liste zusammenstellen«, redete André unbeirrt weiter, ohne jedwede Ahnung zu haben, wie er das anstellen sollte.

Irina und Bertling waren die ganze Zeit über still geblieben. Die sichtbare Spannung zwischen den beiden Männern machte es für sie schwierig, Partei zu ergreifen, ohne womöglich zwischen die Fronten zu geraten.

»Sie sprachen vorhin von ein *paar* Problemen, die zu lösen wären. Haben Sie vielleicht noch ein Eisen im Feuer?«, ergriff nach einer kurzen Pause Bertling das Wort.

»Wir könnten nach dem Täter selbst suchen«, antwortete André.

»Wow, da wär ich nie draufgekommen. Wir Bullen suchen immer nur nach Parksündern«, sagte Achill.

»Haben Sie eine Spur?«, bohrte Bertling weiter.

»Ja, wir wissen, dass der Täter eine alte Ausgabe des ›L'Osservatore Romano‹ hatte, um die Überschrift des Artikels über die sieben sozialen Sünden auszuschneiden. Ich denke, er hat ihn abonniert. Man bekommt ihn nicht einfach so als Einzelausgabe am Kiosk und öffentliche Bibliotheken, in denen er erhältlich ist, gibt es hier in der Gegend auch nicht.«

»Mmh, verstehe«, brummte Bertling. »Und wo kann man ihn beziehen? Wo müsste man nach möglichen Abonnenten fragen?«

»Es gibt zwar einen Verlag in Schwaben, der für die deutsche Ausgabe verantwortlich ist, die italienische Originalausgabe wird aber direkt durch die Zentrale des ›L'Osservatore Romano‹ im Vatikan vertrieben.«

Achill schlug sich vor die Stirn. »Na, das nenne ich mal eine gute Nachricht. Der Vatikanstaat ist ja für seinen freimütigen Umgang mit Informationen und seine Kooperationsfreude geradezu berühmt!«

»Immerhin ist das Gendarmeriecorps des Vatikanstaats 2008 sogar Interpol beigetreten«, warf Bertling ein.

»Dein Polizeiakademiewissen in allen Ehren, Verena, aber eine Kooperation mit Interpol ist sehr aufwendig und wird in der kurzen Zeit wohl kaum funktionieren.«

»Du hast recht, Frank. Das führt zu nichts. Wenn es keine Möglichkeit gibt, deutsche Quellen anzuzapfen, wird das wohl nichts mehr.«

»Ich denke, es gibt doch noch eine Chance«, verkündete André.

Alle drei starrten ihn gespannt an. Achill war gerade im Begriff, wieder loszugranteln, doch André ließ sich nicht beirren. »So ein Abonnement muss bezahlt werden. Da das mit Bargeld nicht funktioniert, muss es jährliche Zahlungsströme, also Überweisungen, in den Vatikanstaat geben. Ich habe mir mal die Bankverbindung rausgesucht. Es ist die ›Bancario presso l'Istituto per le Opere di Religione‹.«

»Die was?«, fragte Achill und rieb sich über die Augen.

»Die Vatikanbank«, kam Bertling André zuvor.

Achill schien sich kaum bremsen zu können. »Du warst wohl zusammen mit André auf der Klugscheißerakademie.«

»Nein, aber die Bank war bis vor ein paar Jahren ständig wegen allem Möglichen in den Schlagzeilen.«

»Und was soll nun daran einfacher sein, statt bei einem Verlag bei einer Bank, die ihren Sitz im Vatikan hat, anzufragen?«

»Na ja, wir sollten am anderen Ende der Zahlungskette anfangen. Wir müssen bei den Banken vor Ort anfragen, ob es Einzelüberweisungen, Daueraufträge oder Lastschrifteinzüge über jährlich 198 Euro – das ist der Preis für ein Jahresabonnement – an die Vatikanbank gegeben hat. Da es dorthin bestimmt nicht viele Zahlungen gibt, müssten das die Banken recht schnell heraussuchen können.«

»Dazu brauchen wir einen richterlichen Beschluss. Den mit Andrés Kreuzigungstheorie zu begründen, überlasse ich gerne dir, Verena.«

»Verlass dich auf mich, ich krieg das hin. Bis morgen Vormittag habt ihr die Namen der Speyerer Abonnenten«, erwiderte sie und tippte eilig den Namen der Bank und den Betrag in ihr Smartphone. »Ich muss nur bald los, sonst wird's eng.«

»Keine Ahnung, wie du das hinkriegen willst, aber probier's halt«, schnaubte Achill. Die ganze Geschichte schien ihm gehörig gegen den Strich zu gehen.

»Ich werde mich um die Kreuze in Speyer kümmern. Frank, meinst du, du könntest trotz deines Unbehagens bei der Sache das mit der Verstärkung klären? Wir werden das morgen Nacht nicht zu viert bewältigen können«, sagte André und schaute seinen Freund erwartungsvoll an.

»Ich werde tun, was ich kann. Warum in aller Welt droht man sich immer zu blamieren, wenn man nur in deine Nähe kommt? Du ziehst das Skurrile geradezu an. Und ich muss immer der sein, der den Mist dem Polizeipräsidenten erklärt«, grantelte Achill mürrisch und erhob sich.

Nachdem er bereits drei Schritte gegangen war, drehte er sich um. »Also dann treffen wir uns morgen um 11.00 Uhr wieder hier. Mal sehen, ob irgendwas von dem, was wir besprochen haben, wirklich klappt.«

Als die beiden Polizeibeamten weg waren, rückte Irina neben André auf die Bank.

»Wird das etwa ein Annäherungsversuch?«, fragte er belustigt.

»Nein, es wird ein vertrauliches Gespräch.«

»Gott bewahre! Du willst mich darauf hinweisen, dass ich es mir mit Frank zunehmend verscherze, nehme ich an.«

»Ich denke, das weißt du selbst. Nein, ich habe etwas anderes, was mich bedrückt. Heute Morgen rief mich Swetlana an. Sie war ziemlich durch den Wind. Ich meine, ich will euch ja nicht in euerm Tatendrang bremsen, und ich hab keine Ahnung, ob es wichtig ist.«

André brummte unruhig. »Und wann kommst du endlich zur Sache?«

»Swetlana hat mir anvertraut, dass sie heute bedroht wurde. Irgend so ein Richter oder Jurist hat sie in ihrem Club besucht und ihr gedroht, er würde sie kaltmachen, sollte sie etwas über seine regelmäßigen Besuche bei ihr ausplaudern.«

»Und was hat sie ihm gesagt?«

»Natürlich, dass sie den Mund hält – was sonst?«

»Gut. Ich denke, ich kenne den Typ. Der hat nur Angst, dass seine Frau von seinen Bordellbesuchen Wind bekommt.«

KREUZWEG

Mittwoch, 28. März 2018, 15.30 Uhr

André fühlte sich zerrissen. Da war die fast schon fanatische Willensstärke, die ihn zwang, dem Treiben ein Ende zu setzen, den Täter zu fassen und diesem Ott das Leben zu retten. Auf der anderen Seite stand die zunehmende Gewissheit zu scheitern. Achill hatte recht, das alles war Wahnsinn, und die knappe Zeit würde zu rein gar nichts ausreichen. Bertling würde die Abonnenten in so kurzer Zeit nicht ausfindig machen können. Aus seiner Zeit als Risikoanalyst eines Frankfurter Bankhauses wusste er, wie langsam diese Mühlen mahlen konnten.

Auch Achill würde wohl kaum die nötige Unterstützung erfahren, um alle möglichen Tatorte überwachen zu können. Schließlich konnte man keine ganze Stadt unter Polizeiaufsicht stellen.

Und er selbst? Natürlich fielen ihm aus dem Effeff eine Menge Kreuze in der Stadt ein, aber der Anspruch, alle zu kennen, war utopisch. Es würde schiefgehen, und am Karfreitag würde irgendwo vor Hunderten von Schaulustigen ein toter Diethard Ott mit verzerrtem Gesicht an einem Kreuz baumeln. Letztlich war er, André, es, der die Sache verbockt hatte und die Verantwortung für das Desaster trug. Er hätte sich nicht durch Franks Abfuhr entmutigen lassen dürfen und alles daransetzen müssen, ihn umzustimmen. Jetzt war es zu spät.

Er war mittlerweile auf der Höhe der Tourist-Info. Vielleicht würde ihm Adelheid mit den Kreuzen helfen können.

Er wusste, dass man in der Tourist-Info eine nahezu lücken-
lose Sammlung aller stadtgeschichtlichen Werke bereithielt.
Möglicherweise hatte ja sie eine Ausarbeitung parat, die sich
mit Kruzifixen im Stadtgebiet beschäftigte.

Adelheid wirkte wie immer aufgeräumt und lächelte ihn
unter ihrem markanten schwarzen Bob hervor an.

»Guten Tag, Herr Sartorius. Hab ich was übersehen? So
spät noch eine Führung?«

»Nein, mich treibt ein anderes Problem um.«

Adelheid lachte nachsichtig. Sie kannte André und seine
Schrullen. Wenn er wie heute ohne Begrüßung gleich aufs
Thema zu sprechen kam, war das kein Zeichen von Unhöf-
lichkeit, sondern so etwas wie eine Autismusattacke.

»Und wie kann ich Ihnen dabei helfen?«

»Ich suche eine Publikation zu Kruzifixen in Speyer. Gibt
es so was?«

Adelheid wunderte sich nicht. Es kam nicht selten vor,
dass André, von einer fixen Idee getrieben, sich für irgendwelche eigenartigen Dinge interessierte. Wobei sie ihm
zugestand, dass es dafür meist gute Gründe gab.

»Ich kenne dazu nur eine Abhandlung des historischen
Vereins. Dort hat man sich vor ein paar Jahren mal mit Feld-
kreuzen rund um Speyer befasst. Ich glaube, da steht sogar
was dazu auf deren Homepage.«

Sie winkte André neben sich um den Tresen und ließ
ihre Finger über die Tastatur des PCs fliegen. »Hier ist es.«
Sie deutete mit der Fingerspitze auf einen Text, und beide
begannen zu lesen.

In dem Beitrag ging es um eine Handvoll Steinkreuze
in den Wäldern rund um Speyer, von denen jeweils Abbildungen eingebettet waren. Das größte davon maß knapp
anderthalb Meter.

»Hmm, ich glaube, das ist nichts für mich. Sie sind zu

klein«, brummelte André mehr zu sich selbst als zu Adelheid.

»Sonst wüsste ich nicht, wo man noch was finden könnte. Natürlich werden Sie im einen oder anderen Kirchenführer was über die Altarkreuze aufspüren, aber ein regelrechter Kruzifix-Führer ist mir noch nicht untergekommen.«

»Hmm«, entgegnete André ratlos. Er zögerte kurz, vermochte aber nichts Weiteres hinzuzufügen. »Dann werde ich wieder gehen. Entschuldigen Sie bitte, dass ich Ihnen die Zeit gestohlen habe.«

Adelheid musterte ihn aufmerksam. »Es ist wichtig für Sie, oder?«, fragte sie vorsichtig.

»Ja, sehr, und dringend obendrein.«

»Und Sie können mir nicht sagen, warum?«, hakte sie nach.

»Nein, ich habe versprochen, nicht über die Einzelheiten zu reden. Nur so viel, es geht um ein Verbrechen, das an einem dieser Kreuze morgen Nacht begangen werden könnte.«

Seit seiner Aktion zur Verhinderung eines Attentates während des Kohlbegräbnisses im letzten Jahr war es für sie keinesfalls verwunderlich, dass er gute Kontakte zur Polizei unterhielt.

»Sie arbeiten wieder für die Polizei?«

»Ja, so ist es.«

Adelheid überlegte kurz. Unvermittelt glitt ein Lächeln über ihre Wangen. »Ich glaube, ich kann Ihnen doch helfen.«

»Wie das?«, fragte André überrascht.

»Nun, das ist mein Berufsgeheimnis. Ich muss nur wissen, was Sie genau suchen und bis wann Sie eine Antwort von mir brauchen.«

Er beschrieb ihr, welche Art von Kreuzen er suchte.

Adelheid hatte alles minutiös, so wie es ihre Art war, mitgeschrieben. »Und bis wann wollen Sie es haben?«

»Mmh«, brummte André. »Ich denke, bis morgen Vormittag um 10.00 Uhr reicht.«

»Wird gemacht!«, gab Adelheid dienstbeflissen zurück.

»Aber wie wollen Sie … keinem Menschen fallen alle Kreuze ein … Ihre Stadtkenntnisse in allen Ehren«, druckste er irritiert herum.

»Keine Sorge, oder hab ich Sie je enttäuscht?«, antwortete sie selbstbewusst. »Nur eines noch, ich bräuchte von Ihnen in den nächsten Tagen ein Fässchen Domhofbier.«

André ersparte sich eine weitere Nachfrage. Er kannte ihr hintersinniges Grinsen, das anzeigte, dass sie in ihrem Verschwörermodus war, nur zu gut. An dieser Stelle war jede weitere Frage zwecklos. Sie würde liefern. Da war er sich nun absolut sicher.

DORNENREICH

Gründonnerstag, 29. März 2018, 9.05 Uhr

André hatte die Nacht über kein Auge zugemacht. Er hatte stundenlang am PC zugebracht. Zunächst hatte er sich noch um die Kreuze in Speyer gekümmert. Nach zwei Stunden hatte er entnervt aufgegeben. Je mehr er surfte, umso klarer wurde ihm, dass es unmöglich war, in der Kürze der Zeit alles zusammenzutragen. Normalerweise müsste man mit dem Fahrrad das komplette Stadtgebiet sowie den Wald und die Ackerflächen drum herum abfahren, um alle Kreuze lückenlos zu erfassen. Und trotzdem würde es schwierig bleiben, da wohl sehr viele davon in Innenhöfen von Altenheimen, Krankenhäusern und den unzähligen kirchlichen Gebäuden in Speyer versteckt sein dürften.

Alles in allem ein Vorhaben, das gut und gerne zwei Wochen in Anspruch nähme. So wie er würde auch Adelheid scheitern und einsehen, dass sie sich mit ihrer Zusage zu weit vorgewagt hatte. Die restliche Zeit klickte und scrollte er durch alle möglichen Bibelstellen und Heiligenkalender. Er wollte das, was ihm Pater Gruber erzählt hatte, vollends nacharbeiten und verstehen. Wenigstens hier fand er ihre gemeinsame Theorie bestätigt. Die Aufzählung der biblischen Todesstrafen war, sah man von den durch Gott selbst verhängten Strafen wie Naturkatastrophen, Krankheiten und giftigen oder wilden Tieren ab, in der Tat auf sieben begrenzt. Auffällig war nur, wie freigiebig man im Alten Testament doch mit der Verhängung selbst martialischster Strafen für aus heutiger Sicht recht harmlose Vergehen war. So forderte das Gesetz bereits für das Brechen der Sabbatruhe oder für das Beschimpfen der Eltern den Tod.

Gegen 8.00 Uhr hatte er beschlossen, aufzustehen und die schlaflose Nacht für beendet zu erklären. Er duschte, zog sich rasch an und schlurfte in die Küche hinunter. Dort geisterte schon Irina in ihrem verwaschenen Schlafanzug umher.

»Wow, alter Mann, wie hot. Siehst ja noch älter aus als sonst. Hast du heute etwa deinen Bad Hair Day?«

»Bad Hair Day. Was ist das denn schon wieder?«

»Guck einfach in den Spiegel. Dein Haupthaar gleicht einem Topf Spaghetti.«

»So fühl ich mich auch«, brummte André mürrisch. »Und du, etwa aus dem Bett gefallen?«

»Nee, aber das Ganze lässt mir keine Ruhe. Ich würde dir und Frank zu gerne helfen. Ich weiß aber nicht, wie.«

»Na, dann haben wir ja was gemeinsam. Die Tatsache, dass wir im Ergebnis von lauter Unwägbarkeiten abhängen, hier tatenlos rumsitzen und warten, bis Adelheid, Bertling oder Frank weiterkommen, macht mich krank.«

»Da, trink erst mal den«, sagte Irina und schob ihm einen Cappuccino hin.

»Wie sieht der denn aus? Gab's im Bauhaus Bauschaum im Angebot?«, frotzelte André, als er die Tasse mit der dicken, festen Milchschaumhaube sah. »Da muss man ja für den Würfelzucker Löcher vorbohren.«

»Bin ich etwa Barista? Ich krieg ihn eben nicht so sämig hin wie du.«

»Verhunzte Tage müssen wohl schon mit verhunztem Cappuccino beginnen.«

»Charmant wie ein Bulldozer«, zischte Irina zurück.

»Ich hab die ganze Nacht in der Bibel gelesen. Gruber hat vollkommen recht.«

»Wow. Der alte Mann und die Bibel. Wirst du auf deine alten Tage noch fromm?«

»Wenn ja, dürfte ich wohl kaum mit dir Sünderin zusammenleben.«

»Ey, das nimmst du zurück. Ich bin anständig erzogen und versuche mich an alle Regeln zu halten«, hielt sie ungewöhnlich ernst dagegen.

André grinste zum ersten Mal an diesem Morgen. »Schau dich doch mal an, schon durch dein Äußeres verstößt du gegen ein biblisches Gebot.«

Irina schaute unsicher an sich hinab. »Was ist mit diesem Schlafanzug nicht in Ordnung? Kein bisschen unkeusch.«

André lachte laut auf. »Da hast du aber ins Schwarze getroffen, so verwaschen und verzogen, wie der ist, ist er wahrlich ein Textil gewordenes Verhütungsmittel.«

»Ey, du Schuft! Hör auf! Der soll ja auch keine Männer anziehen, sondern gemütlich sein.«

»Trotzdem verstößt er gegen biblische Gebote«, betonte André übertrieben pastoral mit einem schelmischen Grinsen im Gesicht.

»Keine Ahnung, wovon du redest«, erwiderte sie unwirsch.

»Dann schau mal, was auf dem Etikett steht.«

»Etikett?« Umständlich suchte Irina das Nackenetikett und zog den labbrigen Stoff des Oberteils so weit nach vorne, dass sie es lesen konnte. »Viskose, Polyester, Elasthan, nicht bügeln.«

»Da, ich wusste es!«, rief André streng und vorwurfsvoll. »Du verstößt gegen das biblische Mischgewebeverbot. Im dritten Buch Mose Kapitel 19, Vers 19 steht geschrieben: ›Es soll kein Kleid auf deinen Leib kommen, das von zweierlei Garn gewoben ist‹«, zitierte er theatralisch.

Irina lachte. »Und das steht da wirklich drin?«

»Du findest es sogar an mehreren Stellen in der Bibel.«

Sie schüttelte den Kopf. »Wie bist du denn drauf? Erst bist du zu Tode betrübt und jetzt das.«

»Es ist nur Galgenhumor. Ich vermute, wir haben diese Schlacht verloren, bevor sie anfängt, und ich beginne, mich damit abzufinden.«

Just in diesem Augenblick klingelte das Festnetztelefon. Am anderen Ende war Adelheid. »Sie sollten mal einen Blick in Ihre Mails werfen. Ich hab Ihnen die Liste mit den

Kreuzen gerade geschickt. Es sind genau 37. Und ich bin mir zu 99 Prozent sicher, dass das alle sind.«

André klemmte das Handteil zwischen Ohr und Schulter und öffnete umständlich das Mailpostfach auf dem Smartphone. Nach ein paar Wischs und Klicks hatte er das Worddokument, das Adelheid ihrer Mail angehängt hatte, geöffnet. Fein säuberlich waren dort untereinander alle möglichen Kreuze mit ihrem exakten Standort aufgelistet. Selbst die besonders imposanten Grabkreuze des Friedhofs waren einzeln erfasst.

»Aber wie …«, begann er verwundert.

»Ich habe sie nur zusammengeschrieben. Zusammengesucht haben sie Ihre Stadtführerkollegen – besser gesagt 28 von ihnen.«

»Wie? Wie haben Sie …?«, stammelte André.

»Ganz einfach. Ich hab gestern Abend noch so was wie einen Stadtführer-Wettbewerb ausgelobt. ›Wer kennt Speyer am besten?‹ Für den Sieger gibt es das Fässchen Domhofbier, das Sie mir freundlicherweise zugesagt haben. Und da ich Ihre Kollegen mit ihren kleinen Eitelkeiten und ihrem Durst kenne, scheint es wohl ein voller Erfolg gewesen zu sein.«

Eine Stunde später fuhren Irina und André die Maximilianstraße Richtung Dom entlang. Die Sonne blinzelte zwischen den breiig weißen Wolken hindurch und verlieh dem Domvorplatz einen warmgoldenen Schein. Vorm Domhof stellten sie ihre Fahrräder ab und gingen hinein. Andrés Optimismus war zwar noch immer nicht zurückgekehrt, aber dank Adelheids pfiffigem Einfall hatte wenigstens er seine Hausaufgaben erledigt. Er war nun gespannt, ob Bertling und Achill ebenfalls erfolgreich gewesen waren. Und inständig hoffte er, dass sein Freund aus dem gestrigen Stimmungstief herausgekommen war.

Irina und er nahmen denselben Tisch wie gestern, bestellten sich je einen Cappuccino und warteten.

Nach zehn Minuten trudelte Verena etwas außer Atem ein. Sie war blass und wirkte übermüdet. Das flüchtige Lächeln, das bei der Begrüßung über ihr Gesicht huschte, vermochte es nicht, die Niedergeschlagenheit, die sich in ihre Züge gegraben hatte, zu überlagern. Sie blieb auffällig still und orderte einen starken schwarzen Kaffee. Kurz darauf erschien Achill. Seine Wangen glühten, als hätte er gerade rechts und links eine Ohrfeige einstecken müssen.

»Hab ich's gestern nicht gesagt? Das war wohl die größte Watsche meiner Laufbahn. Der Präsident wird mich nie mehr für voll nehmen. Wie nannte er mich doch gleich: ›religiöser Spinner‹. Was ich mir denn einbilden würde, die Arbeit der Kollegen bei diesen Fällen global anzuzweifeln, und ob ich mich über ihn lustig machen wolle. Am Ende wurde er überfreundlich und bot mir ein paar Wochen Urlaub an. Der denkt wohl, ich hab einen Knall. Anschreien ertrage ich ja, aber dieses nachsichtige Getue, mit dem man mir signalisiert, dass ich nur ein armer Irrer bin, kann ich nicht wegstecken.«

Die anderen hörten nur still zu. Keiner traute sich, sich auch nur zu räuspern. Niemand hatte Lust, ohne Deckung in Achills Zornsalven zu laufen.

»Also, ums kurz zu machen: Ich hab nix zu bieten. Keine Unterstützung und sogar noch den Hinweis, dass ich mich mit meinem Team gefälligst um die wichtigen Dinge zu kümmern habe. Auch den Fall Diethard Ott hat er mir abgenommen. Und ich Trottel wusste auch noch, dass es genau so kommen würde.«

André wäre am liebsten unter den Tisch gerutscht, so peinlich war ihm die Angelegenheit.

Dann begann Bertling. »Ich kann leider auch nichts dazu beitragen. Ich habe mich an einen Studienkollegen von der

Polizeihochschule gewandt, der heute beim BKA für Geld-
wäschedelikte zuständig ist. Er hat mir zugesagt, sich bei
den Speyerer Kreditinstituten nach Geldtransfers zur Vatikanbank umzuhören. Keine der Banken hat sich bis jetzt
zurückgemeldet. Er hat mir wenig Hoffnung gemacht. So
eine Ad-hoc-Anfrage sei unüblich, und in der Osterwoche,
wo viele in Urlaub seien, ginge so was nicht so schnell.«

André vermied es in Hinblick auf Achills Laune, den
Teilerfolg mit den Kreuzen zu erwähnen. Eines war jedenfalls spätestens jetzt klar: Der Weg war von Anfang an zu
dornig gewesen, um ihn erfolgreich beschreiten zu können.

HORS D'OEUVRE

Gründonnerstag, 29. März 2018, 16.35 Uhr

»Hallo, Herr Sartorius, Bertling am Apparat. Ich hab endlich Antwort von meinem Kollegen.«

»Oh, ich hatte gar nicht mehr damit gerechnet, heute
noch was von Ihnen zu hören«, antwortete André, der
gerade dabei war, seine Akkutaschenlampe vom Netz zu
nehmen, die er sich für die Nachttour aufgeladen hatte.

Gleich, was die Polizei wollte, konnte oder durfte, er würde das Feld nicht diesem Spinner überlassen. Er plante, wenigstens auf eigene Faust, seine Stadt heute Nacht nicht aus den Augen zu lassen.

»Die Sparkasse hat sich noch nicht zurückgemeldet, die Volksbank war mit ihrer Fehlanzeige die erste, die uns informiert hat. Bei der katholischen Kreditgenossenschaft sind wir schließlich fündig geworden. Es gibt dort zwei Daueraufträge. Da ist zunächst einer über 396 Euro. Ich wollte ihn schon auf die Seite legen, dann wurde mir klar, dass es sich um zwei Abonnements für den gleichen Empfänger handeln könnte.«

In André erwachte das Jagdfieber. »Und wer ist es?«, fragte er neugierig.

»Es ist das bischöfliche Ordinariat.«

»Ich hab's befürchtet.« André fasste sich an die Stirn. »Das wird uns nicht weiterhelfen. Selbst wenn die Zeitungsausgaben regelmäßig auf zwei bestimmten Schreibtischen landen, gehen sie bis dahin durch viele Hände. Womöglich werden sie danach von wieder anderen Mitarbeitern archiviert. Ich wette, wenn wir da nachbohren, werden wir mindestens 20 Personen finden, die ungehinderten Zugang zu den Zeitungen haben.«

»Das denke ich auch«, bestätigte Bertling. »Aber da ist noch eine andere Zahlung über 198 Euro jährlich. Sie wird dem Konto eines gewissen Albrecht Kilian belastet.«

»Albrecht Kilian?«, wiederholte André laut. »Verwechseln Sie das auch nicht? Ist es nicht vielleicht Doktor Heribert Kilian?«

»Nein, definitiv nicht. Ich habe die Meldeadresse schon ausfindig gemacht. Er wohnt in der Bahnhofstraße und ist bisher polizeilich noch nie in Erscheinung getreten.«

»Sein Sohn schon«, erwiderte André knapp.

»Wie, Sie kennen ihn?«

»Ja, wenn er etwa 70 Jahre alt und der Vater von Doktor Heribert Kilian ist, dann hatte ich die Tage schon das Vergnügen, ihn kennenzulernen.«

»Ich bin auf dem Weg von Ludwigshafen zu seiner Adresse, Frank ist auch schon unterwegs. Von der Polizeidirektion in Speyer wird uns ein Streifenwagen unterstützen. In zehn Minuten werden wir ihm auf den Zahn fühlen.«

André wurde von Energiewellen durchflutet. Waren seine Bemühungen doch nicht umsonst gewesen?

»Bleiben Sie, wo Sie sind, wir werden Sie auf dem Laufenden halten. Ich muss mich noch mit Frank abstimmen. Bis demnächst«, tönte es hektisch aus dem Hörer, ehe ein Knacken das Ende des Gespräches verkündete.

Natürlich würde er nicht hier sitzen und Maulaffen feilhalten. Dazu war er zu tief in diese Sache involviert. Was, wenn sie ihn brauchten, wenn es ein weiteres Rätsel zu entschlüsseln gab, dann musste er zur Stelle sein.

Er stürzte an die Garderobe, riss eine Jacke herunter, dann an den Schuhschrank, zog sich das erstbeste Paar Schuhe an und eilte zur Tür.

»Wow, was ist denn das? Der alte Mann im Alarmmodus? Vergiss dein Blaulicht nicht mit aufs Rad zu nehmen«, rief ihm Irina belustigt hinterher, als er sich auf sein Fahrrad schwang.

So wie es aussah, war er fast gleichzeitig mit Achill und seinen Leuten in der Bahnhofstraße angekommen. Nun hieß es, vorsichtig Abstand zu halten. Er wusste aus Erfahrung, wie Achill in solchen Situationen reagierte. Rechtzeitig war er auf den Parkplatz der Stadtbücherei in der sogenannten Villa Ecarius abgebogen. Nun hielt er sich unauffällig in der Nähe der Eingangstür auf, um die Lage zu erkunden.

Ein Streifenwagen war vor ihm auf den Parkplatz der Bücherei gefahren. Die beiden jungen Polizisten waren kurzerhand über die niedrige Mauer in den Garten des Nachbarhauses gesprungen. Offensichtlich hatten sie den Auftrag, die Gebäudezeile, in der Kilians Haus lag, auf der Rückseite abzusichern.

André ging ein paar Schritte Richtung Straße und verbarg sich links vom Zugangsweg hinter einem Busch. Sein Versteck lag nahezu parallel zur Gebäudefront, sodass er alle Fenster und Türen im Blick hatte, ohne selbst gesehen zu werden. Auch den Eingang der Kilian-Villa, die nur ein paar Häuser weiter Richtung Innenstadt lag, konnte er problemlos einsehen. Er beobachtete, wie Achill und Bertling an der Tür klingelten.

Es erging ihnen ähnlich wie ihm vor ein paar Tagen. Obwohl sie bereits mehrfach den Klingelknopf gedrückt hatten, passierte rein gar nichts. Er beobachtete, wie Bertling und Achill tuschelten. Offensichtlich waren sie unschlüssig, was sie tun sollten.

André war sich sicher, dass wenigstens Heribert Kilian zu Hause sein würde. Er war um diese Zeit wahrscheinlich viel zu betrunken, um das Haus zu verlassen. Er sah, dass Achill die kleine Eingangstreppe hinab Richtung Hoftor lief. Wollte er etwa aufgeben? Andrés Nerven waren bis zum Bersten angespannt. Am liebsten wäre er zu ihm geeilt und hätte ihn ermutigt, die Tür aufzustemmen und das Haus zu stürmen.

Er registrierte, wie sich am oberen Fenster etwas regte. Es wurde leise geöffnet, der Lauf eines Gewehrs schob sich heraus und wurde auf Achill gerichtet.

»Frank, pass auf! Da oben am Fenster! Er hat ein Gewehr!«, schrie André.

Franks Kopf wandte sich ruckartig hoch.

»Verlassen Sie sofort mein Grundstück, sonst mache ich Ihnen Beine!«, schrie der Mann in der Fensteröffnung.

André war sich sicher, die Stimme von Kilian junior zu erkennen.

»Ich will nichts von Ihnen, ich will zu Ihrem Vater.« Achill hob beide Hände. Offensichtlich ging auch er davon aus, Heribert Kilian und nicht seinen Vater vor sich zu haben.

»Das ist egal. Ich lasse nicht zu, dass Sie ungefragt mein Grundstück betreten. Gehen Sie weg, oder ich lege Sie um!«

»Herr Kilian, seien Sie vernünftig. Jetzt bin ich noch allein, wenn Sie mir nicht öffnen, muss ich in zehn Minuten mit einem Spezialeinsatzkommando zurückkommen und Ihr Haus stürmen.«

»Machen Sie doch, was Sie wollen, aber jetzt raus aus dem Garten, sonst kracht's!«, schnarrte Kilian mit einem deutlichen Lallen.

Bertling, die sich die ganze Zeit eng in die Türöffnung gepresst hatte, schien verstanden zu haben. Achill hatte gerade abgecheckt, dass Kilian bisher nur ihn gesehen hatte. Aufgrund der Behinderung konnte er nicht aus dem Rollstuhl aufstehen und daher auch nicht direkt an der Hauswand hinabspähen, sodass er Bertling unmöglich sehen konnte. André beobachtete, wie sie in der Tasche ihrer Steppjacke herumnestelte und ein kleines ledernes Etui herausfischte. Sie entnahm etwas daraus und hantierte damit im Türschloss herum.

Achill war derweil aus dem Garten auf das Trottoir vor dem Anwesen zurückgewichen. »Ich werde das SEK verständigen«, rief er zu Kilian hoch und fischte nach seinem Handy. Parallel dazu bedeutete er mit der anderen Hand einer älteren Dame, die mit einer Einkaufstasche aus Richtung Innenstadt anmarschierte, den Bürgersteig vor dem Haus nicht zu betreten.

Jetzt winkte Bertling ihrem Vorgesetzten zu und gab ihm zu erkennen, dass sie das Schloss überwunden hatte.

Achill beendete gerade das vorgetäuschte Telefonat, bei dem er laut Kilians Namen und Adresse durchgegeben hatte. Er wandte sich nun wieder dem Mann im Fenster zu.

»Kilian, kommen Sie doch zur Vernunft! Wir wollen Ihnen nur ein paar Fragen stellen.«

»Ich beantworte euch Drecksbullen nie wieder irgendwelche Fragen! Verschwindet!«

Während Achill das Ablenkungsmanöver weiter durchzog und Kilian in eine Diskussion verstrickte, zog Bertling ihre Dienstwaffe und drückte sich durch die Tür.

Minutenlang geschah nichts. André fürchtete mittlerweile, das Bertling im Innern auf Kilian senior gestoßen war. Verdammt! Der Alte war bestimmt weniger harmlos als sein betrunkener Sohn.

Nach zehn Minuten konnte André beobachten, wie der Gewehrlauf ruckartig aus der Fensteröffnung verschwand. Nach weiteren 30 Sekunden schaute Bertling heraus. »Gesichert! Der Senior ist wohl ausgeflogen, und der hier knutscht mit dem Heizungsrohr«, rief sie triumphierend herunter.

Achill nickte.

»Ihr solltet euch mal den Keller anschauen!«, rief sie mit Blick auf André. »Ich denke, wir liegen hier richtig.«

*

Albrecht Kilian war und blieb verschwunden. Auch den beiden Streifenpolizisten, die die Rückseite des Gebäudes im Auge zu behalten hatten, war er nicht in die Arme gelaufen. Aus dem Mund seines Sohnes, der sich nach endlosem Palaver erst dann entschied, mit Achill zu reden, als ihm dieser ein Glas Riesling vorgesetzt hatte, hörte sich alles ganz harmlos an. Sein Vater sei heute Morgen weggegangen und noch nicht zurückgekehrt.

Glücklicherweise hatte er durch die Drohung mit dem Gewehr der Polizei genügend Anlass geboten, das Haus legal zu betreten und wenigstens oberflächlich zu untersuchen. Eine regelrechte Hausdurchsuchung unter Einbeziehung der Kriminaltechnik war allerdings nicht drin gewesen. Es fehlte an einem richterlichen Durchsuchungsbeschluss. Aufgrund der Tatsache, dass außer Andrés These keine konkreten beweisbaren Hinweise auf eine Täter- oder Mittäterschaft von Vater und Sohn vorlagen, war sie zum jetzigen Zeitpunkt nicht zu bekommen gewesen.

Der Gewölbekeller, der, wie der weiße Pfeil an der Hauswand verriet, schon während des Zweiten Weltkriegs als Schutzraum gedient hatte, hatte es in sich. Neben einigen Peitschen und weiteren Bußinstrumenten waren mehrere Fassungen der Bibel und sonstige theologische Bücher im Angebot. Dazwischen fanden sich blutige Kleidung, Verbandszeug und vor allem ein ganzer Stapel alter Ausgaben des »L'Osservatore Romano«.

Trotz der Gegenstände, die allesamt auf einen fanatischen Flagellanten und Eiferer hinwiesen, fehlte jegliche Spur von Diethard Ott. Auch Indizien, die auf die Morde deuteten, fehlten.

»Er ist unser Mann!«, beharrte nun auch Achill. »André, du hattest mit allem recht. Wir brauchen heute Nacht ein Wunder. Wir müssen diesen Spinner kriegen.«

André nickte bestätigend.

»Verena, du wirst es noch mal mit dem Sohn probieren. Er muss uns sagen, wo sich sein Vater rumtreibt. Er soll dir ein Foto von ihm mitgeben, damit wir ihn umgehend zur Fahndung ausschreiben können. Ich werde noch mal in

Ludwigshafen bei meinen Vorgesetzten anklopfen. Wir werden heute Nacht nicht unter 50 Mann von der Bereitschaftspolizei auskommen. André, dir kommt bei dem Einsatz eine Schlüsselrolle zu. Wir müssen unsere Kräfte möglichst sinnvoll über das Stadtgebiet verteilen. An jedem Kreuz sollte ein Mann auf der Lauer liegen. An drei bis vier verkehrsmäßig günstig gelegenen Stellen benötigen wir mobile Einsatztruppen, die auf ein Signal der Späher in längstens drei Minuten am Einsatzort sein können. Du kennst dich von uns allen am besten in Speyer aus. Du weißt, wo die Kreuze stehen und wie lange man braucht, um von A nach B zu kommen. Zeichne sie in einen Stadtplan ein und mach davon mindestens 50 Ausdrucke.«

André war zufrieden. So schätzte er seinen Freund: energisch, optimistisch, zupackend. Er hoffte inständig, dass Achill bei seinem Chef nicht erneut gegen eine Mauer lief.

»Wir brauchen noch einen ausreichend großen Raum für das Briefing nachher. André, kannst du uns was organisieren?«

»Kein Problem, ich werd mit den Eigentümern des Domhofs klären, ob wir den Ratsherrensaal kriegen. Dort gibt es Platz für 80 Personen. In der Nacht auf Karfreitag wird wohl niemand darin feiern wollen.«

»Wir treffen uns an Ort und Stelle um 18.00 Uhr zu einem deftigen Abendessen. Nimm dir warme Kleidung mit. Die Nacht wird lang und kalt«, ordnete Achill mit befehlsgewohnter Stimme – wieder ganz in seinem Element – an.

ABENDMAHL

Gründonnerstag, 29. März 2018, 18.05 Uhr

Man hatte im Domhof alles perfekt für ihre Bedürfnisse hergerichtet und die Tische im Raum eigens für sie umgestellt. In der Raummitte stand nun eine lange Tafel, die für ein gutes Dutzend Personen Platz bot. Hier würde für diesen Abend ihre Kommandozentrale sein. Neben Achill, Bertling, Irina und ihm selbst würden an der Tafel die vier Gruppenführer der mobilen Eingreifteams und ihre Stellvertreter sitzen. Ihnen waren wiederum je ungefähr acht bis zehn Späher zugeordnet, die nur die Aufgabe hatten, in sicherem Abstand zu den Kreuzen versteckt das Terrain zu überwachen und abzuwarten.

André hatte schon auf einem der mittleren Stühle Platz genommen, links von ihm saß Irina und rechts Verena Bertling. Von Achill fehlte noch jede Spur. »Bestimmt hängt er noch im Berufsverkehr fest. Um diese Zeit ist die B 9 zwischen Ludwigshafen und Speyer recht voll«, beruhigte Bertling.

André trommelte unruhig mit den Fingerkuppen auf der Tischplatte und ordnete im Minutentakt den vor ihm liegenden Stapel mit den Stadtplanausdrucken neu.

Um 18.15 Uhr erschien Achill mit einem jungen Polizisten im Schlepptau. André wusste, dass er Jonas hieß und zu Achills Team gehörte, er hatte ihn bereits bei ihrem gemeinsamen Einsatz im letzten Jahr rund um das Kohlbegräbnis kennengelernt.

»Am besten, wir blasen den ganzen Mist ab«, tönte Achill quer durch den Raum. Sein Kopf hatte eine ungesunde, tiefrote Färbung angenommen. Jonas ließ sich ein paar Schritte zurückfallen. Im Gegensatz zu seinem Vorgesetzten war er kreidebleich.

»Was ist?«, fragte André heiser.

»Nichts ist! Die in Ludwigshafen bleiben dabei. Alles, was wir tun, ist sowieso Unsinn, und für so was werden keine Hunderte Überstunden bei der Polizei aufgebaut, die dann bei wichtigeren Anlässen – wie beispielsweise Fußballspielen – fehlen!« Achill hatte die Worte geradezu ausgespien.

»Komm, lass uns mal zusammen rausgehen und eine rauchen«, sagte André, stand auf und legte freundschaftlich einen Arm um Achills Schulter.

Dieser schüttelte unwirsch den Arm ab, folgte ihm aber dennoch.

Irina rollte mit den Augen und schaute Bertling fragend an. »Was war das denn? Die rauchen doch beide nicht?«

Bertling lächelte nachsichtig. »Ich denke, Herr Sartorius hat das mehr im Sinne von *verrauchen* gemeint.«

»Hmm, kann sein. Und jetzt?«, erkundigte sich Irina.

»Der Polizeipräsident und der Oberstaatsanwalt waren recht deutlich. Es wird keine Unterstützung aus Ludwigshafen geben«, mischte sich Jonas ein, der gerade im Begriff war, wieder etwas Gesichtsfarbe anzunehmen.

»Das bedeutet, wir können das hier vergessen. Mit drei Polizeibeamten können wir schwer das komplette Stadtgebiet überwachen, ganz zu schweigen davon, einen einigermaßen sicheren Zugriff zu gewährleisten.«

»Ohne genügend Leute, die die Augen für uns offen halten, wird das nichts. Schade, aber auch nicht zu ändern. Ich bestell mir jetzt jedenfalls ein ordentliches Weizen. Was Vernünftiges tun können wir heute eh nicht mehr«, resümierte Bertling niedergeschlagen.

Das provisorische Lagezentrum »Abendmahl«, wie es Irina vorhin scherzhaft genannt hatte, gab ein trauriges Bild ab. Verloren an der großen Tafel, hatten Bertling und Jonas je ein Domhofweizen vor sich stehen und plauderten leise, während Irina in sich gekehrt auf ihrem Smartphone herumtippte.

André und Achill blieben gut eine halbe Stunde weg. Als sie zurückkamen, hatte Achills Teint eine kränklich blasse Farbe angenommen. Er wirkte geschlagen. Er hatte auf der ganzen Linie verloren. Verloren in Bezug auf seine Durchsetzungsfähigkeit im Präsidium und verloren in Bezug auf seine Glaubwürdigkeit bei seinem Team sowie bei André und Irina. Das musste er zunächst einmal verdauen. Er und André setzten sich schweigend zu den anderen an den Tisch. Beide bestellten sich ebenfalls ein Bier, um den Frust zu ersäufen.

Die Minuten der letzten Stunde zogen sich in bleierner Schwere dahin. Alle schwiegen mehr oder weniger und nippten ab und zu lustlos an ihrem Bier. Mehrfach hatte die Bedienung gefragt, wann die anderen Gäste kämen und wann sie zu essen gedachten, mehrfach war sie nach ausweichenden Antworten unverrichteter Dinge wieder gegangen. Keiner traute sich, die Frage zu stellen, die wohl alle bewegte. Keiner wollte der Erste sein, der die Worte Kapitulation oder Rückzug in den Mund nahm. Nur Irina schien von alldem nichts mitzukriegen. Sie blickte nach unten und tippte mit einem unnatürlich gekrümmten Daumen auf dem Touchscreen ihres Smartphones herum. André hatte ihr deswegen schon mehrfach strafende Blicke zugeworfen, die sie konsequent ignoriert hatte.

»Haben Sie eine Irina hier?«, fragte die Bedienung, die ihren Kopf durch die Tür steckte.

Irina erhob sich unsicher. »Ja, das bin ich.«

»Hier unten sind ein paar junge Herrschaften für Sie. Der eine hat irgendwas von einem Mopp geredet. Könnten Sie mal kommen?«, fragte die etwa 60-jährige, in ein fesches Dirndl gezwängte Kellnerin mit leichter Empörung in der Stimme.

»Mopp? Will da jemand das Nebenzimmer wischen oder was soll das? Hast du nichts Besseres zu tun, als dich jetzt mit deinen durchgeknallten Freunden zu treffen?«, murrte André.

Irina schaute sich zögerlich zu den anderen um und meinte dann fast beiläufig: »Sie sollen hochkommen.«

Jetzt sah auch Achill irritiert auf, während Bertling etwas unschlüssig in sich hineinlächelte.

»Was soll das?«, fragte Achill.

»Abwarten«, antwortete Irina und starrte zur Tür.

Kurz darauf erschien ein schlaksiger, pickliger Jüngling in der Tür.

»Hi, Sebastian, schön, dass ihr hier seid«, rief ihm Irina aufgeregt mit ungewohnt rosigem Teint entgegen.

»Unten sind noch etwa 30 Leute, und draußen vor dem Lokal steht noch mal ungefähr die gleiche Anzahl, und es werden jede Minute mehr«, erwiderte Sebastian lausbübisch grinsend.

»Was soll das?«, wiederholte Achill die schon eben gestellte Frage. Nur, dass er dieses Mal vom Stuhl aufsprang und Irina ärgerlich anfunkelte.

»Das ist die Kavallerie!«, sagte sie und grinste breit.

»Wie, was?«, zischte Achill.

»Das sind deine Späher, Frank. Sie sind alle hier, um uns zu helfen.«

»Aber wieso? Woher wissen sie …?«, stammelte Achill in einer Mischung aus Bitterkeit und Verwirrung.

»Schon mal was von einem Flashmob gehört?«

Während Bertling und Jonas wissend schmunzelten, schauten sich André und Achill überfordert an.

»Oh Mann, ihr seid so was von retro. Das sind alles Freunde und Kommilitonen von der Uni. Ich hab sie über unsere WhatsApp-Gruppe zusammengerufen. Wenn's was zu erleben und anschließend zum Abfeiern gibt, sind sie immer zur Stelle. So sind wir Studis eben.« Dabei strahlte sie übers ganze Gesicht.

»Das kommt gar nicht infrage, eine Horde von Zivilisten in das hier mit reinzuziehen!«, polterte Achill.

»Die sind deutlich unauffälliger als deine Bullentruppe. Ein knutschendes Pärchen ist weniger verdächtig als deine Jungs mit Jeans und Lederjacke. Diese Zivilbullen erkennt man doch auf 100 Meter«, hielt Irina dagegen.

»Ich glaube, sie hat recht, wenn sie auf Distanz bleiben, immer in Zweiergruppen gehen und uns sofort alarmieren, wenn was Auffälliges passiert, kann eigentlich nichts schiefgehen. Den Zugriff übernehmen wir und die Kollegen von der Streife. Denk dran, wir haben es nur mit einem etwa 70-jährigen Einzeltäter zu tun und nicht mit einer Mafiabande«, kam ihr Bertling zu Hilfe.

»Aber wie soll das gehen? Wir haben weder Polizeifunk noch ein echtes Lagezentrum. Wie willst du einen Hühnerhaufen von 70 Leuten koordinieren?«

»Hast du nicht gerade mitgekriegt, wie Irina das hinbekommen hat? Über die WhatsApp-Gruppe sind alle vernetzt. Sie muss uns nur in die Gruppe einladen und wir können alle in Realtime kommunizieren. Und das noch wesentlich diskreter als mit unseren quäkenden Polizeifunkgurken«, erwiderte Bertling mit Nachdruck.

»Sebastian, wie Sie sehen, gibt es noch einen kurzen Diskussionsbedarf, darf ich Sie bitten, vielleicht draußen einen

Augenblick zu warten? Wir melden uns sofort«, mischte sich André ein, dem die Diskussion unter den Augen des jungen Mannes gegen den Strich ging.

Achill wirkte erleichtert. »Danke, André.«

»Frank, ich weiß nicht, ob dir gefällt, was ich jetzt sage: Ich finde, Irina und deine Kollegin haben recht. Es ist nichts Ungewöhnliches dabei, Zivilisten in die Polizei als Tippgeber mit einzubeziehen. Jedes Fahndungsplakat hat diesen Zweck. Selbst in dieser XY-Fernsehsendung greift man auf normale Bürger zurück. Wichtig ist nur, dass wir im Ernstfall eingreifen. Das sicherzustellen – darauf sollten wir uns ab jetzt konzentrieren. Und hier zu sitzen und zu warten, an welchem Kreuz morgen Ott hängt, kann doch wohl auch nicht in unserem Interesse sein. Komm schon, lass es uns wenigstens probieren.« Dabei fasste André seinen Freund an der Schulter.

»Aber ihr kümmert euch um diese Milchbärte, dazu hab ich nicht die Nerven. Ich werd mich um die Eingreiftruppe bemühen.« Damit stand Achill auf, lief zur Tür und beorderte Sebastian herein. Er hingegen verzog sich um die Ecke, um zu telefonieren.

In den nächsten Minuten wurde es voll im Raum. Die Zahl der Unterstützer hatte sich mittlerweile auf rund 80 Leute erhöht. Während Achill draußen telefonierte, hatten Bertling und André das Kommando übernommen. Irina fügte die Handynummern der drei Polizeibeamten und von André in die WhatsApp-Gruppe mit ein und setzte die Gruppenmitglieder darüber in Kenntnis.

Zunächst gab Bertling eine kurze Einführung und informierte die Anwesenden über die Maßnahme. Dabei blieb sie an der Oberfläche, erwähnte lediglich, dass ein Spinner vermutlich eine Art Hinrichtung an einem Kruzifix plante, und ging mit keinem Wort auf die Person von Ott ein. Mehrfach bekräftigte sie, dass es unabdingbar sei, dass sich niemand in den Zugriff einmischte. Der Täter sei bewaffnet und höchst gefährlich! Wer das Risiko scheue, sollte lieber gleich den Rückzug antreten. Sie erntete für den letzten Satz eher Empörung und die Bekräftigung, dass alle dabei wären.

»Wer von euch kommt aus Speyer und kennt sich hier perfekt aus?«, rief André in das Durcheinander. Sieben Finger stiegen in die Höhe.

»Okay, setzt euch bitte hier an den Tisch.« Dabei wies er auf die freien Plätze gegenüber und an den Tischenden.

»Lass Clara auch zu uns. Sie ist gerade Volontärin bei der ›Rheinpost‹ und die Leseratte in meinem Freundeskreis. Ich hab sie extra eingeladen, damit wir eine anständige Presse kriegen«, mischte sich Irina ein und zeigte auf eine hübsche, hochgewachsene junge Frau mit wachen Augen.

André bot sich ein farbenfrohes Bild. Vor ihm saß ein bunt gemischter fröhlicher Haufen junger Leute.

Hatte Frank doch recht gehabt, und das Ganze war eine Schnapsidee? André spürte, wie ihm ein Schweißtropfen zwischen den Schulterblättern herunterrann.

Irina schien die Unsicherheit zu bemerken und durchbrach die Stille, indem sie ihre Mitstudenten vorstellte.

»Sebastian kennst du ja schon. Er studiert mit mir und ist unser Jahrgangsprimus.«

Sebastian lief rot an, was seine Pickel noch auffälliger zur Geltung brachte.

Daneben saß eine Gruppe, die aussah, als sei sie gerade einer Moschee entschlüpft. Eine junge Frau, deren Kopftuch nur knapp das blasse Gesicht freiließ, und zwei junge Männer mit langen schwarzen, buschigen Bärten. »Darf ich vorstellen: Kopftuch-Aische und die Talibanbrüder Jan und Malte«, stellte sie lachend die drei vor. Die Jungs erhoben sich und gaben ihm artig die Hand.

André schüttelte den dreien mit entschuldigendem Gesichtsausdruck die Hände.

Irina lachte. »Chill dich und hör auf mit Fremdschämen, alter Mann. Die ertragen das. Aische läuft so rum, weil sie konservativ ist, und Jan und Malte, weil sie hipp sind. Mich nennen sie übrigens Russen-Olga, und ich komm auch damit gut klar.«

André nickte unsicher. Offensichtlich schien er wirklich vieles zu verkrampft zu sehen. Er war wohl doch voll jurassic.

»Daneben, das sind Jakob und Lady Johanna. Sie sind Geschwister aus Speyer-Nord. Ich kenn sie schon fast so lange, wie ich hier bin.«

Wieder schaute André etwas hilflos aus der Wäsche. Was war das denn schon wieder, »Lady Johanna«.

Irina lachte. »Ich nenne sie so, weil sie im letzten Jahr Karnevalsprinzessin war.«

André blieb stumm. Ihm wurde das Ganze allmählich suspekt. Prüfend schaute er sich um. Aus dem Augenwinkel sah er in Bertlings Gesicht. Als sie seinen Blick auffing, lächelte sie ihn nur aufmunternd an. Es lag in seiner speziellen Persönlichkeit, dass er sich unwohl fühlte, wenn er glaubte, über etwas die Kontrolle zu verlieren.

Irina setzte hingegen ihre Vorstellungsrunde unbeirrt fort. »Das hier ist Moritz. Er nimmt sich in der Mensa immer gleich zwei Tabletts.« Ein stämmiger, rotbäckiger Zweimetermann, der mindestens 120 Kilo auf die Waage brachte, lächelte André gelassen zu.

»Und die Letzte kennst du ja schon. Das ist Clara. Sie hat Journalismus studiert und langweilt sich bei der ›Rheinpost‹ mit Aushilfsjobs herum. Heute hat sie die Chance, dort groß rauszukommen.«

André gefiel ganz und gar nicht, was da passierte. Sie

waren im Begriff, eine Horde Kids auf einen Serienkiller loszulassen. Wenn das nur gut ging.

Bertling stieß ihm sanft den Ellbogen in die Seite und zwinkerte ihm aufmunternd zu. »Wollten Sie nicht die jungen Herrschaften mit ihren Aufgaben und Einsatzgebieten vertraut machen?«

»Äh, ja. Ganz recht.« André verteilte etwas linkisch an jeden der acht die Stadtplanausdrucke.

»Wir haben uns das so vorgestellt: Sie koordinieren jeweils eine Gruppe von ungefähr zehn Leuten, die sich in Speyer nicht so gut auskennen wie Sie selbst. Sie begleiten ihre Teammitglieder zu ihren Einsatzorten und helfen ihnen, eine günstige Stelle zu finden, von wo sie das betreffende Zielobjekt gut einsehen können, ohne selbst gesehen zu werden.«

Seine Zuhörer nickten artig. »Fangen wir mit Ihnen an, Johanna und Jakob. Sie kommen, wie Irina sagte, aus Speyer-Nord. Sie kümmern sich um diese Kreuze hier.« Dabei wies er mit der Fingerspitze auf die drei eingezeichneten und mit einem großen Kreis umfassten Kreuzstandorte.

»Wer kennt sich auf dem Friedhof aus?«

Moritz, der Hüne, hob verschämt die Hand. »Wir haben früher dort ... also in meiner Zeit als Grufti ... also nachts ... rumgehangen.«

Moritz schien förmlich erleichtert, als er es über sich gebracht hatte. Die anderen grinsten.

»Das passt bestens«, sagte André und schaute dabei Bertling an, die keine Anstalten machte, einen strengen Polizeiblick aufzusetzen.

»Schon gut, Moritz. Ist bestimmt schon verjährt«, beruhigte sie den jungen Mann.

»Gut, Moritz, das Friedhofsgelände ist sehr weitläufig. Dort gibt es jede Menge Grabkreuze. Achtet besonders auf das zentrale Kreuz auf der Friedhofshauptallee. Du wirst eher ein paar Leute mehr brauchen als die anderen. Ich würde mich nicht wundern, wenn er dort zuschlägt.«

Moritz blickte ernst auf den Plan vor sich, auf dem gleich über zehn Standorte markiert waren.

»Ein weiterer neuralgischer Punkt ist der Adenauerpark mit dem alten Friedhof und daneben dem Kapitelsfriedhof hinter der Kirche Sankt Bernhard, in dem sich auch das Kohlgrab mit dem großen Holzkreuz darauf befindet.«

Dieses Mal meldete sich Taliban-Jan. »Wir wohnen dort in der Nähe. Ich war früher oft im Park.«

»Gut. Auch du solltest aufpassen. Unmittelbar hinter der Kirche gibt es ein sehr imposantes Kreuz. Und lass dich nicht dadurch täuschen, dass der Park in der Nacht zugesperrt ist. Die Tore sind leicht zu überwinden. Dem Täter könnte dieser Umstand nützen, weil er sich dort unbeobachtet wähnt.«

Jan nickte. Sein Bart beschrieb dabei eine ausladende Kreiselbewegung. »Nimm dir ein paar Leute mit, die kein Problem damit haben, über den Zaun zu klettern, ihr werdet da reinmüssen. Tarnt euch als Liebespärchen, im Park treiben sich oft welche rum.«

Irina lachte. »Wow. Ich schätze, der alte Mann spricht gerade von seiner Jugend.«

Alle grinsten. Andrés Wangen wurden heiß. Warum nur traf sie immer so unerbittlich ins Schwarze?

Er überging ihren Kommentar und fuhr fort. Die letzte Gruppe bedachte er mit der Aufgabe, sich um die Feldkreuze außerhalb Speyers zu kümmern. Das übernahm Malte, der seinen Vater schon oft auf der Jagd begleitet hatte und sich in den Gemarkungen um die Stadt herum auskannte.

André selbst wollte sich um das Gelände rund um den Dom kümmern. Insbesondere den Ölberg, der zwar in der bestehenden Form kein Kreuz trug, aber letztlich eine Nachbildung des Gartens Gethsemane, des Ortes, an dem Jesus von Judas verraten wurde, darstellte und somit in starkem Zusammenhang mit der Kreuzigung stand.

Mittlerweile war es 20.15 Uhr, André war gerade mit der Einweisung fertig, als Achill den Raum betrat. Alle starrten ihn fragend an. Hatte er keinen Erfolg gehabt, war die weitere Aktion sinnlos? Man konnte die jungen Leute nicht losschicken, ohne ihnen die Rückendeckung eines schlagkräftigen Polizeieinsatzkommandos zu bieten.

Achill näherte sich wortlos und blickte ernst in die Runde. »Wenn man euch so an dieser Tafel sitzen sieht, könnte man meinen, ihr seid pünktlich zu Gründonnerstag Leonardo da Vincis Gemälde vom letzten Abendmahl entsprungen.«

Dann setzte er sich auf den angestammten Platz neben Verena Bertling. Seine Gesichtsfarbe war in den Normalbereich zurückgekehrt. Leise, so, dass es nur die um ihn Herumsitzenden hörten, begann er zu sprechen. »Wir können es ja trotz allem mal versuchen«, verkündete er ruhig. André ließ sich von dieser Ruhe, die wie eine dünne, zerbrechliche Eisschicht über den emotionalen Untiefen seines Freundes lag, nicht täuschen und hoffte, dass er sich fangen würde.

Dann sprach Achill in der für ihn üblichen sachlichen Art weiter. »Ich habe eben mit Bender, dem Leiter der Speyerer Polizeiinspektion, telefoniert. Er hat seinen Leuten Sonderschichten aufgebrummt und wird heute zwei Streifen mehr auf Tour schicken und uns ab 23.00 Uhr inoffiziell drei Streifenwagen unterstellen. Zwei Mann der Truppe sind erfahrene ehemalige SEK-Leute. Er wird sie besonders briefen, entsprechend ausstatten und bewaffnen. Damit hätten wir unsere mobile Eingreiftruppe wenigstens in abgespeckter Form. Ich hoffe nur, er bekommt keinen Ärger wegen dieses Freundschaftsdienstes.«

»Wow«, kommentierte Irina knapp.

Bertling und André schauten sich an und lächelten.

Dann erhob sich Achill und richtete das Wort an die Anwesenden. »So, meine Herrschaften. Zunächst möchte ich mich bei euch allen für eure Bereitschaft bedanken, bei unserer etwas unkonventionellen Polizeiaktion mitzuwirken. Wie ihr seht, wird auch bei uns Bürgerbeteiligung großgeschrieben. Unser eigentlicher Einsatz wird so gegen 23.00 Uhr beginnen. Erst dann müssen wir auf unseren Plätzen sein. Unsere Mission wird möglicherweise bis Tagesanbruch dauern. Insofern steht uns eine lange, kalte Nacht bevor. Ich möchte euch daher im Namen des Polizeipräsidiums Ludwigshafen zu einem gemeinsamen Abendessen einladen. Bitte geht mit dem Bierkonsum maßvoll um. Der Erfolg der Mission hängt im Wesentlichen von eurer Geistesgegenwart ab«, verkündete Achill staatsmännisch. Die jungen Leute applaudierten ihm geschlossen.

Jetzt war es Bertling, der die Farbe aus dem Gesicht gewichen war. »Sollte ich irgendwas verpasst haben, oder hat das Präsidium seit heute das Spesenbudget ins Endlose erhöht?«, zischte sie.

Achill lachte. »Hat es nicht, aber ich hatte, als ich draußen war, unter anderem auch einen Anruf von Otts Sohn. Er hat mir zugesagt, alles bereitzustellen, was ich nur bräuchte, um seinen Vater zu befreien. Und ich denke, unser letztes Abendmahl vor der großen Jagd gehört dazu.«

GETHSEMANE

Gründonnerstag, 29. März 2018, 23.15 Uhr

Achill hatte es so arrangiert, dass Irina mit der Aushilfsjournalistin Clara und ihrer kleinen Schar die Aufgabe zufiel, Position in der Nähe des Flaggenmastes an der Rheinpromenade zu beziehen.

Er und Bertling hatten ihre beiden zivilen Polizeifahrzeuge auf dem Domparkplatz nördlich des Domes abgestellt; in einem davon saß Jonas und hielt Funkkontakt zu den Speyerer Polizeikräften. Bertling, Achill und André hatten sich auf einer der Parkbänke, die im Halbkreis um den Springbrunnen südöstlich des Domes standen, niedergelassen. Von hier konnten sie das weitläufige Areal seitlich des Domes und rund um den Ölberg überblicken. Da ihre Bank außerhalb der Parkbeleuchtung lag und ihnen das im Halbrund hinter ihnen verlaufende Gebüsch Deckung gab, konnte man sie vom Dom aus kaum wahrnehmen. Zur Tarnung hatten sie sich aus den Abfalleimern, die offensichtlich den Unrat der abendlichen Trinkgelage einiger Jugendlicher aufgefangen hatten, mit leeren Bierdosen sowie Weinflaschen versorgt und sie auf dem Boden um sich drapiert. Ansonsten verhielten sie sich ruhig und versuchten sich, so gut es ging, schlafend zu stellen.

»Warum war es dir so wichtig, dass wir ausgerechnet hier Stellung beziehen?«, fragte Achill, nachdem alles perfekt eingerichtet war.

»Ich bin mir fast sicher, dass er hier zuschlagen wird.«

»Wieso das? Wegen des Doms?«, bohrte Achill weiter.

»Nein, wegen des Ölbergs. Wo sollte eine Kreuzigung symbolträchtiger als hier ablaufen?«

»Hmm, aber der Garten Gethsemane war nicht der Ort der Kreuzigung, und das eigentliche Kreuz fehlt ja auf diesem Ölberg«, mischte sich Bertling ein.

»Auf den Berg Golgatha musste Jesus das Kreuz auch selbst hinauftragen. Und für unseren Täter ist es einfacher, seinen Delinquenten gleich mit dem Kreuz anzuliefern. Er spart sich die Prozedur der Befestigung, die das Risiko, aufzufallen, deutlich erhöht. Und irgendwie glaube ich, dass es keinen geeigneteren Ort gibt, das Ganze so richtig perfekt in Szene zu setzen. Denkt daran, der Typ will, dass das hier übermorgen alle Zeitungen schmückt.«

»Sie haben eine grausam pragmatische Art zu denken«, erwiderte sie und verzog etwas angewidert das Gesicht.

»Ich versetze mich nur in die Person des Täters und sinniere darüber, wie ich es anstellen würde.«

Achill lachte. »Du machst mir Angst. Bei deiner Fantasie muss ich mir schwer überlegen, dich noch mal zu besuchen.«

»Keine Sorge, mir fehlen das Motiv und die Lust, jemandem zu schaden.«

Achill schüttelte den Kopf. »So eine schrecklich nüchterne Antwort kann auch nur von dir kommen.«

»Ich verstehe, dass das für den Ort hier spricht, aber was spricht gegen eine andere, abgelegene, weniger einsehbare Location?«, bohrte Bertling weiter. Es schien ihr Spaß zu bereiten, Andrés eigenwillige Art zu denken nachzuvollziehen.

»Na ja, er hat bisher sorgfältig auf eine absolut passgenaue Symbolik geachtet und viele Unannehmlichkeiten auf sich genommen, das jeweils zu realisieren. Born so auf den Stahlpflock fallen zu lassen und passend zu positionieren, dass es originalgetreu nach einer historischen Pfählung aussah, war nicht gerade ein Kinderspiel. Und einfach ein Grabkreuz irgendwo in einem abgelegenen Teil des Speyerer Friedhofs zu nehmen, wäre eben nicht symbolträchtig genug. Zudem ist er ein guter Christ und legt größtes Gewicht auf religiöse Werte. Ein Grab zu schänden, würde ihm gegen den Strich gehen.«

Achill lachte und klopfte André auf die Schulter. »Du tust ja gerade so, als wären solche abgefahrenen Denkmuster das Normalste auf der Welt. Was für ein Widerspruch: Ein Mörder, der Skrupel hat, gegen christliche Werte zu verstoßen.«

»Ich bin mir sicher, unser Mann ist im realen Leben ein Mensch, der noch nie falsch geparkt hat. Der ist ein hundertprozentiger Saubermann. Das macht ihn zu dem, was er hier tut.«

Für ein paar Minuten schwiegen sie, ehe André das Wort erneut an seinen Freund richtete. »Du hast dir Irina und die Journalistin bewusst vom Leib gehalten?«

»So ist es. Ich kann keinen weiteren Ärger gebrauchen. Ich will ehrlich sein: Das, was in den letzten Stunden abgelaufen ist, ist nicht das, was ich mir unter Polizeiarbeit vorstelle.«

»Verstehe. Du hast das vorhin im Domhof mit deiner Ansprache trotzdem sehr motivierend hingekriegt«, resümierte André nach ein paar Augenblicken der Stille.

»Wundert mich, dass du auch drauf reingefallen bist.«

André stutzte. »Reingefallen?«

»Das, was ich da getan habe, habe ich im Auftrag meines Chefs gemacht. Es war, wie soll ich sagen, so was wie eine Notlösung.«

André schluckte. Auch Bertling starrte ihren Vorgesetzten fragend an.

»Ihr glaubt doch nicht im Ernst, dass ich diese Farce, in die mich Irina mit ihrer Pfadfindertruppe hineingezogen hat, einfach so alleine durchziehe. Was denkt ihr, was das für einen Shitstorm im Netz auslöst, wenn da was schiefgeht. Das überlebt nicht mal der Polizeipräsident.«

»Aber …«, André brach ab.

»Mann, André, sei nicht so naiv. Ich bin ein alter Hase und mach das hier seit über 20 Jahren. Ich weiß, dass es nicht funktioniert, mit Zivilisten zusammenzuarbeiten – Anwesende mal ausgenommen.«

»Aber wieso zieht es dann dein Chef durch?«

Achill atmete scharf aus. »Was hatte er denn für eine Wahl? Er hatte doch nur die Alternative, die Sache offiziell abzublasen und dabei zu riskieren, dass das Ganze auf eine völlig unkoordinierte Schnitzeljagd durch eine Vielzahl unabhängig operierender Kleingruppen rausläuft. Dabei hätten wir gar nichts mehr in der Hand. Nein, dann ist es immer noch besser, das Oberkommando über diese Kids zu haben. Und würde obendrein Ott etwas zustoßen, wären wir völlig erledigt. Stell dir vor, 80 Kids posten in Facebook, dass sie die Polizei daran gehindert hat, Ott zu retten.«

»Und dein Hinweis auf die Unterstützung durch die lokalen Polizeikräfte?«

»… war insofern falsch, dass es kein Freundschaftsdienst ist. Auch das hat man von Ludwigshafen aus koordiniert. Auf die Schnelle ging nicht viel mehr. Wobei ich euch eine kleine, aber schlagkräftige SEK-Einheit verschwiegen habe. Sie ist derzeit in der Bahnhofstraße, der zentralen Nord-Süd-Achse der Stadt, mit ihren zwei Mannschaftswagen postiert, sodass sie innerhalb von fünf Minuten an jeden Ort im inneren Stadtgebiet kommt.«

Bertling schüttelte den Kopf. »Und wie ist der Alte jetzt so drauf?«

Achill grinste schief. Gegenfrage: Auf einer Skala von eins bis zehn – sehr gut bis beschissen –; wo würdest du ihn vermuten?«

»Zehn«, erwiderte Bertling niedergeschlagen.

Wieder grinste Achill. »Optimistin! Ich würde ihn eher bei 15 einstufen. Er hat mir ein Disziplinarverfahren wegen Ausplauderns von Polizeiinterna angedroht. André und Irina will er wegen Strafvereitelung drankriegen.«

»Pah! Strafvereitelung! Dass ich nicht lache. Wie kann man Nichtstun vereiteln? Auf diesen Prozess freue ich mich schon«, murrte André.

»Ich bin ganz ehrlich, wenn es mir nicht um diesen Ott ginge und ich mir nicht absolut sicher wäre, dass er ohne unser Eingreifen morgen irgendwo tot an einem Kreuz hängt, hätte ich längst alles hingeschmissen.«

»Irgendwie habe ich das Gefühl, dass sein Schicksal deinen Vorgesetzten gar nicht interessiert.«

»Doch, tut es. Er hat nur einen völlig anderen Fahndungsansatz. Er hält das mit Ott für eine normale Lösegelderpressung. Sie haben mit riesigem Aufwand die Telefone der Angehörigen mit Fangschaltungen ausgestattet und in deren Häusern Beamte positioniert. Man sehnt schon seit Tagen den lange überfälligen Erpresseranruf herbei. Deine Theorie halten sie für völlig abwegig.«

»Wie es scheint, habe ich genau damit, seit diesem Kanzlerrequiem im letzten Sommer, ein chronisches Problem. Offensichtlich hat man bei euch eine beachtliche Routine darin, mich für einen Spinner zu halten.«

Achill lachte. »Sagen wir so, du tust ja auch alles dafür, dein Spinner-Image zu kultivieren. Und ich bin immer der, der trotzdem darauf einsteigt und den Job riskiert. Ich sag's ja: Irgendwann werd ich doch noch als Polizeiausbilder in Mali enden.«

»Keine Sorge, damit das alles nicht passiert, müssen wir heute Nacht einfach nur erfolgreich sein. Basta!«, verkündete André mit fester Stimme.

»Dein Wort in Gottes Ohr«, sagte Achill mit dem kläglichen Versuch eines Lächelns und versank in Schweigen.

*

Die Nachtstunden zogen sich wie zäher Speyerer Brezelteig. Es war kalt. Während Achill und Bertling Erfahrung hatten, damit umzugehen und sich entsprechend zu kleiden, nagte die Kälte an Andrés Durchhaltevermögen. Dass er sich eine alte zerknitterte Zeitung aus dem Papierkorb gefischt und unter den Hintern gelegt hatte, diente nicht nur der Tarnung, wie er vorgegeben hatte. Es war eher die Befürchtung, demnächst das Gefühl in den Beinen ganz zu verlieren, die ihn getrieben hatte. Er fragte sich immer häufiger, ob er denn, wenn der Täter aufkreuzte, überhaupt über die Mobilität verfügte, einzugreifen.

Den Kids auf ihren jeweiligen Stationen schien es ähnlich zu ergehen. Immer häufiger erschienen in ihrer WhatsApp-Gruppe Posts, bei denen Eiszapfen-Emoticons und das Wort »arschkalt« im Mittelpunkt standen. Dennoch hielten sie sich im Großen und Ganzen diszipliniert an die Vorgaben, die ihnen Bertling eingebläut hatte.

Gegen 1.30 Uhr gab ihnen Jonas Bescheid, dass einer Streifenwagenbesatzung eine Schar feiernder Jugendlicher auf dem Speyerer Friedhof aufgefallen sei. Bertling fiel die Aufgabe zu, via WhatsApp diesen Exgrufti Moritz zur Ordnung zu rufen. Nicht lange danach gab André vor, nach Irina und dieser Jungjournalistin am Flaggenmast zu sehen. Er hatte den Eindruck, wenn er sich nicht augenblicklich etwas bewegte, das Gefühl in den Füßen zu verlieren. Wie konnte eine Nacht nur so lange dauern?

Etwa gegen 3.00 Uhr gab es erste Verschleißerscheinungen. Der spindeldürre Jahrgangsprimus Sebastian musste kälte- und erschöpfungsbedingt die Flagge streichen. Wieder schaltete Bertling sich ein und versuchte die Lücke zu schließen.

»Ich übernehm das. Ich hab als Karnevalsprinzessin monatelange Erfahrung darin, mir in langen Nächten in viel zu dünnen Prinzessinnenkleidchen den Arsch abzufrieren«, meldete Johanna zurück.

»Taffes Mädchen!«, brummte Achill, der sich aus der Koordination der Pfadfindertruppe, wie er sie nannte, bewusst heraushielt.

André war längst zurück und litt weiter. Er würde nie wieder aus Eitelkeit auf lange Unterwäsche verzichten, schwor er sich.

Mit jeder Minute, die verstrich, schien sich der Zeitfluss zu verlangsamen. Es hatte aufgeklart und die Temperatur sank der Nullgradmarke entgegen. Neben der Kälte machte sich mehr und mehr die Entmutigung breit.

»Halb zu erfrieren ist ja schon kein Spaß, aber auch noch blöde genug zu sein, sich dabei zu blamieren und obendrein ein Strafverfahren zu riskieren, ist kaum zu toppen«, brummte André.

Es war mittlerweile 5.15 Uhr. Die blaue Stunde war längst hereingebrochen. Schon warf die auf der anderen Rheinseite noch unter dem Horizont stehende Sonne erstes fahles Licht auf den Platz vor ihnen.

Nichts, aber auch gar nichts Greifbares hatte sich getan. Einmal hatte sich Taliban-Jan aus dem Adenauerpark gemeldet. Nach einer kurzen Aufwallung kam die Entwarnung, dass nur ein Obdachloser den Schlafplatz gewechselt hatte.

Ansonsten war die Nacht völlig ereignislos gewesen. So ereignislos eben, wie eine Nacht auf einen stillen Feiertag, wie dem Karfreitag, nur sein konnte. Noch vor dem erzkatholischen Bayern gab es gerade in Rheinland-Pfalz hierzu die meisten Einschränkungen von allen Bundesländern. Tanzen und Nachtschwärmereien galten hier geradezu als Todsünden.

Bertling war eingeschlafen, und Achill war in einem Zustand der Reglosigkeit, den André nicht recht zu deuten wusste. War es die Resignation, die ihn hatte einnicken lassen, oder sinnierte er nur still. Sei's drum, er war ja wach, und die Angst vorm Erfrieren erzwang, dass er das auch blieb, bis sie das Ganze abbrechen würden.

Plötzlich spürte er eine Hand auf der Schulter. Für einen Augenblick fürchtete er, sein Herzschlag könnte aussetzen. Entsetzt fuhr er herum. Im Augenwinkel registrierte er, wie Achills Hand blitzartig in die Tasche seiner Steppjacke glitt. Ein metallisches Klicken verriet ihm, dass er die Waffe entsicherte.

Eine kleine, gebeugte Gestalt mit tief ins Gesicht gezogener Lodenkapuze stand dicht hinter ihnen.

»Was soll das!«, blaffte Achill.

»Entschuldigen Sie, ich wollte Sie nicht erschrecken, ich …«, hörte André eine ihm bekannte Stimme stammeln.

»Mann, Sie haben Nerven, Gruber. Was tun Sie denn hier?«, fragte André, noch immer im Schockzustand.

»Ich wollte mir nur die Beine vertreten.«

»Hier, um diese Zeit?«, polterte Achill kopfschüttelnd.

»Meine innere Uhr lässt mich aufwachen. Seit ich nicht mehr mit den Mitbrüdern gemeinsam Laudes – also das Morgengebet – begehen kann, treibt es mich immer unter den freien Himmel, wo ich mit meinen Gedanken alleine und Gott nahe sein kann.«

»Und wieso ausgerechnet hierher?«, fragte Achill, der Gruber aus Andrés Schilderungen kannte.

»Weil ich nach Ihnen sehen wollte.«

»Weil Sie nach uns sehen wollten?«, erwiderte André ungläubig. »Aber als ich gestern bei Ihnen war, wusste ich selbst noch nicht, dass ich in der heutigen Nacht hier Wache schieben würde. Wieso wussten Sie …?«

»Obwohl ich Ihnen weitaus mehr preisgegeben habe als Sie mir – Geben ist schließlich seliger denn Nehmen –, war mir bewusst, dass Sie irgendwo rund um den Dom sein müssen.«

Achill verbarg sein Gesicht in den Händen. Was war das alles nur für ein Spektakel. Jetzt kam zu den Jungpfadfindern auch noch dieser Magerstufe-Pater-Braun hinzu.

»Sie wären in Ihren Überlegungen nicht so weit gekommen, wenn Sie nicht die Verbindung vom Ölberg zur Kreuzigung hergestellt hätten.«

André schluckte nur. Der Pater war ihm mittlerweile unheimlich.

»Aber wenn ich es mir richtig überlege, glaube ich, dass Sie falschliegen. Die auf dem Ölberg dargestellte Bibelszene ist die des Verrats im Garten Gethsemane. Ich glaube nicht, dass er ihn zum Ort der Vollstreckung macht.«

Was sollte das? Warum wusste der Alte so gut Bescheid? War er etwa selbst in die Sache involviert? André hätte gerne tiefer gebohrt, aber er spürte am Blick seines Freundes, dass bei ihm die Zündschnur zu einer emotionalen Detonation bereits bis auf wenige Millimeter abgebrannt war. Er wollte nicht, dass Achill seine Frustration an dem Alten ausließ. Insofern versuchte er ihn, so gut es ging, abzuwimmeln.

»Herr Gruber, ich denke, es ist besser, Sie gehen nach Hause und legen sich aufs Ohr.«

Etwas Originelleres war ihm auf die Schnelle nicht eingefallen.

»Nein, ich denke, ich werde die Stille nutzen und im Dom meine eigene Laudes begehen.«

»Ist der Dom denn schon offen?«, fragte André erstaunt.

»Nein, ist er nicht, aber wenn ich schon mal den Schlüssel habe … und die heute anstehende Lesehore und Laudes mit der Schola Cantorum Saliensis, die um 8.30 Uhr beginnt, vorbereiten kann …«, sagte der Alte mit unverhohlenem Stolz und wedelte mit einem großen Schlüsselbund.

»Sie?«, fragte André überrascht. »Ich dachte, Sie und die Domtouristik beziehungsweise das Domkapitel verbindet nicht gerade eine tiefe Zuneigung.«

»Wie schon gesagt: ›In der Not frisst der Teufel Fliegen!‹«, erwiderte Gruber kichernd und bekreuzigte sich. »Seit dieser Kilian nicht mehr kommt und die reguläre Vertretung an einer Lungenentzündung herumkuriert, braucht man mich eben.«

»Kilian?«, schrien André und Achill gleichzeitig auf.

»Ja, Sie haben ihn bestimmt schon gesehen. Er sitzt normalerweise an der Treppe zur Krypta und kassiert den Eintritt. Ich musste für ihn die Tage schon in die Bresche springen, als Sie mich gesucht haben.«

Mit einem Mal fiel es André wie Schuppen von den Augen. Er schlug sich mit der Hand vor die Stirn. Jetzt wusste er, warum ihm dieser Kilian so bekannt vorgekommen war. Warum nur war sein Personengedächtnis so fürchterlich schlecht?

»Wissen Sie, wo Kilian sein könnte?«, fragte Achill, der mit einem Mal in den Ermittlermodus gewechselt war.

»Nein, wie ich schon sagte. Er ist seit Mittwoch einfach nicht mehr erschienen. Man hat ihm wohl hinterhertelefoniert, aber er ist wie vom Erdboden verschluckt. Sein betrunkener Sohn hat wieder mal nur Unsinn geredet.«

»Sie kennen ihn demnach näher?«, bohrte Achill.

»Ja, wer im Speyerer Klerus tut das nicht? Er ist so was wie das schwarze Schaf der Diözese. Nach einem Prädikatsabschluss beim Theologiestudium in Rom kam er ans Priesterseminar. Dort wurde er zunehmend wegen extremer Auffassungen auffällig. Nach einigen grenzwertigen Eskapaden, seltsamen Bittbriefen und Eingaben an den Heiligen Stuhl, den Bischof und noch ein paar andere hochrangige Kleriker hat man ihn aus dem Verkehr gezogen. Er war und blieb ein kleiner Diakon. Nachdem er selbst den Schwestern in Sankt Magdalena mit seinen befremdlichen Ansichten suspekt geworden war, verbannte man ihn ins Bistumsarchiv. Dort verbrachte er, bis er vor ein paar Jahren pensioniert wurde, sein komplettes Berufsleben. Irgendwann, weil gerade ein Personalengpass bestand und man wegen der Sache mit seinem Enkel Mitleid mit ihm hatte, gestattete ihm die Domtouristik, auf seine alten Tage die Kasse an der Krypta zu übernehmen.«

Sie hatten Grubers Ausführungen gebannt verfolgt. Warum nur hatten sie ihn nicht schon früher im Visier gehabt? Das alles passte haargenau zu dem Fanatiker, den sie suchten.

»Ja, und jetzt hab ich eben den so gut behüteten Schlüsselbund zum Dom«, krächzte der Alte mit einem befriedigten Lächeln.

»Das heißt, sonst hat Kilian auch einen Schlüssel?«, fragte André nach.

»Was heißt sonst? Er hat ihn noch immer. Deshalb sind die ja auch so sauer, dass er sich nicht meldet.«

André und Achill tauschten bedeutungsvolle Blicke.

»So, es wird Zeit. Ich wünsche Ihnen viel Erfolg. Aber es wird schon hell. Heute wird es wohl nichts mehr mit Ihrem Täter werden«, stellte Gruber gleichmütig fest und setzte sich Richtung Dom in Bewegung.

LESEHORE

Karfreitag, 30. März 2018, 5.40 Uhr

Gruber war kaum außer Hörweite, als sich alle drei aufsetzten und sich alarmiert ansahen. Achill war der Erste, der das Schweigen brach. »Denkt ihr das Gleiche wie ich?«

»Ja, wir dürfen ihn auf keinen Fall da allein reingehen lassen!«

André hatte noch nicht ausgesprochen, da stand sein Freund schon auf den Füßen. Er eilte dem Alten hinterher, verstellte ihm den Weg und redete auf ihn ein.

André und Bertling, die direkt danach hinzutraten, hörten nur noch, wie er sagte: »Wir werden erst mal schauen, ob im Dom alles in Ordnung ist, ehe Sie da reingehen und bevor er für das Publikum geöffnet wird.«

»Aber der Dompfarrer wird nicht begeistert sein, wenn ich jemanden mit reinlasse«, wehrte Gruber ab.

»Ich fürchte, er wird es noch weniger mögen, wenn er einem Mörder in die Arme läuft, der im Dom sein Unwesen treibt.«

Der Pater gab sich geschlagen. »Wenn Sie meinen. Lassen Sie mich Ihnen aufschließen. Wir betreten den Dom immer von der Nordseite her, ist so 'ne alte Gewohnheit.«

»Haben Sie Schlüssel zu allen Eingängen?«

»Ich denke ja, er müsste auf jeden Fall zu den Seitenportalen und dem Hauptportal passen.«

Achill nickte. »Verena, bitte lauf zu Jonas. Er sollte wissen, dass wir reingehen und draußen alles im Auge behalten.«

Ohne zu zögern, bog sie zum Domparkplatz ab, während die anderen sich in Richtung des nordöstlichen Seiteneingangs – dem sogenannten Bernhardusportal – wandten.

Gruber war gerade dabei, den Sicherheitsschlüssel ins Schloss der Bronzetür zu stecken, als ihn Achill an der Schulter zurückhielt. »Lassen Sie mich das machen.«

Er ging nahe an die Türfläche heran und drückte sein rechtes Ohr daran.

»Sie werden nichts hören. Da drin gibt es einen gläsernen Windfang, und die Tür ist massiv«, flüsterte Gruber.

Achill löste sich von der Tür, steckte den Schlüssel ins Schloss und drehte ihn bedächtig um. Als er am Anschlag war, drückte er die goldglänzende Türklinke langsam nach unten und begann im Schneckentempo, das Türblatt nach innen zu schieben. Als sich der Türspalt auf etwa fünf Zentimeter erweitert hatte, stoppte er und horchte.

»Kann es sein, dass ich so was wie ein Summen höre?«, fragte er unsicher.

»Summen? Ich wüsste nicht, woher das kommen sollte. Im Innern gibt es keine Geräte, die es verursachen könnten. Normalerweise ist es um diese Tageszeit hinter den dicken Mauern still wie in einem Grab.«

Achill schielte durch den Spalt. Nichts. Das Innere des fast fußballfeldgroßen Kirchenschiffs war fast völlig dunkel. Er öffnete die Tür weiter und schlüpfte in den gläsernen Windfang dahinter.

Die gewaltigen Pfeiler, die das hohe Deckengewölbe des Hauptschiffs trugen, verstellten ihm die Sicht nach vorne zum Altar. Sein augenblicklicher Standort gab ihm nur den Blick durch das Seitenschiff und geradeaus quer über das Hauptschiff frei. Trotz der Dunkelheit glaubte er, keinerlei Auffälligkeiten zu erkennen. Wortlos winkte er Bertling herein, die durch den Türspalt spähte. Sie trat in den Windfang. Mit ihr drängten André und Gruber herein. Achill warf den beiden einen strafenden Blick zu. Er hasste es, wenn sich Zivilisten unnötig in Gefahr brachten.

Er öffnete behutsam die Glastür des Windfangs einen Spaltbreit.

»Da ist es wieder, dieses Brummen. Ich bin mir sicher«, flüsterte er und gab den anderen das Handzeichen, zurückzubleiben, während er die Tür weiter öffnete und ins Seitenschiff vordrang. Er schlich sich bis zum gut zwei Meter breiten Tragpfeiler vor ihm und suchte dahinter Schutz. Wieder hörte er das eigenartige summende Geräusch. Dieses Mal war er sich sicher, dass es vom Altarraum zu ihm drang. Er tastete sich mit den Händen am Pfeiler entlang und spähte um dessen Innenkante nach vorne Richtung Altar. Lediglich die hinter einem Wolkenvorhang aufgehende Sonne warf einen fahlen Schein durch das Oculus Dei – das kleine Rundfenster in der Apsis – und die höher gelegenen Fenster. Der Dom schien menschenleer. Da war niemand und vor allem nichts, was dieses Geräusch rechtfertigte. Er wandte sich zu den anderen um und formte pantomimisch das Wort »Gruber«, in der Hoffnung, die anderen würden es trotz der Dunkelheit erkennen.

Bertling nickte, gab Gruber kurze Instruktionen und schob ihn durch die Glastür Richtung Tragpfeiler.

Achill umfasste die knochige Schulter des Alten und mahnte ihn mit dem Zeigefinger über dem Mund zu schweigen. »Schauen Sie mal nach vorne, ob Ihnen was auffällt!«

Gruber nickte. Er stützte sich mit den Händen am Pfeiler ab und spähte nach vorne.

André nestelte nervös am Reißverschluss seiner Jacke. Er hasste es, untätig zu sein.

Der Alte schien sich unendlich viel Zeit zu nehmen.

Plötzlich wandte er sich um. Überraschung lag in seinen

Zügen. »Da ... da ist was, das da nicht hingehört. Schauen Sie!«, flüsterte er Achill ins Ohr.

Er machte Achill Platz und wies mit dem knorrigen Zeigefinger Richtung Chorraum.

Achill verstand zunächst nicht, worauf er hinauswollte. »Da, hinter dem Altar, dieses Drahtseil.«

Jetzt erkannte Achill, was er meinte. Etwa 50 Meter von ihrem Standort entfernt, zeichnete sich unterhalb des Gurtbogens, der die Vierung zum Chor hin abgrenzte, ein gespanntes Seil ab, das vom Boden bis zur Decke reichte.

»Ich sehe es, aber was soll das?«

Gruber schob erneut sein Gesicht um die Pfeilerecke und richtete den Blick nach oben. »Das Altarkreuz ... das Altarkreuz fehlt«, zischte er atemlos.

»Das große goldene Altarkreuz?«, erkundigte sich Achill verwirrt. »Warum sollte es jemand gestohlen haben?« Er zog Gruber wieder in die Deckung des Pfeilers und winkte Bertling herbei.

»Das Altarkreuz ist weg. Auf jeden Fall geht hier was nicht mit rechten Dingen zu. Verena, gib Jonas Bescheid. Er soll das SEK anfordern.«

Bertling machte sich eilig davon und André drängte durch die Glastür Richtung Pfeiler.

Achill hob mahnend die Hand und gebot seinem Freund, nicht weiter ins Innere vorzudringen. Aber es war zu spät. Ehe er es sich versah, drückte sich André neben ihm an den kalten Sandstein.

»André, stopp! Wir dürfen nicht auffallen. Wir sind zu wenige, um reinzugehen. Wir müssen stillhalten, bis das SEK hier ist und wir Leute an den Eingängen postiert haben – dann gehen *wir* rein.«

Dabei zog er das »wir« in die Länge, um klarzumachen, dass an dieser Stelle die Spielwiese für Zivilisten endete.

André ersparte sich einen Kommentar. Trotzdem konnte er es sich nicht verkneifen, einen Blick um den Pfeiler zu erhaschen. Auch er nahm das abermals einsetzende surrende Geräusch, dieses Mal begleitet von einem metallischen Klirren, wahr.

»Es bewegt sich. Das Seil schwingt leicht hin und her! Jetzt erscheint die schwere goldfarbene Metallkette, an der das Kreuz normalerweise hängt, von unten. Er zieht das Kreuz hoch«, zischte er stimmlos. »Da ist Ott, wir müssen rein!«

Achill drängte ihn rüde ab und schob selbst den Kopf am Pfeiler vorbei. »Oh Gott, er zieht das Altarkreuz hoch – und daran hängt jemand.«

Bertling war mittlerweile zurückgekehrt und schien die Situation zu überblicken. »Wartet noch, ich hole Jonas«, flüsterte sie.

Als sie zurückkam, hielt Achill bereits sein Funkgerät in der Hand. »Starten jetzt Zugriff ins Dominnere. Geisel in akuter Gefahr ... brauchen dringend Verstärkung ... Gebäude sichern und Zugriff im Innern unterstützen!«, gab Achill dem SEK-Kommandanten letzte Hinweise. Bertling drückte André ein zusätzliches Funkgerät in die Hand. »Sie wissen ja noch vom letzten Mal, wie das funktioniert. Falls Sie von hier aus irgendwas sehen, zögern Sie nicht, uns zu informieren.«

»Los!«, fauchte Achill, entsicherte die Waffe und drängte mit den beiden Kollegen im Schlepptau ins nördliche Seitenschiff.

Nach ein paar Schritten gab er Verena und Jonas das Zeichen, sich aufzuteilen. Sie wies er an, sich zunächst Richtung Domhauptportal zu orientieren und den Mittelgang zu sichern, Jonas sollte sich kniend im Schutz der Kirchenbänke in das gegenüberliegende Seitenschiff vorarbeiten. Er

selbst schob sich, gedeckt durch die Linie der Stützpfeiler, hinter denen er immer wieder Deckung suchte, nach
vorne zum Altar.

Als er aufblickte, bot sich ihm ein bizarrer Anblick. Das
gewaltige, rund zwei Meter hohe und 900 Kilo schwere
goldene Altarkreuz war in der Zwischenzeit Zentimeter
um Zentimeter weiter nach oben gewandert. Es gab nun
keine Zweifel mehr. An ihm hing, wie seinerzeit der Leib
Christi, eine leblose menschliche Gestalt. Der Kopf hing,
so wie man es von den klassischen Kreuzmotiven kannte,
leicht nach links über und ruhte auf der Schulter des Mannes. Rinnsale tiefroten Blutes ergossen sich senkrecht nach
unten über Gesicht und den entblößten Oberkörper. Achill
erschauderte, als er den Grund dafür erkannte – die Dornenkrone, die das Haupt des Gekreuzigten zierte.

»Verdammt, dieser Spinner war die ganze Zeit hier drin
und hat sein irres Werk vollendet, während wir da draußen
vor uns hingedöst haben«, fluchte Achill tonlos.

Gut zehn Meter über dem Boden des Chores, unterhalb
des östlichen Gurtbogens der Vierung, dort, wo das Altarkreuz zu hängen pflegte, stoppte die Aufwärtsbewegung.

Vom Täter fehlte nach wie vor jede Spur.

»Er zieht es mit einer Winde oder so was vom Dachboden her hoch. Deshalb dieses surrende Geräusch. Er ist da
oben«, flüsterte Gruber, der sich Seite an Seite mit André
an den Stützpfeiler drückte, von wo aus sie entsetzt nach
vorne spähten.

André überlegte, ob er seinen Freund über diese Erkenntnis informieren sollte. Doch er hielt es für zu gefährlich,
durch die knarzenden Funkgeräte möglicherweise die
jeweilige Position der Beamten zu verraten.

Achill hatte sich mittlerweile bis zur Vierung vorgearbei-
tet und suchte im Schatten der Marienstatue Deckung. Er

starrte wie gebannt nach vorne. Im gegenüberliegenden Seitenschiff erkannte er Bertling. Sie hatte sich auf annähernd gleicher Höhe wie er die Treppe bis auf das erhöhte Bodenniveau des Altarraumes hochgeschlichen. André beobachtete, wie sie zu Achill blickte und den Kopf schüttelte. Was nur bedeuten konnte, dass auch sie den Täter bisher noch nicht ausgemacht hatte.

»Er wird den Kommissar von hinten überraschen, wenn er vom Dachstuhl runter den Weg durch den Nordostturm nimmt«, flüsterte Gruber André ins Ohr. Wieder rang er mit sich, das Walkie-Talkie einzusetzen.

»Verdammt, wo bleibt nur die Verstärkung«, zischte er vor sich hin. Er hatte wenig Lust, tatenlos mit anzusehen, wie der Fanatiker vom Turm aus um den Pfeiler schlich und in Achills Rücken auftauchte und weiß Gott was mit ihnen anstellte.

Er vermochte es nun nicht mehr, sich im Zaum zu halten. Eng an die Nordwand des Seitenschiffs gedrückt, schlich er auf Achill zu.

Dieser schien die Annäherung zu bemerken und drehte sich mit einem ärgerlichen Funkeln in den Augen zu ihm um.

»Gruber meint, er hat das Kreuz mit einer Winde auf dem Dachboden hochgezogen und kommt gleich den Nordostturm runter«, soufflierte ihm André. Dabei wies er auf die Tür, die, verdeckt vom Vierungspfeiler, schräg vor ihnen lag.

»Du solltest doch nicht …«, hob Achill an, bemüht, kein Geräusch zu machen. Brach aber alsbald ab und versuchte via Handzeichen, mit seiner Kollegin in Kontakt zu treten und ihr zu signalisieren, zurückzubleiben.

»Demnach hat er uns noch nicht gesehen?«, fragte Achill an André gewandt.

»Nein, wie sollte er? Da oben gibt's keine Luke, durch die man nach unten schauen kann. Außer der winzigen Deckenöffnung, durch die das Drahtseil läuft, ist da nichts, wodurch er uns ausmachen könnte. Selbst wenn dort ein Spalt frei ist, hat er ein sehr eingeschränktes Sichtfeld auf die Fläche unmittelbar darunter. Er ist blind wie ein Maulwurf. Und da er von da oben sonst nicht nach draußen kommt, muss er über diese Turmtreppe nach unten. Die Treppen der Westtürme sind zu weit weg und der untere Teil der Treppe des Südostturmes wurde im Mittelalter beim Bau der Sakristei abgebrochen«, erläuterte André, dem das Innenleben des Domes durchaus geläufig war. »Und den Anblick seines ›Werkes‹ wird er sich wohl kaum entgehen lassen.«

Bertling schien zwischenzeitlich die Gebärden Achills richtig gedeutet zu haben und zog sich die Treppe hinunter zurück. Auch Jonas kam nun in sein Gesichtsfeld. Er hatte sich mit gezogener Waffe im Mittelgang in eine der vorderen Bankreihen gedrückt und deckte den Kollegen von dieser Seite den Rücken.

»Du bleibst hier!«, fauchte Achill mit funkelnden Augen. Er schob sich am Altar vorbei in Richtung der Holztür, die das Treppenhaus des Nordostturmes zum Querschiff trennte und aus der, wenn André recht hatte, bald Kilian treten würde. Er passierte die Tür, tastete sie kurz ab und vergewisserte sich, dass sie sich nach innen, zum Turm hin, öffnete. Lag André richtig, steckte Kilian in der Falle. Sobald er die Tür öffnete, würde Achill nach innen drängen und ihn überwältigen. Er prüfte noch einmal seine Waffe und wartete, das Ohr eng an das massive Eichenholz der Tür gepresst. Tatsächlich, über Achills Gesicht huschte ein Lächeln. Er nahm Schritte auf der Steintreppe wahr. In wenigen Sekunden würde der Spuk ein Ende haben. Er spannte alle Muskeln an, bereit, jederzeit mit seinem ganzen

Gewicht das Türblatt nach innen zu drücken und den Mann dahinter zu überrumpeln. Die Schritte stoppten. Sicherlich horchte Kilian, bevor er die Tür öffnete. Achill hielt den Atem an. Ein Scharren, doch die Tür blieb verschlossen.

»Frank, er hat …«, schrie André verzweifelt und blickte wie gebannt nach oben.

Reflexartig zuckte Achill zurück, als er einen Schatten von oben wahrnahm. Zu spät, der schlanke eiserne Kerzenständer, der aus dem kleinen schmalen Fenster oberhalb der Tür fiel, erwischte Achill an der Stirn.

Achill wankte. Die Tür wurde krachend aufgerissen. Ein Körper prallte auf ihn. Achill taumelte, verlor das Gleichgewicht, stürzte. Trotz seiner Benommenheit rappelte er sich mechanisch auf und nahm, noch immer schwankend, die Verfolgung auf.

Die große, hagere Gestalt hatte sich bereits mit einigen Metern Vorsprung in Richtung der anderen Domseite davongemacht. Achill zögerte nicht und setzte ihm, so gut es ihm wieder möglich war, nach. Mit drei langen Schritten war der Fremde die kurze Treppe zum Eingang der Katharinenkapelle emporgestürmt. Er preschte durch die Tür und schlug sie hinter sich zu. Achill musste scharf abbremsen, um nicht mit dem Hartholz der Tür Bekanntschaft zu machen. Er griff zum Türknauf, rutschte ab, versuchte es erneut und drang ein. Der kleine, zu dieser Zeit fast völlig dunkle Raum war menschenleer. Der Flüchtige schien wie vom Erdboden verschluckt. Achill hörte durch den achteckigen Bodenausschnitt Schrittgeräusche in der darunterliegenden Taufkapelle.

Ohne zu zögern, flankte er über das niedrige Geländer und sprang hinab.

Ein ohrenbetäubendes Scheppern hallte von den kahlen Wänden des kleinen Raumes wider. Bei der Landung hatte er den Kandelaber mit der Osterkerze umgerissen und auf die Blechabdeckung des Taufbeckens gestoßen. Ein stechender Schmerz breitete sich in seinem Knöchel aus.

»Verdammte Scheiße!«, schrie er laut auf.

»Wo ... wo kommen Sie denn her? Um Gottes willen, das ... das waren über fünf Meter!«, hörte er Jonas, der sich sofort an seiner Seite niederkniete und ihn mit einer Taschenlampe anstrahlte.

»Ah, verdammt! Wo ist dieser Typ hin?«, ächzte Achill atemlos.

»Hier war niemand. Nur Sie sind mir einfach vor die Füße gefallen.«

»So ein Mist! Dann waren das deine Schritte, und er ist noch irgendwo da oben.«

»Ich wollte doch nur ...«, verteidigte sich Jonas.

»Schon gut«, beruhigte ihn Achill und versuchte sich aufzurappeln, um die Verfolgung wieder aufzunehmen. Doch der angeknackste Fuß knickte einfach weg. »So eine Scheiße!«, fluchte er und setzte sich auf einen Bodenabsatz neben dem Taufbecken.

Mit schmerzverzerrtem Gesicht rieb er sich den Knöchel.

»Suchen Sie ihn!«, befahl er stöhnend. »Ich komme nach, wenn es mir besser geht.«

»Aber ich kann Sie doch hier nicht einfach ...«, stotterte Jonas.

»Mach schon, es geht bestimmt gleich wieder.«

Widerwillig erhob sich Jonas, stürzte aus der Taufkapelle nach rechts die breite Treppe in den Querbau empor, um von hier in die Katharinenkapelle zu gelangen.

Auf der schmalen Steintreppe zur Kapelle kam ihm Bertling, nach Atem ringend, entgegen. »Ich hab alles beobachtet. Der Chef konnte ihn nicht sehen. Er hatte sich im Beichtstuhl versteckt, die Tür steht noch offen. Ich weiß nicht, wo er jetzt steckt.«

In diesem Augenblick drangen von draußen die Polizeisirenen der Einsatzwagen zu ihnen herein. »Endlich – die Kavallerie!«, seufzte Bertling. »Jonas, geh zu ihnen und weise sie ein! Ich brauche schnellstens Verstärkung und dringend einen Arzt für den Chef und das, was von dem da oben noch übrig ist.« Dabei deutete sie auf den blutüberströmten, leblosen Körper am Kreuz.

Jonas spurtete zum Seiteneingang. André hatte bereits das bronzene Türblatt aufgerissen und winkte die Einsatzkräfte herbei.

Eine Kohorte dunkel gekleideter, schwer gepanzerter SEK-Leute war wohl unschlüssig, wie sie Andrés und Grubers Anwesenheit deuten sollten, und riss die beiden kurzerhand zu Boden.

»Die nicht, die gehören zu uns!«, brüllte Jonas und wedelte aufgeregt mit der Polizeimarke. »Los, kommen Sie mit, wir haben ihn fast, meine Kollegin Bertling braucht Unterstützung!«

»Und wir müssen noch …«

»Gehen Sie schon zu Verena. Ich mach das hier!«, unterbrach ihn André.

»Tut, was er sagt, er hat den Überblick über die Lage«, schrie Jonas nach hinten über die Schulter zu seinen Polizeikollegen von der Schutzpolizei, die, auf die SEK-Leute folgend, durch die Seitentür drängten.

Die Schutzpolizisten liefen bereitwillig auf André zu. Offensichtlich erschien es ihnen aufgrund der unübersichtlichen Situation und dem Fehlen eines Vorgesetzten nicht unpassend, auf ihn zu hören.

»Schnell, die Feuerwehr muss her, um den armen Kerl da oben runterzuholen. Und dringend ein Notarzt für ihn und Kriminalhauptkommissar Achill. Er ist verletzt und hält sich da drüben in der Taufkapelle auf.«

Einer der Uniformierten riss sein Funkgerät aus dem Gürtel und gab der Leitstelle die nötigen Anweisungen sowie einen kurzen Lagebericht.

Mittlerweile waren weitere Streifenwagen hinzugekommen. André konnte durch die offene Tür ein wirres, blau blinkendes Chaos erkennen. Immer mehr Polizisten quollen durch die Tür.

Einer der Streifenpolizisten, der sich etwas im Dom auszukennen schien, übernahm kurzerhand das Kommando über seine Kollegen. »Beeilt euch, sichert die Eingänge, es gibt an jeder Seite zwei und das Hauptportal, daneben noch den Zugang zur Afrakapelle, von ihr kommt man nämlich auch raus«, befahl er den um ihn versammelten Uniformierten, die im Laufschritt zu den Türen stürzten und sie mit jeweils zwei Mann besetzten.

Bertling hatte unterdessen versucht, den Flüchtigen aufzuspüren. Unschlüssig, wo er sich versteckt haben könnte, fegte sie mit gezückter Waffe in Richtung Apsis. Vorsichtig drückte sie sich an der halbrunden Wand entlang und leuchtete mit ihrer Taschenlampe die Wandnischen aus. Hatte er sich hinter dem Chorgestühl verkrochen? Nichts. Plötzlich hörte sie Schritte in ihrem Rücken. Sie wendete. Vor ihren Augen huschte ein grauer Schatten wieselflink die Stufen zum Kirchenschiff hinunter.

Mit verbissener Miene spurtete Bertling los, übersprang mit einem Satz das Seil, mit dem der Chor für die Besucher gesperrt war, und stürmte hinter ihm her. Die mächtigen Vierungspfeiler nahmen ihr die Sicht. Für einen Augenblick verlor sie ihn aus dem Gesichtsfeld. Als sie die oberen Treppenstufen erreichte, zirkelte er unten eine enge Rechtskurve am Kassentisch und den Absperrbändern vorbei die Treppe zur Krypta hinab.

Sie holte auf. Ihre bessere Kondition bot ihr auf der Geraden einen Vorteil. Sie bog auf den Abgang zur Krypta ein. Er war nur noch fünf Schritte vor ihr.

Heiser schrie sie: »Halt! Polizei! Bleiben Sie stehen oder ich schieße!« Dabei riss sie die Waffe hoch und schoss in die Luft. Der Knall des Schusses hallte zehnfach verstärkt von den kahlen Wänden des Doms wider. Putzstücke flogen.

Er wandte sich zu ihr um. Zum ersten Mal sah sie in das blasse Gesicht des alten Mannes. Ihr schlug bösartig fanatischer Zorn entgegen. Schlagartig wurde ihr bewusst, dass er eher den Tod riskierte, als sich zu ergeben. Sie nahm weiter Geschwindigkeit auf. Übersprang mit jedem Schritt vier, fünf Stufen. Noch zwei Sätze und sie konnte ihn am Rücken fassen. Sie streckte die Hand aus, um in den grauen Stoff seiner Jacke zu greifen. Ein letzter Satz vorwärts, sie würde ihn fassen und im Lauf auf der Treppe unter sich begraben.

Unvermittelt griff er nach einem mobilen Absperrpfosten und zerrte ihn hinter sich – ihr in den Weg.

Bertling wich aus, ihr Fuß verhedderte sich. Sie stürzte im vollen Lauf den Abgang hinunter.

Das Letzte, was sie hörte, war ihr eigener Schrei.

Als sie zu sich kam, kniete Jonas neben ihr auf den Steinstufen. Ihre Augen flackerten. »Wo ... wo ... ist er?«, fragte sie ihn mit brüchiger Stimme.

»Nachdem er sich deine Waffe geschnappt hat, ist er damit in die Krypta. Die Kollegen vom SEK sind hinter ihm her. Er wird nicht weit kommen. Es ist nur noch eine Frage von Minuten, bis sie ihn kriegen.«

Bertling nickte kraftlos. »War ich lange ... du weißt schon.«

»Nein, du warst nur ein paar Sekunden weggetreten.«

Sie setzte sich auf. Ihre Stirn zierte eine klaffende Platzwunde, aus der Blut über ihr Gesicht sickerte. Jonas reichte ihr sein Taschentuch. Als sie es mit ihrer Rechten ergreifen wollte, schrie sie vor Schmerz auf. »Verdammt, mein Ellbogen!«

Die SEK-Leute waren in die weitläufige Krypta vorgedrungen. Alles war stockdunkel. Die dünnen Strahlen des morgendlichen Dämmerlichts, die durch die wenigen gedrungenen Rundbogenfenster fielen, vermochten es nicht, ohne elektrische Unterstützung die Kreuzgewölbehalle auch nur ansatzweise zu erhellen. Die Helmlampen der sich schnell bewegenden Beamten schossen fahrige Lichtreflexe in den Raum. Die Männer suchten mit gezogenen Waffen und heruntergeklappten Visieren abwechselnd Schutz hinter Stützpfeilern und Mauervorsprüngen. Der zigfache Widerhall ihrer harten Stiefelsohlen auf dem Sandsteinboden und das Chaos von Licht und Schatten erschwerten ihnen die Orientierung.

»Ruhe!«, brüllte der Truppführer.

Der kalte, bösartige Klang eines Schusses durchschnitt die Stille. Das Geräusch rieselnder Putzbrocken folgte gleich hinterher. Durch den Hall war es unmöglich zu lokalisieren, von wo aus gefeuert worden war.

»In Deckung bleiben und bei Bedarf Feuerschutz geben!«, schrie der Führer des SEK-Trupps und arbeitete sich von seiner Position nach links vor – dahin, wo der Aufgang zur Kaisergruft war.

Kurz darauf erklang just aus dieser Richtung ein metallenes Scheppern. »Hier rauf, er muss hier sein«, wies er die Truppe an und deutete zur Grablege.

Wieder verwandelten die umherfliegenden Leuchtstreifen der Stirnlampen den Raum in ein wirres Kaleidoskop aus Hell und Dunkel. Die Strahlen fokussierten sich schließlich auf die beiden Treppenaufgänge, die sich links und rechts zu den Kaisergräbern hochzogen. Erneut erzeugten die unzähligen Schritte auf dem Steinboden eine Kakofonie aus Wischen, Trampeln und Stampfen.

»Gruppe eins, mir nach, linke Treppe! Gruppe zwei, rechte Treppe!«, hörte man die kurzen knappen Kommandos, die Exerzierbefehlen glichen.

Ohne jedes Zögern schwärmten die Beamten aus.

Dann eine Kunstpause, abgeschnitten durch die harsche Kommandostimme: »Sie sitzen in der Falle! Wir haben die Zugänge besetzt. Wir werden uns jetzt zu Ihnen vorarbeiten. Sie haben keine Chance. Legen Sie Ihre Waffe nieder und ergeben Sie sich! Sollten Sie noch einmal feuern, werden wir unsererseits unsere Schusswaffen gebrauchen. Sie bringen sich unnötig in Gefahr. Geben Sie auf!«

Man spürte die Routine, die in diesen Sätzen lag. Hart, direkt und ohne jeglichen Interpretationsspielraum sprach der Kommandant jene Worte, die er wohl in solchen Situationen schon öfter gebraucht hatte.

Doch es gab keinerlei Reaktion.

Nach einem Augenblick des Wartens bellte er: »Vorrücken!«

Wieder schoben sich die Männer, jede noch so schmale Deckung ausnutzend, Stück um Stück die Stiegen empor.

»Wandnischen sichern!«, schrie er, als ihm gewahr wurde, dass sich neben den Aufgängen höhlenartige Nischen öffneten.

Scharrende Geräusche von Stiefelsohlen auf dem rohen Untergrund der Seitengänge. Weder ein Lebenszeichen des Flüchtenden noch eine Erfolgsmeldung der Verfolger.

»Vorrücken« Dann stille Ratlosigkeit. Beide Gruppen standen nun unmittelbar vor dem Ende der Zugänge, die u-förmig miteinander verbunden waren. Ein Vorwärtsschub und sie würden sich in der Verbindungsspange der beiden Treppengänge gegenüberstehen mit dem Gesuchten zwischen ihnen. Dort würde es unweigerlich zum Showdown kommen. Gespannt hielten sie inne. Offensichtlich rang der Truppführer mit der Entscheidung, die offene Begegnung mit dem Bewaffneten zu suchen.

»Rauchgranaten!«, befahl er.

Von rechts und links klackerten metallene Körper um die Ecken in den Quergang.

Ein kurzes Zögern, bis der Rauch den Gang vernebelte und die Stirnlampen die Umgebung wie milchige Suppe aussehen ließen.

»Waffen auf Einzelfeuer. Nur schießen bei klarem Ziel! Zugriff!«, blökte der Gruppenführer.

Unverzüglich stürzten auf jeder Seite zwei Mann vor, während ihre Kameraden sie mit entsicherten Waffen deckten, fest entschlossen, jedweden Widerstand durch eine Garbe aus ihren Maschinenpistolen zu brechen.

Jeder erwartete einen Schuss oder wenigstens die Kapitulation des Flüchtigen, gefolgt von der Meldung »Gesichert!«.

Doch es geschah nichts dergleichen. Nur durch den Nebel gedämpfte Schritte. Verwirrende Stille.

»Bericht!«, durchschnitt die harte Stimme des Kommandanten die Szenerie.

»Gesichert! Zielperson weiter abgängig«, kam die prompte Antwort. Nach einigen Sekunden ein Nachsatz: »Waffe sichergestellt!« Einer der Männer hielt den Strahl der Stirnlampe ruhig auf eine Stelle auf einem der Steinsarkophage gerichtet.

Jetzt dämmerte dem Anführer, was geschehen war.

»So ein Mist, der hat uns das Ding von Weitem hier reingeworfen, damit wir meinen, er wäre hier!«, fluchte er so laut, dass alle es hören konnten.

»Aber wie … Er kann sie doch nicht um die Ecke geworfen haben?«, fragte einer der Männer.

»Er hat sie *da* durchgeworfen«, antwortete ein anderer und wies mit dem Strahl seiner Taschenlampe auf eine runde Maueröffnung über ihren Köpfen, die die Grablege mit der Vorhalle verband. Ein Murmeln ging durch den Trupp.

»Rückzug. Zwei Mann sichern die Treppenaufgänge, der Rest kommt mit mir!«

Sie zogen sich unter das Kreuzgratgewölbe der Hallenkrypta, die sich unterhalb des kompletten Querhauses des Doms erstreckte, zurück.

Der Truppführer schien von Minute zu Minute nervöser zu werden. Immer häufiger appellierte er lautstark an den Flüchtigen, sich zu ergeben. Seine Hektik übertrug sich auf das Team. Die Beamten zerstreuten sich zunehmend in der gewaltigen Ausdehnung des Kellergewölbes und rückten immer schneller vor. Nichts. Von dem Fliehenden gab es kein Lebenszeichen.

Sie hatten die Fährte verloren.

Weit voneinander versprengt, inspizierten sie die gesamte Krypta unter dem Chor und der Apsis – ohne die geringste Spur vom Täter zu finden. Als sie alles gesichert hatten, sprach der Anführer das aus, was alle bereits wussten: »Mist, der ist uns entkommen!«

»Das kann doch nicht sein. Es gibt hier nur zwei Zugänge, und die sind bewacht«, hörte man eine andere Stimme.

Noch einmal wurde jeder Winkel durchleuchtet.

»Chef, schauen Sie mal hierher«, rief einer der Männer, die die Apsiskrypta abgesucht hatten.

Als der Einsatzleiter zu ihm kam, ruhte der Lichtkegel der Stirnlampe auf einem schmalen Treppenaufgang in einer Nische in der südlichen Wand, der zu einer in der Dunkelheit schwer einsehbaren Tür führte.

Wieder formierten sich die SEK-Leute. Einem fiel die Aufgabe zu, die Klinke zu drücken. Die Tür war offen. Ein Raunen ging durch die Gruppe.

»Das ist unser Notausgang. Man kommt durch ihn in die Untersakristei, von dort nach oben und in einen kleinen Hof«, hörten alle die brüchige Stimme von Pater Gruber, den man als Ortskundigen in der Zwischenzeit herbeigeholt hatte.

FASTENFRÜHSTÜCK

Karfreitag, 30. März 2018, 9.05 Uhr

Sie kauerten stumm – wie die drei Spatzen aus Christian Morgensterns Gedicht – dicht an dicht auf der Treppe zum Haus des Dompfarrers mit direktem Blick auf die Nordseite des Doms.

Bleich waren ihre Gesichter, die Augen vor Übermüdung rot gerändert. Bertling, die am meisten unter der Kälte litt, saß in der Mitte, die Leute vom Roten Kreuz, die sie notdürftig verarztet hatten, hatten ihr eine dieser gold-silbrig schimmernden Notfalldecken über die Schultern gehängt.

Darunter hielt sie ihren rechten Arm, abgewinkelt in einer Kunststoffschale verpackt und mit einer Schlinge quer vor ihrem Oberkörper fixiert. Absplitterungen am Ellbogen war die Schnelldiagnose des Notarztes gewesen. Über ihrem rechten Auge verdeckte ein Pflaster die geklammerte Platzwunde.

Achill war es nicht besser ergangen. Sein Bein war fest von einer wuchtigen grauen Stiefelschiene umschlossen und ließ es aussehen, als sei es ein Implantat von einem Star-Wars-Droiden. Auch seinen Kopf zierte ein dicker Verband, der eine genähte Wunde verbarg. Mehrfach hatte ihn der Notfallmediziner genötigt, schnellstmöglich den ramponierten Knöchel professionell im Krankenhaus versorgen zu lassen, doch Achill hatte sich trotzig widersetzt. Er hasste es, wenn man ihn wie ein Kind bevormundete.

Nur André war äußerlich heil geblieben, dafür hatten ihm Kälte und Schlafentzug schwer zugesetzt und die Lebensgeister geraubt.

Wie auch sein Freund Achill hielt er eine große irdene Teetasse mit beiden Händen umklammert. Bertling stand dafür nur die unverletzte Linke zur Verfügung. Schon zweimal hatte der Dompfarrer nachgeschenkt und sie fürsorglich aufgefordert, nun endlich die harte, kalte Treppe gegen ein weiches, warmes Bett in der Klinik oder wenigstens einen Sessel in seinem Wohnzimmer zu tauschen.

Jedes Mal hatte Achill energisch abgelehnt. Es war nicht seine Art, unverrichteter Dinge von einem Tatort abzuziehen, selbst wenn er wie im Augenblick wenig Nützliches beitragen konnte. André und Bertling waren teils aus Solidarität, teils aus Mattigkeit sitzen geblieben. Auch ihrem Naturell entsprach es nicht, einen Freund und Kollegen im Stich zu lassen, auch wenn sein Verhalten ihnen nicht unbedingt rational erschien.

»Was für ein Scheißfall, von Anfang an ein Scheißfall! Erst glaub ich dir nicht, und dann bin ich zu blöd, einen 70-Jährigen zu fassen. Ich sollte in den Innendienst wechseln«, lamentierte Achill verbittert. »Wie bescheuert muss man sein, einfach ins Nichts zu springen und obendrein beinahe auf Jonas zu landen. Ich liege demnächst im Krankenhaus, und dieser Irre, den wir noch nicht mal klar identifizieren konnten, läuft frei rum.«

»Was soll denn ich da sagen?«, begann André. »Wäre da nicht mein miserables Personengedächtnis gewesen, hätte ich früher erkannt, dass dieser Kilian, den ich zu Hause besucht hatte, derselbe Mann war, der am Abgang zur Krypta saß. Es war ganz und gar meine Schuld, dass wir tatenlos im Domgarten rumgesessen haben, während er im Dom unbehelligt Ott quälen konnte.«

»Hört endlich auf«, ging Bertling dazwischen. »Was soll ich erst sagen? Jedes Jahr mach ich brav mein Sportabzeichen, und heute lass ich mich von diesem Alten abhängen und mir wie eine Polizeischülerin auch noch die Dienstwaffe abnehmen.«

»Was sind wir für eine Loser-Truppe«, schloss Achill das Gruppenlamento kopfschüttelnd.

Im krassen Widerspruch zur Lethargie der drei stand ihr unmittelbares Umfeld. Längst lief die Maschinerie aus Polizei, Rotem Kreuz und Feuerwehr auf Hochtouren. Unzählige Blaulichter sandten ihre Lichtreflexe durch den grauen dunstigen Frühlingsmorgen. Hunderte Schaulustiger säumten die flatternden rot-weißen Absperrbänder mit der Aufschrift »Polizei«, mit denen man weitläufig das Areal um den Dom abgesperrt hatte. Die Tatsache, dass heute am Karfreitag nicht wenige die Lesehore im Dom hatten besuchen wollen, war alles andere als geeignet, den Polizeieinsatz im Stillen ablaufen zu lassen.

Das bizarre Spektakel um den Dom war das absolute Kontrastprogramm zu dem ansonsten ruhigen und beschaulichen Feiertagsmorgen, der den sonst üblichen Straßenverkehr aus der Innenstadt verbannt hatte.

Natürlich hatte man, nachdem Kilian durch den Notausgang in der Krypta entkommen war, zunächst die Sakristei durchsucht, man hatte die Tür zu dem kleinen eingefriedeten Außenbereich zwischen zwei Mauervorsprüngen offen vorgefunden. Auch das Gittertor von diesem Hof nach draußen war nicht wieder verschlossen worden. Die Sicherheitskräfte hatten sofort den Domgarten durchkämmt, doch Kilian, oder wer auch immer der Alte war, dem nur Bertling kurz vor ihrem Sturz ins Gesicht geschaut hatte und den sie nicht zweifelsfrei identifizieren konnte, blieb verschwunden. Natürlich lief gerade eine beispiellose Großfahndung nach ihm, die auch von den Polizeikräften im benachbarten Baden-Württemberg unterstützt wurde. Jetzt kam ihnen das Foto, das sich Bertling von Kilians Sohn hatte geben lassen, zugute.

Auch ein Polizeihubschrauber überflog seit gut zwei Stunden, zum Leidwesen all jener, die den Feiertag gerne zum Ausschlafen genutzt hätten, lärmend das Stadtgebiet. Doch die Fahndung nach Kilian war erfolglos geblieben.

Jonas war indes rastlos zwischen Dom und der eilig im Spee-Haus, dem Gemeindehaus der Pfarrei, eingerichteten Einsatzzentrale hin und her gelaufen. Er sonnte sich darin, als Einziger des Teams noch einsatzfähig zu sein und einen Wissensvorsprung vor den Teamkollegen zu haben.

Im Augenblick schien ihn ein Anruf auf dem Mobiltelefon jäh gestoppt zu haben. Nach dem kurzen Telefonat steckte er das Handy weg und lief schnurstracks auf seine Mitstreiter auf der Pfarrhaustreppe zu.

»Ott ist im Krankenhaus aufgewacht. So wie der Kollege, der vor der Intensivstation hockt, mitgeteilt hat, ist er vom Täter mit einem Narkotikum sediert worden. Außer ein paar Narben am Kopf von dieser dämlichen Dornenkrone und Striemen am Rücken von einer Auspeitschung oder so was Ähnlichem wird er nichts weiter zurückbehalten.«

»Wenigstens ging das gut«, brummte André erleichtert. »Auch wenn es nicht unser Verdienst war.«

»War es schon«, erwiderte Jonas und konnte sich ein Grinsen nicht verkneifen.

»Ich wüsste nicht, wo. Spätestens vor dieser Lesehore hätte man ihn sowieso gefunden«, grummelte Achill. »Moment!«, sagte Jonas und machte sich Richtung Dom davon.

Nach fünf Minuten kehrte er mit einem etwa vier Meter langen, rohen, in Plastikfolie eingeschlagenen Holzstab, der entfernt an eine Bohnenstange erinnerte, zurück.

»Was zum Teufel ist das?«, fragte Achill.

Jonas senkte den Stab und hielt das eine Ende den drei Sitzenden entgegen. Ein spitz zugefeilter Eisenstab war mit einer Kordel an der Stange befestigt.

André war der Erste, der die passenden Schlüsse zog. »Eine Lanze. Der Täter wollte damit sicherstellen, dass Ott auch tot ist, wie damals der römische Soldat bei der Kreuzigung Christi.«

»Sind Sie verrückt, das ist ein Beweismittel«, schrie von hinten ein in einen weißen Overall gezwängter fülliger Kriminaltechniker. »Bringen Sie ihn sofort zurück oder besser gleich in unseren Transporter«, murrte er weiter.

Jonas verkniff sich jeden Kommentar und trottete zum weißen Kastenwagen der Spurensicherung.

»Dann hat ihn unser Eingreifen also doch vorm Schlimmsten bewahrt«, sagte André und hoffte, seinen Freund damit wenigstens etwas aus der augenblicklichen Depression zu reißen.

»Trotzdem hasse ich es, wie ein Stümper zu agieren und noch nicht mal richtig aufstehen zu können, um den Kollegen zu helfen«, raunzte Achill.

»Ey, wie seht ihr denn aus?«, hörten sie plötzlich Irina von der Seite, der es mit Jonas' Unterstützung gelungen war, hinter die Absperrung zu gelangen.

Sie grinste frech, als sich die drei wie auf Kommando zu ihr umwandten.

»Ihr seht echt scheiße aus«, stellte sie kopfschüttelnd fest.

»Fühlen wir uns auch«, brummte Achill kraftlos.

»Eigentlich wollte ich fragen, ob ihr den Helfern von heute Nacht einen kurzen Exklusivbericht geben wollt, aber ...«

»Wovon? Etwa darüber, dass die Polizeideppen wieder alles vermasselt haben?«, entgegnete Achill.

»Immerhin haben wir Otts Leben gerettet, und das ist schließlich das Wichtigste«, versuchte André die Situation aufzuhellen.

»Wo sind denn deine Freunde?«, mischte sich Bertling ein.

»Na, im Domhof, die haben heute extra früher geöffnet und versorgen die Presse und die Helfer«, antwortete Irina.

»Du willst damit sagen, die sind immer noch in Aktion und haben sich wieder im Domhof eingefunden?«, fragte André verwundert.

»Klar, die hatten eh Kohldampf und waren natürlich neugierig. Und als ich gesehen hab, dass der Domhof schon offen hat, hab ich sie hierher zusammengerufen.«

André schüttelte ungläubig den Kopf.

»Tja, so ist es eben, wenn man seine Truppe im Griff hat. Wer kann, der kann«, witzelte Irina.

Achill blickte verständnislos drein. Irinas sonniges Gemüt schien im Augenblick völlig inkompatibel mit seiner aus Übermüdung und Schmerzen geprägten Verfassung zu sein.

»Was ist jetzt? Kommt ihr oder wollt ihr auf dieser kalten Treppe versauern?«

»Du glaubst doch nicht im Ernst, dass ich mich vor deinen Kids zum Gespött mache?«, grantelte Achill angriffslustig.

»Nur noch mal, um es richtig zu verstehen«, mischte sich Bertling ein. »Wo sind denn nun deine Freunde? Und wie viele sind es?«

»Na ja, es sind fast alle von gestern Abend. Ein paar sind schon weg, aber 50 werden es schon noch sein. Man hat uns wieder den Ratsherrensaal gegeben. Clara von der ›Rheinpost‹ ist auch dabei.«

»Hmm«, entgegnete Bertling grübelnd.

»Was heißt da ›hmm‹? Du denkst doch nicht im Ernst daran, dorthin zu gehen?«, entfuhr es Achill.

»Doch, ich denke tatsächlich daran. Bei allem, was ich über soziale Medien weiß, ist es wohl das Übelste, was passieren kann, wenn Spekulationen unkontrolliert ihren Lauf nehmen. Es ist immer besser, aktiv an der Meinungsbildung mitzuarbeiten, als sie dem Zufall zu überlassen. Ich für meinen Teil bin lieber die engagierte Polizistin als die dumme Kuh, die ihre Pistole verloren hat.«

»Frank, ich glaube, sie hat recht. Ich denke, wir müssen da rüber, und immerhin haben sie uns geholfen, auch wenn es uns nicht viel genutzt hat«, gab André zu bedenken.

»Ich komme mit, Irina«, sagte Bertling und erhob sich schwerfällig. Übermüdung, Kälte und die Wirkung der Schmerztablette, mit der sie die Sanitäter versorgt hatten, hatten sie schlaff und unbeholfen werden lassen.

»Ich begleite Sie«, sagte André und erhob sich. Es war ihm ein Bedürfnis, die angeschlagene Frau nicht im Stich zu lassen.

»Mach schon und hilf mir aufstehen! Ich hab keine Lust, wieder der Spielverderber zu sein«, grummelte Achill und griff nach Andrés Hand, um sich hochziehen zu lassen.

Zehn Minuten später standen sie im Ratsherrensaal des Domhofes. An den Tischen verteilt saß die bunt gemischte Horde, die sie schon vom Vorabend kannten. Nur dass man auch ihren Augen den Schlafmangel deutlich ansah. Sofort verstummte das Geplapper, und alle starrten schweigend auf die lädierten drei, die hinter Irina den Raum betreten hatten.

Als sie realisierten, wie gezeichnet Bertling und Achill von der letzten Nacht waren, machte sich eine stille Betroffenheit breit. Es war eben ganz was anderes, mit Pauschalurteilen über die Polizei herzuziehen, als mit eigenen Augen zu sehen, wie hart Polizeieinsätze sein konnten. Sofort räumten Kopftuch-Aische und die Talibanbrüder ihre Plätze in der Mitte der großen Tafel, wo auch gestern André, Achill und Bertling gesessen hatten, und boten ihnen ihre alten Plätze an.

Während Achill, der den Weg zum Domhof nur schwer humpelnd und auf André gestützt bewältigt hatte, sichtlich ermattet auf den Stuhl sank, blieb Bertling stehen.

Fast wie bei einer Pressekonferenz erstattete sie den gebannt lauschenden jungen Leuten Bericht. Clara hielt ihr die ganze Zeit über ihr Smartphone entgegen und filmte mit.

»Wir sind überzeugt davon, dass die Großfahndung nach dem Täter erfolgreich sein wird und wir ihn in den nächsten Stunden ergreifen können«, beendete Bertling ihre Ausführungen.

Die Faschingsprinzessin Johanna war die Erste, die von

ihrem Stuhl aufstand und klatschte. Nach und nach erhoben sich alle mit ernsten Gesichtern und applaudierten der jungen Frau sichtlich ergriffen.

»Ich würde mich nicht wundern, wenn sich das hier zum nächsten Desaster auswächst. Irgendwelchen Juniorreportern und selbst ernannten Bloggern Auskunft zu geben, bevor der Chef seinen schriftlichen Bericht hat, erscheint mir wie Harakiri. Und wenn ich mir vorstelle, was die möglicherweise draus machen, packt mich die kalte Panik«, flüsterte Achill Bertling matt ins Ohr.

»So funktioniert das eben heute. Selbst das Präsidium twittert realtime bei Großeinsätzen mit. Und wenn ich eines bei meinen Socialmedia-Seminaren an der Polizeihochschule gelernt habe, dann das, dass man die Urteilsfähigkeit der jungen Leute nicht unterschätzen sollte. Selbst wenn jemand Unsinn verzapft, dann richtet das die Community schon wieder mit entsprechenden Retweets und Gegendarstellungen«, erwiderte Bertling.

»Dein Wort in Gottes Ohr. Ich für meinen Teil hasse es, in Dinge hineingezogen zu werden, von denen ich nichts verstehe. Wie es scheint, besteht dieser Fall nur aus solchen.«

»Die Küche hat noch geschlossen, aber wenn ihr wollt, macht euch der Chef einen Kessel Weißwürste warm!«, rief die Bedienung in das allgemeine Stimmengewirr.

Fast flächendeckend reckten sich Hände in die Luft. Offensichtlich hatte der sich über Nacht aufgestaute Hunger auch bei den Religiösen in ihrer Mitte über die Bedenken gegenüber dem nicht ganz österlichen Essen gesiegt. Selbst Kopftuch-Aisches schlanke Hand huschte verstohlen nach oben. Die bedirndelte Kellnerin zählte kurz ab und verschwand. Erst als sich der kleine Tumult gelegt hatte, bemerkte André, dass Irina in der Zwischenzeit einen Anruf angenommen hatte.

Als sie das Telefonat beendet hatte, starrte sie eine Weile abwesend vor sich hin.

André beobachtete sie schweigend. Irgendetwas schien sie zu beschäftigen.

»Es war Swetlana«, erwiderte sie, als sie seinen Blick auffing. »Ich hatte vorhin mit ihr getextet. Sie wollte eigentlich herkommen. Nun ist ihr doch was dazwischengekommen.«

»So wie du schaust, ist es was Ernstes.«

»Sagen wir so: Es geht mir wahrscheinlich mehr an die Nieren als ihr.«

André sah sie fragend an.

»Na ja, einer ihrer Stammkunden bestand darauf, sie ausgerechnet jetzt im Club zu besuchen.«

»Wow, das nenne ich Fastentag«, entgegnete André gequält lächelnd.

»Ich kann mich ehrlich gesagt nicht mit ihrem Job abfinden. Sie soll das nicht tun müssen!«, klagte Irina trotzig.

André nickte.

»Sie klang so verstört. Ich hatte das Gefühl, sie hat geweint.«

Sie wurden durch die Bedienung unterbrochen, die vor beide je einen Kaffee stellte.

Als sie gegangen war, schwiegen sie eine Weile und nippten lustlos an ihren Tassen.

Plötzlich erhob sich Irina. »Ich fahr jetzt zu ihr hin. Sie braucht mich.«

»Aber du kannst da nicht einfach so reinspazieren. Man wird dich hochkant rauswerfen!«

»Ist mir doch egal. Besser, es zu versuchen, als sie im Stich zu lassen.«

»Meinst du nicht, dass du gerade etwas überreagierst?«

»Hab ich das zu dir gesagt, als du die letzten Monate diesem Fanatiker hinterhergeschnüffelt hast?«

»Nein, hast du nicht. Dann lass mich dich wenigstens hinfahren.«

»Wow, dem alten Mann ist nach einem Bordellbesuch am Karfreitag.«

»Mach schon, bevor ich es mir anders überlege«, brummte er gespielt mürrisch und erhob sich.

Irina erklärte Bertling den Grund für ihren abrupten Aufbruch und folgte ihm.

OSTERMARSCH

Karfreitag, 30. März 2018, 11.10 Uhr

»Wenn ich ehrlich bin, verstehe ich deine Anspannung nicht. Das, was gerade bei Swetlana abläuft, ist für sie wahrscheinlich leider Routine. Du kannst sie da nicht einfach rausholen. Und wenn, musst du das in Ruhe mit ihr abstimmen. Wenn es für sie möglich wäre, auf andere Weise ihre Brötchen zu verdienen, hätte sie es bestimmt längst getan.«

»Darum geht's doch gar nicht. Wir sind seit Wochen dabei, ihr einen Job zu suchen. Kapierst du nicht! Ich hab Angst – eine Scheißangst – um sie!«

André blickte verwirrt auf. »Wie? Was? Ich begreife nicht, weshalb.«

»Mann, hattest du eine Valium im Kaffee?«

»Sorry, aber ich weiß nicht, worauf du hinauswillst.«

»Ist das denn so schwer zu erraten? Dein Fanatiker ist auf der Flucht und sucht ein Versteck. Er muss Swetlana gut kennen, sonst hätte er nichts von der Abtreibung gewusst und den Anschlag auf sie nicht verübt.« Irina zögerte eine Weile. Ihre Wangen färbten sich rot. Dann fuhr sie fort: »Gestern hat sie mir erzählt, dass sie das mit der Abtreibung einem ihrer Stammkunden erzählt hat.«

»Was? Und das erzählst du mir erst jetzt! Jetzt wird mir auch klar, wieso Kilian sie für die Abtreibung bestrafen wollte. Verdammt, warum bin ich da nicht früher draufgekommen?«, schrie André.

»… und plötzlich ruft just so ein Stammkunde an und will sofort bei ihr unterschlüpfen. Sie hat am Telefon ängstlich und verstört gewirkt. Endlich kapiert, oder soll ich es dir vortanzen?«

André schluckte. »Mann, du hast Nerven. Wäre nett gewesen, mich gleich in deine Gedankengänge einzuweihen, statt so pampig zu reagieren.«

»Sorry, alter Mann, ich bin viel zu müde, um freundlich zu sein.«

André trat aufs Gas. Die Tachonadel schwenkte abrupt auf die 80.

»Wow, der alte Mann wird auf seine alten Tage noch zum Verkehrsrowdy. Du glaubst es also jetzt auch?«

»Nein, tue ich nicht. Ich denke, er will zurzeit einfach nur weg von Speyer und nicht noch einen Zwischenstopp im Bordell einlegen, wo er Gefahr läuft, dass ihn doch jemand erkennt. Ich halte deine Theorie für sehr gewagt. Aber trotzdem beunruhigt sie mich.«

»In Bezug auf gewagte Theorien bist du wohl kaum zu toppen. Aber überleg doch mal. Der Typ kommt nicht aus der Stadt raus. Nach Hause kann er nicht. Die Hotels sind informiert und würden, sobald er seinen Ausweis vorlegt, die Bullen rufen. Der ist mindestens genauso müde und hungrig wie wir. Er bucht sich Swetlana für einen Tag. Lässt sich Getränke und Essen aufs Zimmer bringen, ruht sich aus, zieht sich um, und heute Nacht, wenn sich die Hektik um ihn gelegt hat, haut er ab.«

André schluckte erneut. Was er anfänglich für eine fixe Idee gehalten hatte, schien allmählich nicht mehr ganz so abwegig. Er war selbst so müde, dass es ihm schwerfiel abzuwägen, ob ihre Überlegungen vernünftig oder nur das Produkt ihrer eigenen Überspanntheit waren. Doch er hatte weder die Kraft noch die Lust, ihr zu widersprechen. Schließlich hatte sie in der Tat monatelang seine wilden Theorien mit ihm geteilt. Nun stand es ihr zu, ihrem Verdacht nachzugehen und sich Beruhigung zu verschaffen. »Wenn du es wirklich so siehst, sollten wir eigentlich Frank verständigen.«

Irina lachte etwas überdreht auf. »Und was soll der tun? Etwa dem Täter hinterherhinken? Hast du nicht gesehen, wie angeschlagen er und Verena sind?«

»Ja, schon, aber wir könnten ja auch einfach so die Polizei verständigen?«, bohrte er weiter.

»Wow, gute Idee. Und wie erklären wir das denen, dass wir einfach so mal ein SEK brauchen, weil wir denken, der Spinner vom Dom hat nichts Besseres zu tun, als sich im Bordell zu vergnügen?«

»Mann, ich bin viel zu müde, um wie ein Irrer durch die Stadt zu jagen und gleichzeitig mit dir zu diskutieren«, schloss er matt.

»Jetzt chill dich mal, wir werfen da einen Blick rein, und

wenn er da ist, können wir immer noch die Bullen rufen. Dann können wir wenigstens was Konkretes vorweisen.«

Für eine Weile blieben sie stumm. André brauchte die volle Konzentration, um nicht noch ein parkendes Auto zu rammen. Einmal nahmen sie einen Streifenwagen wahr, der an einer Auffahrt zur B 9, einer vierspurigen Bundesstraße, die Speyer wie ein Halbkreis umfing, wartete. André bremste scharf. Das Letzte, was sie jetzt noch brauchten, war eine Verfolgungsjagd mit der Polizei.

Zwei Ampelkreuzungen später ergriff André das Wort. »Ich muss gestehen, ich hab mir über dieses Szenario vorher nie Gedanken gemacht. Eigentlich bin ich davon ausgegangen, dass er sich nach der letzten Tat stellt oder selbst richtet.«

»Vielleicht will er ja erst was zu Ende bringen?«, entgegnete Irina mit ernstem Gesicht.

»Du meinst, er will Swetlana …?«, setzte André an und stockte, als ihm bewusst wurde, dass er damit Irinas Unbehagen befeuerte. »Es würde nicht zu ihm passen. Er handelt nicht spontan und kopflos. Ich bin überzeugt, dass er die Flucht besser geplant hat, als bei ihr einfach unterzuschlüpfen. So minutiös, wie er die Morde geplant hat, muss es für ihn doch ein Kinderspiel sein, etwas vorzubereiten, um unbemerkt aus der Stadt zu kommen«, versuchte er, sie zu besänftigen.

Zeitgleich bogen sie auf den Parkplatz des Etablissements ein, in dem Swetlana regelmäßig ihre Dienste anbot und das für diese Zwecke den Mädchen gegen eine großzügige Nutzungspauschale Zimmer zur Verfügung stellte.

»Du bleibst hier im Wagen, ich geh rein!«, sagte André streng.

Irina lachte spöttisch auf. »Und du glaubst im Ernst, die lassen dich einfach so zu ihr reinspazieren, wenn sie gerade einen Freier bei sich hat?«

»Na ja, ich kenne mich mit den Gepflogenheiten nicht aus, aber warum sollten sie es dir gestatten?«

»Weil ich eine Frau bin, alter Mann.«

»Aber wieso?«, stammelte er unsicher.

»*Aber wieso?*«, äffte sie ihn lachend nach. »Hattest du heute Morgen einen Clownfisch auf deinem Frühstücksbrötchen? Soll ich dir ernsthaft den Unterschied erklären?«

Mit diesen Worten schlüpfte sie aus dem Auto und lief zum Eingang. Er folgte ihr, holte sie nach ein paar Schritten ein und hielt sie am Arm fest.

»Stopp, so läuft das nicht!«, zischte er entschieden. »Du marschierst nicht einfach so in einen Raum, in dem du einen Serienmörder vermutest. Ich gehe mit!«

»Glaub mir, das funktioniert nicht. Die werden dich nicht an der Rezeption vorbeilassen. Schon mal was von Türstehern gehört?«

»Dann hältst du wenigstens Handykontakt zu mir und gibst mir direkt Bescheid, wenn er wirklich da ist.«

»Wenn's sein muss!«, fauchte Irina und nestelte ein weißes Kabelbündel mit einem Paar Ohrstöpsel daran aus ihrer Jackentasche.

André schaute sie fragend an. »Was willst du mit Kopfhörern?«

»Mmh«, seufzte sie genervt auf und schlug sich an die Stirn. »Schon mal was von Freisprechfunktion gehört, du Digitalisierungsbremse?«

»Ja, hab ich«, brummte André und zog sein Smartphone aus der Tasche.

»So, nun ruf mich schon an!«, drängte sie.

Er wählte ihre Nummer und hielt sich das Handy ans Ohr.

Irina hatte in der Zwischenzeit einen der Ohrstöpsel ins linke Ohr gesteckt. Das Kabel mit dem kleinen Mikro daran hing lässig in ihrem Ausschnitt.

»Hörst du was?«, fragte sie genervt.

André nickte.

»Dann los«, sagte sie, ging hinein und steuerte zielstrebig auf den Rezeptionstresen zu. Dahinter saß eine etwa 60-Jährige, die sie eingehend musterte. André trat hinter ihr ein und blieb unschlüssig neben der Eingangstür stehen. Er hasste es, wenn die Dinge nicht nach seiner Regie abliefen, es keinen Plan gab und er gezwungen war zu improvisieren. Um keine Aufmerksamkeit zu erregen, hatte er das Mobiltelefon mit der aktiven Telefonverbindung zu Irina in die Jackentasche geschoben.

»Lana hat mich gebucht, ihr Macker hat Bock auf 'nen Dreier«, sagte Irina mit lässiger Selbstverständlichkeit, wobei sie leicht in den russischen Akzent verfiel, den sie schon seit einiger Zeit fast vollständig abgelegt hatte.

»Und deine Papiere? Bei uns kann man nicht einfach so aufkreuzen, wenn man ein bisschen Geld braucht.«

»Wow, verstehe, hab gar nicht mitgekriegt, dass Lana endlich ihre Arbeitserlaubnis in Deutschland hat«, flötete Irina provozierend.

»Und der Typ da?«, brummte die Dame des Hauses mit rauchiger Stimme.

»… ist mein Aufpasser!«

»Du kannst zu ihr, aber dein Onkelchen bleibt schön hier.«

Irina konnte sich gerade noch ein Schmunzeln verkneifen.

André räusperte sich konsterniert.

»Sie hat das Zimmer am Ende des Flurs nach hinten raus«, krähte die Empfangsdame und bedeutete ihr mit dem Zeigefinger, der in einem grotesk hässlichen, mit Glitter und Strass gezierten krallenartigen Fingernagel endete, wo sie hinzugehen hatte.

André trat von einem Bein aufs andere, verließ aber die Stelle neben der Tür nicht.

»Sie sollten sich lieber setzen. Sie vertreiben mir noch die Gäste«, zeterte die Alte und wies ihm einen Platz in der Sitzgruppe zu, die wohl ansonsten von Taxifahrern oder anderen Begleitpersonen genutzt wurde, die nicht auf Liebesdienste aus waren.

Als André auf dem roten Ledersofa Platz genommen hatte, zog er das Handy heraus und hielt es sich ans Ohr, so als nehme er ein Telefonat an. Er hörte nur eine rhythmische Abfolge von Scharren und Rauschen – Irinas Schritte. Längst war sie aus seinem Sichtfeld verschwunden.

Dann nach etwa 30 Sekunden verstummten die Gehgeräusche und wurden von einem metallischen Knarzen ersetzt.

Er spürte ein Pulsieren in der Halsschlagader. Ein Schweißtropfen rann ihm den Rücken hinab.

Irina drückte im Zeitlupentempo die Türklinke herunter und schob die Tür millimeterweise auf. Schon beim ersten flüchtigen Blick durch den Türspalt erfasste sie die Situation – ein Anblick, der ihr das Blut in den Adern gefrieren ließ.

»André, komm sofort!«, flüsterte sie mit brüchiger Stimme und unterdrückte mühsam einen Schrei.

Von nun an überschlugen sich die Ereignisse. André startete zu einem Sprint. Die Alte hinterm Tresen schaute ihm völlig überrascht hinterher.

Ihr keifendes »Sie dürfen da nicht …« erstarb, als sie registrierte, dass er bereits weit in den Flur vorgedrungen war. Dann tastete sie hektisch nach dem Handy auf der Tischplatte vor sich.

André war nur noch einige Meter von Swetlanas Zimmer entfernt. Vor der Tür kauerte Irina, unschlüssig, was sie tun sollte. Unsanft schubste er sie beiseite und riss die Tür auf.

Er wollte seinen Augen nicht trauen. Ein groß gewachsener, stattlicher Mann im Trachtenanzug kniete auf dem Rücken eines zierlichen, leicht bekleideten Mädchens, das auf einem mit roter Bettwäsche überzogenen Bett lag. Er hielt einen Ledergürtel mit beiden Händen fest umklammert und zog daran, während das Mädchen – Swetlana – den hochroten Kopf, in dessen Färbung sich bereits erste Blautöne mischten, unnatürlich überdehnt nach oben reckte. Sie versuchte zu schreien. Vergeblich, kein Ton verließ mehr ihre Lippen, so weit war die Strangulation fortgeschritten.

»Hol Hilfe!«, zischte André zu Irina, während er in Richtung Bett stürzte.

Mit der Rechten fasste er dem Mann in den Kragen und riss ihn zur Seite. Durch den Ruck zog sich der Gürtel weiter zusammen. Swetlana verdrehte gequält die Augen.

Obwohl ihr Peiniger seitwärts vom Bett fiel, lockerte er den Griff um den Gurt keinen Millimeter. Linkisch drosch André mit der Linken auf sein Gesicht ein. Doch er vermochte nichts auszurichten. Swetlana hatte das Bewusstsein verloren. Die Strangulation musste sofort aufhören, sonst war alles zu spät.

Bereit, bis zum Äußersten zu gehen, schlug er die Schuhspitzen in die Seite des auf dem Boden Liegenden. Rippen knackten, Swetlana hing merkwürdig verkrümmt über die Bettkante. Ihre dünnen Handgelenke steckten in Handschellen.

Er löste die Hand vom Hemdkragen des Mannes und hieb ihm die Fingernägel in die noch immer den Gürtel umklammernden Hände. Obwohl deren Haut welk und altersfleckig war, krallten sie sich wie stählerne Schraubzwingen um den Lederriemen.

André war verzweifelt, all seine Anstrengungen schienen zwecklos. Sein Widersacher schien fest entschlossen, sein grausiges Werk zu vollenden, selbst wenn man ihm mit einem Messer die Haut von den Händen schälte. André spürte, dass ihm nur noch Sekunden blieben, das Leben von Swetlana zu retten. Entschlossen trat er ihm in die Magengegend. Der Alte röchelte. Sein Körper schien vom Schmerzzentrum entkoppelt.

Plötzlich nahm er ein Aufbäumen im Körper des Mannes wahr, dem ein krampfartiges Zusammenziehen folgte.

André hatte nicht bemerkt, dass Irina der Anweisung, Hilfe zu holen, nicht gefolgt war und neben ihm stand. Überrascht drehte er sich zu ihr um. Ein breites Grinsen huschte über ihr bleiches Gesicht. Dann registrierte er, wie ihr Fuß von einem Tritt in den Genitalbereich seines Kontrahenten zurückschwang. Zeitgleich zog der Alte die Hände vom Gürtel und presste sie sich zwischen die Beine.

Hektisch löste André den Gürtel um Swetlanas Hals. Sie blieb ohnmächtig. Unsicher, was man in dieser Situation zu tun hatte, presste Irina ihren Mund auf Swetlanas und versuchte ihr Luft zu spenden. André legte vorsichtig eine Fingerkuppe auf ihre Halsarterie und fühlte nur noch ein äußerst schwaches Pulsieren.

»Sie lebt, aber sie braucht dringend einen Arzt!«

Wie aus dem Nichts peitschte der Knall eines Schusses durch das kleine Zimmer. André spürte einen Schlag und dann ein höllisches Brennen am Oberschenkel.

Mit weit aufgerissenen Augen starrte er auf Swetlanas Peiniger, der am Boden lag. Der hielt eine Waffe in der Hand, aus deren Mündung eine winzige Rauchfahne wehte. Im gleichen Augenblick versagte Andrés linkes Bein den Dienst und knickte unter ihm weg. Mit einem dumpfen Schlag touchierte er mit dem Hinterkopf die Bettkante, bevor er benommen auf den Boden fiel.

Irina sah mit entsetztem Blick auf. Fest entschlossen, das

Leben ihrer Freundin zu retten, beatmete sie sie unbeirrt weiter.

»Jetzt bist du dran!«, krächzte der Alte, der halb auf dem Fußboden lag, und rappelte sich mit einem schmerzvollen Stöhnen auf. »Es ist mir egal, wie viele ich mitnehme. Du bist auf jeden Fall der Erste, du elender Schnüffler!«

Erst jetzt wurde André bewusst, wer da vor ihm stand. Es war Richter Gnadenlos, der Mann, dem er vor ein paar Monaten wegen des Steinwurfs auf den Zahn gefühlt hatte.

Jetzt ragte er über ihm auf. Hilflos blickte er zu ihm hoch, direkt in den Lauf der Pistole. Im Hintergrund sah er Irinas verzweifeltes Gesicht, die entgeistert »Nein!« schrie. Er sah ein bösartiges Grinsen in der vor Schmerz und Wut verzerrten Fratze des Richters. Wie gelähmt, ohne sich aus seiner Lage befreien zu können, sah André, wie sich die Muskeln in der blutüberströmten Hand über ihm anspannten und der Abzug der Waffe langsam nach hinten glitt.

Dann peitschte abermals ein Schuss durch die Stille.

EPILOG

Es war ein herrlicher Frühlingstag. Die Temperaturen hatten sich bis auf 14 Grad hochgewagt und die Sonne lachte. Nach allem, was sie erlebt hatten, war der Freisitz der Cafeteria des Diakonissenkrankenhauses seltsam heimelig. Dabei gaben sie ein illustres Bild ab, wie sie so nebeneinander, eng an die windgeschützte Glasfront gerückt, dasaßen. Achill im Rollstuhl – ein Knöchelbruch zwang sein Bein in eine gewaltige Kunststoffschiene, seinen Kopf zierte ein weißes Pflaster. Verena Bertling neben ihm trug ihren klobig angewinkelten, eingegipsten Arm in einer Schlinge vor dem Körper, ihre Stirn schmückte ein Verband. Rechts neben ihr saß André im Rollstuhl. Der Schuss, den Richter a. D. Adalbert Weber auf ihn abgefeuert hatte, hatte glücklicherweise nur den Oberschenkelmuskel glatt durchschlagen, ohne weiteren Schaden anzurichten.

Alle drei schwiegen. Die Strapazen der letzten Tage hatten tiefe Falten in ihre bleichen Gesichter gegraben.

»Wow, ich muss mich wiederholen, ihr seht echt scheiße aus«, blaffte Irina kopfschüttelnd, als sie mit einem Tablett, auf dem eine Sektflasche und vier Gläser standen, aus dem Inneren des Cafés auf sie zukam.

Synchron setzten die drei ein schiefes Grinsen auf.

»Trotzdem bin ich darüber froh, wie es gekommen ist«, begann André. »Das hätte schwer ins Auge gehen können. Ich hab noch nie in den Lauf einer entsicherten Pistole geblickt. Das ist ein Scheißgefühl.«

»Ich kann dir aus eigener Erfahrung versichern, auch beim zweiten und dritten Mal fühlt man sich nicht besser«, sagte Achill grinsend.

André schüttelte den Kopf. »Ich habe mein Leben nur deinem Kombinationsvermögen zu verdanken. Ich kann immer noch nicht fassen, wie du drauf kamst, dass Kilian bei Swetlana sein könnte.«

»Sagen wir so, ich habe einfach nur meinen Ermittlungsfehler ausgemerzt. Wäre ich nicht so verbohrt gewesen, den Steinwurf auf Swetlana immer nur als spontane Tat zu sehen, hätte mir von Anfang an klar sein müssen, dass nur jener Stammkunde, zu dem sie am zweiten Weihnachtsfeiertag fuhr, der Täter sein konnte. Nur er konnte wissen, wann sie unter jener Brücke vorbeifahren würde. Und als mir Verena dann im Domhof, bei unserer kleinen Pressekonferenz, ausgerichtet hat, dass ihr Irina etwas über einen Stammkunden bei Swetlana erzählt hatte, machte es endlich Klick. Na ja, eigentlich habe ich mit dem Richter wieder falschgelegen, aber wenigstens hat's doch noch was geholfen.«

»Geholfen ist gut, hättest du ihm nicht die Waffe aus der Hand geschossen, wäre ich jetzt …«

»Das sah schon voll gestört aus, wie Frank an Verenas Schulter hing und losgeballert hat«, flötete Irina.

Achill lachte. »Was hätte ich tun sollen? Sie konnte ihren rechten Arm nicht gebrauchen, um zu schießen, und ich konnte nicht laufen. Es ging nur im Doppelpack.«

»Aber ohne Irinas Nahkampfqualitäten, wäre Swetlana nicht mehr Leben«, ergänzte André.

»Wer kann, der kann. Und der Typ hatte meinen original Kursker Testikelquetscher mehr als verdient.«

»Bei der Erstvernehmung hat er behauptet, Swetlana hätte ihn erpresst. Er hat darauf bestanden, dass sie ihn beim Sex mit ihr gefilmt und ihm gedroht hat, diesen

Videomitschnitt seiner Frau zu schicken. Unter dem Vorwand, die von ihr geforderte Summe im Austausch zu der SD-Karte zu zahlen, hat er spontan ein Treffen mit ihr in jenem Bordell vereinbart. Dabei hat sich der alte Fuchs aus seiner beruflichen Erfahrung mit der Polizei bewusst für diesen Zeitpunkt entschieden. Er hat aus den Radiomeldungen zu der Sache im Dom und dem ganzen Spektakel mit dem Hubschrauber über der Stadt zu Recht den Schluss gezogen, dass die Polizei gerade andere Sorgen hatte, als sich um einen wild gewordenen Freier im Bordell zu kümmern. Das hat ihm die Sicherheit gegeben, dass man, selbst wenn die Rauferei mit Swetlana gemeldet worden wäre, bestimmt ewig gebraucht hätte, um eine Streife zu schicken. Andererseits hat das durchaus seine Aussage bekräftigt, dass er sie weder verletzen noch töten wollte, sondern ihm im Affekt die Situation aus dem Ruder gelaufen ist. Nach seiner Aussage hat er ihr ursprünglich wirklich nur einen gehörigen Schrecken einjagen wollen, um ihr die SD-Karte mit dem Videoschnipsel abzupressen. Aber offensichtlich hat der selbstgerechte Haudegen nicht damit leben können, dass ihm jemand nicht gehorcht. Der wird sich mit allen juristischen Haken und Ösen wehren«, erklärte Achill.

»Hat man denn diese SD-Karte im Zimmer gefunden?«, erkundigte sich André.

»Nein, hat man nicht. Aber es könnte natürlich sein, dass Swetlana sie bei sich trug, als man sie ins Krankenhaus brachte. Danach hatte sie genügend Möglichkeiten, sie zu entsorgen.«

»Haben sie deine Kollegen denn nicht dazu befragt?«

Achill räusperte sich. »Bisher hatten wir noch keine Gelegenheit dazu. Sie hat die Klinik heute Morgen in aller Frühe verlassen.«

»Na ja, dann wird sich das noch aufklären lassen«, erwiderte André.

Nun war es Irina, die sich räusperte. »Sie hat mir vorhin eine WhatsApp geschrieben. Sie hat sich von mir verabschiedet und gemeint, sie sei auf dem Weg in die Ukraine.«

Achill rieb sich übers Gesicht und schaute André kopfschüttelnd an. »Nun, damit hat sie wohl die Version von unserem Richter Gnadenlos indirekt bestätigt«, setzte Achill hinzu.

»Jetzt wird mir auch klar, warum sie mir in den letzten Tagen ständig von dieser Schönheitsoperation an ihrem Dekolleté vorgeschwärmt hat. Sie wollte das Geld dafür diesem Richter abpressen.«

»Sei's drum, der Schuss auf André und die Androhung, ihn zu töten, wird ausreichen, den Richter ein paar Jahre wegzusperren«, erwiderte Achill.

»Wie habt ihr eigentlich diesen Fanatiker Kilian erwischt?«, fragte Irina nach ein paar Minuten des Schweigens.

»Nun, wie vermutet, hat er sich durch diesen Seitenausgang an der Sakristei davongemacht. Und dann hat er etwas sehr Kluges getan. Er lief die kurze Strecke durch den Domgarten und ging an Bord eines an der Uferpromenade festgemachten Kreuzfahrtschiffes. Um kein Aufsehen zu erregen, hat er schon am Dienstag in Düsseldorf, vor der Entführung von Ott, mit seinem Gepäck eingecheckt. Bevor das Schiff abgelegt hat, ist er wieder ausgestiegen und zurück nach Speyer gefahren, um Ott zu entführen. Insofern erregte er bei der Bordwache beim Einsteigen auch keine Aufmerksamkeit. Er hat mit der Magnetkarte für seine Kabine gewedelt und niemand hat Verdacht geschöpft. Lediglich an seinen merkwürdigen Aufzug hat man sich erinnert. Da seine Kleidung von der Sache im Dom verschmutzt und zerrissen war, hat er sich in der Sakristei kurzerhand den schwarzen Mantel eines Priesters übergeworfen, der wohl nicht so recht passen wollte. Perfekt war allerdings sein Timing. Fünf Minuten, nachdem er an Bord gekommen war, legte das Schiff ab. Das heißt, als die Kollegen ihre Suche über den Domgarten hinaus ausgedehnt haben und an den Anleger gekommen sind, war das Schiff schon weg.«

»Wow, ganz schön clever. Und wieso habt ihr ihn doch noch gekriegt?«, fragte Irina.

»Sagen wir mal so, vielleicht mit Gottes Hilfe.«

»Wie das? Erzähl schon, mach's nicht so spannend.«

»Als er endlich in seiner Kabine war, hatte er es eigentlich schon geschafft. Nur eines konnte ihm noch gefährlich werden – seine mit Otts Blut beschmierte Kleidung. Damit hätte man ihn problemlos überführen können. Er hatte sie natürlich schnell loswerden wollen. Ersatzkleidung hatte er im Koffer. An Bord eines Schiffes gibt es nur eine sichere Möglichkeit, etwas loszuwerden. Man wirft es über Bord.«

»Klar – und worin siehst du dabei Gottes Hilfe?«, fragte Irina ungeduldig.

Achill schmunzelte und machte sich einen Spaß daraus, in seinem gemütlichen Erzähltempo weiterzumachen. »Die Hilfe Gottes für uns hat darin gelegen, dass es an diesem Tag eine für unsere Region unübliche Wetterlage gegeben hat.«

»Hör jetzt auf. Du willst uns verkohlen!« Dabei versetzte ihm Irina einen Klaps auf die Schulter.

»Das würde ich mich bei dir nie trauen«, beteuerte er unschuldig und fuhr fort. »Also, die unübliche Wetterlage hat darin bestanden, dass es leichten Nordwind gegeben hat. Kurz vor Ludwigshafen hat Kilian schließlich versucht, seine blutbeschmierten Klamotten aus dem Kabinenfenster zu werfen. Der Nordwind reichte zusammen mit dem Fahrtwind, dass die Kleider nicht, wie von ihm geplant, nach unten ins Wasser fielen, sondern entlang des Schiffes nach hinten aufs Deck geweht wurden. Ein aufmerksamer Matrose fand sie, informierte den Kapitän, der mittlerweile den Fahndungsaufruf gehört hatte, und der hat uns verständigt. Die Kollegen in Ludwigshafen haben ihn schließlich an Bord festnehmen können.«

»Alle Achtung. Er hat alles von langer Hand geplant. Schon vier Tage vorher ein Ticket zu kaufen und auf einem Rheindampfer einzuchecken, ist schon clever. Damit hat er sich sogar ein einigermaßen wasserdichtes Alibi besorgt«, bestätigte André kopfschüttelnd.

»Ja, und dass Ott ein Gewohnheitstier ist und jeden Dienstag nach dem Sport in dieser Weinstube einkehrt, hat Kilian das Timing einfach gemacht. Er hat übrigens sofort alle sieben Taten gestanden. Es schien, als sei er stolz darauf, die Welt von dem, wie er es genannt hat, ›Unrat‹ gesäubert und Gott damit gefallen zu haben«, schloss Achill seine Ausführungen.

»Ich kapier einfach nicht, was jemanden zu so was treibt. Nach so einem massiven familiären Schicksalsschlag der Gerechtigkeit auf die Sprünge helfen zu wollen, ist ja noch ein verständliches Motiv, aber auf diese Art …«, sinnierte Irina.

»Gegenüber den Kollegen, die ihn verhört haben, hat er jedenfalls behauptet, Gott hätte mit ihm gesprochen«, erwiderte Achill.

»Wenn man zu Gott spricht, ist man religiös. Wenn Gott mit einem spricht, ist man irre«, flötete Irina.

»Alle Achtung! Ist das nicht von Mark Twain?«, fragte André und nickte ihr anerkennend zu.

Irina lachte. »Nein, das ist von Doctor House.«

»Doktor Haus? Hat der dich nicht bei deiner Operation im Januar hier in der Klinik behandelt?«, erkundigte sich André zaghaft.

Bertling und Achill grinsten süffisant, während Irina losprustete.

»Du bist echt so was von jurassic, alter Mann. Ich bin mir absolut sicher: Du hast als Kind mit Dinosauriern gespielt«, Bertling, Achill, Irina und schließlich auch André klatschten einander ab und fielen in Irinas befreiendes Lachen ein.

Fremde Sünden sieht man vor sich, aber die eigenen hat man hinter dem Rücken!

Leo Tolstoi

DANKE ...

... Ihnen, liebe Leserinnen und Leser, dass Sie sich entschieden haben, das Wertvollste, was Sie besitzen, nämlich Ihre Zeit, meinem Buch zu widmen.

... meiner Frau Christiane und meiner Tochter Eva-Marie, die es klaglos ertrugen, wenn ich im Autistenmodus über dem Laptop brütete und mal wieder nicht zum Abendessen erschien. Überdies war mir Eva-Marie ein unerschöpflicher Quell cooler Sprüche, ohne die Irina nie so geworden wäre, wie sie nun mal ist.

Obwohl es sich bei meinem Kriminalroman natürlich um reine Fiktion handelt, fühle ich mich gegenüber den Leserinnen und Lesern in der Pflicht, dass alle Rahmendaten und Fakten im höchsten Maße der Realität entsprechen.

Insofern bin ich sehr dankbar, wenn mich Fachleute dabei unterstützen, alle Tatsachen korrekt wiederzugeben.

Stellvertretend seien hier genannt:

Frau Marion Fischer, Fachärztin für Anästhesie, sie half mir bei der Auswahl des passenden Narkotikums. Meine Kollegin, die Syndikusrechtsanwältin Sylwia Niederer beriet mich bei juristischen Fragen. Herr Holger Kirchmer assistierte mir bei der Zusammenstellung des geistlichen Liedgutes. Mein Cousin Bernd Ittensohn, Kriminalhauptkommissar a. D., der mir zur Seite stand, um Fehler bei polizeilichen Fachausdrücken und Gepflogenheiten zu vermeiden.

Besonders dankbar bin ich dem damaligen Domkustos Peter Schappert, der sich dazu bereit erklärte, die baulichen Details zum Dom sowie die theologischen Aspekte zu überprüfen.

Frau Friederike Walter, die Kulturchefin des Domes, stand mir für alle Fragen rund um die Baulichkeiten und Abläufe im Dom zur Verfügung. Im Rahmen einer Individualführung auf den Spuren des Täters begleitete sie mich über die Dächer und in die verborgenen Winkel des Domes, damit auch die Szenen im Hintergrund des Domes der Realität entsprechen.

In diesem Zusammenhang möchte ich eine Lanze für den Dombauverein brechen, ohne dessen Hilfe es kaum zu schaffen wäre, ein so gewaltiges Bauwerk zu erhalten. Ich kann nur an Sie alle appellieren, diesem Verein beizutreten oder ihn durch eine Spende zu unterstützen (www. dombauverein-speyer.de).

Eine große Hilfe waren mir wieder meine Testleser. Allen voran Sandra Lode, die mir half, so manche logische Klippe zu umschiffen, und Christoph Lode (alias Daniel Wolf), der es irgendwie schaffte, trotz der Terminenge bei seinem neuen Roman »Im Zeichen des Löwen« meinen Krimi kritisch zu durchleuchten und mir zahllose stilistische Tipps zu geben. Daneben danke ich Adelheid Cicewski für die kostenlose Überlassung dutzender Kommata und Sabine und Frank Seidel, die ebenfalls zum treuen Team meiner Testleser gehören.

Daneben ist es mir wichtig, mich bei Frau Dagmar Strubl für die Unterstützung bei der Titelauswahl zu bedanken.

Last but not least geht mein besonderer Dank natürlich an Claudia Senghaas, Programmchefin des Gmeiner-Verlages. Sie hat nicht nur das Lektorat meines Buches übernommen, sondern mich auch in allen Fragen drumherum begleitet. Es ist mir noch immer unbegreiflich, wie sie ihr Arbeitspensum bewältigt. Mails, die ihr sonntagabends um 22.51 Uhr zugehen, ad hoc zu beantworten, ist schon außergewöhnlich.

Daneben geht mein Dank an die komplette Gmeiner-Familie. Stellvertretend seien hier genannt: Armin Gmeiner, Sina Deter, Jochen Große Entrup, Alexander Schulz, Petra Wendler, Laura Werner und Maike Worcewsky.

ENGAGIERT FÜR DEN KAISERDOM
ZU SPEYER

Der Kaiser- und Mariendom zu Speyer als größte romanische Kathedrale der Welt blickt auf eine fast tausendjährige Tradition zurück. Um 1030 ließ Kaiser Konrad II. aus dem Geschlecht der Salier den Grundstein für das damals größte Gotteshaus des Abendlandes legen. 1061 konnte die Weihe des Doms gefeiert werden. Unter Konrads Enkel Heinrich dem IV. begann um das Jahr 1080 ein grundlegender Umbau, der gegen 1120 abgeschlossen war.

Im Pfälzischen Erbfolgekrieg kam es 1689 und erneut 1778 zu einer Brandschatzung durch französische Truppen. Die sich daran anschließenden Wiederaufbaumaßnahmen endeten 1858 mit dem neuromanischen Westbau.

Auf Grund seiner Monumentalität, des beeindruckenden Innenraums und der Krypta, die zu den größten und schönsten Unterkirchen zählt, ist der Speyerer Kaiserdom das bedeutendste Werk der romanischen Baukunst und wurde zum Vorbild für die weitere Entwicklung des Kirchenbaus.

Im Verlauf seiner Geschichte erlangte der Dom nicht nur in architektonischer, sondern in religiöser und historischer Hinsicht eine herausragende Bedeutung, was bereits 1981 von der UNESCO durch die Aufnahme in die Liste des Kultur- und Natur-Welterbes gewürdigt wurde.

Im Lauf der Geschichte haben sich Menschen in vielfältiger Weise für den Dom engagiert. Viele Freunde des Doms sind seit 1995 im Dombauverein Speyer e.V. zusammengeschlossen. Der Verein hat das Ziel, Menschen, denen der Dom am Herzen liegt, zusammenzuführen, den sehr aufwändigen Domerhalt finanziell zu unterstützen und zum Erhalt der Kunstwerke des Doms beizutragen. Die Gelder, die dem ehrenamtlich geführten Verein zufließen, werden Jahr für Jahr unmittelbar für die Finanzierung baulicher Maßnahmen am Dom zur Verfügung gestellt.

Kontakt:

Dombauverein Speyer e.V.
Edith-Stein-Platz 4
67346 Speyer
info@dombauverein-speyer.de

www.dombauverein-speyer.de

DOMBAUVEREIN
SPEYER E.V.